閱微草堂筆記

上

清代短篇神鬼怪譚

清・紀昀 著

五南圖書出版公司 印行

關於本書

《聊齋誌異》風行逾百年，摹仿贊頌者眾，顧至紀昀而有微辭。盛時彥（《姑妄聽之》跋）述其語曰：「《聊齋誌異》盛行一時，然才子之筆，非著書者之筆也。虞初以下天寶以上古書多佚矣；其可見完帙者，劉敬叔《異苑》、陶潛《續搜神記》，小說類也，《飛燕外傳》、《會真記》，傳記類也。《太平廣記》事以類聚，故可並收；今一書而兼二體，所未解也。小說既述見聞，即屬敘事，不比戲場關目，隨意裝點；……今燕昵之詞，媟狎之態，細微曲折，摹繪如生，使出自言，似無此理，使出作者代言，則何從而聞見之，又所未解也。」蓋即訾其有唐人傳奇之詳，又雜以六朝志怪者之簡，既非自敘之文，而盡描寫之致而已。

昀字曉嵐，直隸獻縣人；父容舒，官姚安知府。昀少即穎異，年二十四領順天鄉試解額，然三十一始成進士，由編修官至侍讀學士，坐泄機事謫戍烏魯木齊，越三年召還，授編修，又三年擢侍讀，總纂四庫全書，綰書局者十三年，一生精力，悉注於《四庫提要》及《目錄》中，故他撰著甚少。後累遷至禮部尚書，充經筵講官，自是又為總憲者五，長禮部者三（李元度《國朝先正事略》二十）。乾隆五十四年，以編排秘籍至熱河，「時校理久竟，特督視官吏題簽庋架而已。晝長無事」，乃追錄見聞，作稗說六卷，曰《灤陽消夏錄》。越二年，作《如是我聞》，次年又作《槐西雜志》，次年又作《姑妄聽之》，皆四卷；嘉慶三年夏復至熱河，又成《灤陽續錄》六卷，時年已七十五。後二年，其門人盛時彥合刊之，名《閱微草堂筆記五種》（本書）。十年正月，復調禮部，拜協辦大學士，加太子少保，管國子監事；二月十四日卒於位，年八十二（一七二四—一八〇五），謚「文達」（《事略》）。

《閱微草堂筆記》雖《聊以遣日》之書，而立法甚嚴，舉其體要，則在尚質黜華，追蹤晉宋；自序云：「緬昔作者如王仲任應仲遠引經據古，博辨宏通，陶淵明劉敬叔劉義慶簡淡數言，自然妙遠，誠不敢妄擬前修，然大旨期不乖於風教」者，即此之謂。其軌範如是，故與《聊齋》之取法傳奇者途徑自殊，然較以晉宋人書，則《閱微》又過偏於論議。蓋不安於僅為小說，更欲有益人心，即與晉宋志怪精神，自然違隔；且末流加厲，易墮為報應因果之談也。

惟紀昀本長文筆，多見秘書，又襟懷夷曠，故凡測鬼神之情狀，發人間之幽微，托狐鬼以抒己見者，雋思妙語，時足解頤；間雜考辨，亦有灼見。敘述復雍容淡雅，天趣盎然，故後來無人能奪其席，固非僅借位高望重以傳者矣。今舉其較簡者三則於下：

劉乙齋廷尉為御史時，嘗租西河沿一宅，每夜有數人擊柝，聲琅琅徹曉……視之則無形，聒耳至不得片刻睡。乙齋故強項，乃自撰一文，指陳其罪，大書粘壁以驅之，是夕遂寂。乙齋自詫不減昌黎之驅鱷也，余謂「君文章道德。似尚未敵昌黎，然性剛氣盛，平生尚不作曖昧事，故敢悍然不畏鬼；又拮據遷此宅，力竭不能再徙，計無復之，惟有與鬼以死相持：此在君為『困獸猶鬥』，在鬼為『窮寇勿追』耳。……」乙齋笑擊余背曰：「魏收輕薄哉！然君知我者。」（《灤陽消夏錄》六）

田白岩言：「嘗與諸友扶乩，其仙自稱真山民，宋末隱君子也，倡和方洽，外報某客某客來，乩忽不動。他日復降，眾叩昨遽去之故，乩判曰：『此二君者，其一世故太深，酬酢太熟，相見必有諛詞數百句，雲水散人拙於應對，不如避之為佳；其一心思太密，禮數太明，其與人語，恆字字推敲，責備無已，閒雲野鶴豈能耐此苛求，故逋逃猶恐不速耳。』」後先姚安公聞之曰：「此仙究狷介之士，器量未宏。」（《槐西雜誌》一）

李義山詩「空聞子夜鬼悲歌」，用晉時鬼歌《子夜》事也；李昌谷詩「秋墳鬼唱鮑家詩」，則以鮑參軍有《蒿里行》，幻窅其詞耳。然世間固往往有是事。田香沁言：「嘗讀書別業，一夕風靜月明，聞有度昆曲者，亮折清圓，淒心動魄，諦審之，乃《牡丹亭・叫畫》一齣也。忘

其所以，傾聽至終。忽省牆外皆斷港荒陂，人跡罕至，此曲自何而來？開戶視之，惟蘆荻瑟瑟而已。」（《姑妄聽之》三）

昀又「天性孤直，不喜以心性空談，標榜門戶」（盛序語），其處事貴寬，論人欲恕，故於宋儒之苛察，特有違言，書中有觸即發，與見於《四庫總目提要》中者正等。且於不情之論，世間習而不察者，亦每設疑難，揭其拘迂，此先後諸作家所未有者也，而世人不喻，嘵嘵然競以勸懲之佳作譽之。

吳惠叔言：「醫者某生素謹厚，一夜，有老媼持金釧一雙就買墮胎藥，醫者大駭，峻拒之；次夕，又添持珠花兩枝來，醫者益駭，力揮去。越半載餘，忽夢為冥司所拘，言有訴其殺人者。至，則一披髮女子，項勒紅巾，泣陳乞藥不與狀。醫者曰：『藥以活人，豈敢殺人以漁利。汝自以奸敗，于我何尤！』女子曰：『我乞藥時，孕未成形，倘得墮之，我可不死；是破一無知之血塊，而全一待盡之命也。既不得藥，不能不產，以致子遭扼殺，受諸痛苦，我亦見逼而就縊：是汝欲全一命，反戕兩命矣。罪不歸汝，反誰歸乎？』冥官喟然曰：『汝之所言，酌乎事勢；彼之所執者則理也。宋以來固執一理而不揆事勢之利害者，獨此人也哉？汝且休矣！』拊几有聲，醫者悚然而寤。」（《如是我聞》三）

東光有王莽河，即胡蘇河也，旱則涸，水則漲，每病涉焉。外舅馬公周籙言：「雍正末有丐婦一手抱兒一手扶病姑涉此水，至中流，姑蹶而仆，婦棄兒於水，努力負姑出。姑大詬曰：『我七十老媼，死何害？張氏數世待此兒延香火，爾胡棄兒以拯我？斬祖宗之祀者，爾也！』婦泣不敢語，長跪而已。越兩日，姑竟以哭孫不食死；婦嗚咽不成聲，痴坐數日，亦立槁。……有著論者，謂兒與姑較則姑重，姑與祖宗較則祖宗重。使婦或有夫，或尚有兄弟，則棄兒是，既兩世窮嫠，止一線之孤子，則姑所責者是：婦雖死，有餘悔焉。姚安公曰：「講學家責人無已時。夫急流洶湧，少縱即逝，此豈能深思長計時哉？勢不兩全，棄兒救姑，此天理之正而人心之所安也。使姑死而兒存，……不又有責以愛兒棄姑者耶？且兒方提抱，育不育未可知，使姑死而兒又不育，悔更何如耶？此婦所為，超出恆情已萬萬，不幸而其姑自殞，以死殉之，亦可哀矣。猶沾沾焉而動其喙，以為精義之學，毋乃白骨銜冤，黃泉齎恨乎？孫復作《春秋尊王發微》，二百四十年內有貶無褒；胡致堂作《讀史管見》，三代以下無完人，辨則辨矣，非吾之所欲聞也。」（《槐西雜志》二）

《灤陽消夏錄》方脫稿，即為書肆刊行，旋與《聊齋誌異》峙立；《如是我聞》等繼之，行益廣。其影響所及，則使文人擬作，雖尚有《聊齋》遺風，而摹繪之筆頓減，終乃類於宋明人談異之書……。（魯迅《中國小說史略・清之擬晉唐小說及其支流》）

原序

文以載道，儒者無不能言。夫道豈深隱莫測，祕密不傳，如佛家之心印，道家之口訣哉！萬事當然之理，是即道矣。故道在天地，如汞瀉地，顆顆皆圓；如月映水，處處皆見。大至于治國平天下，小至于一事一物，一動一言，道無不在焉。文，其中之一端也，文之大者為《六經》，固道所寄矣。降而為列朝之史，降而為諸子之書，降而為百氏之集，是又文中之一端，其言皆足以明道。再降而稗官小說，似難無與于道矣，然《漢書．藝文志》列為一家，歷代書目亦皆著錄。乃荒誕悖妄，雖非近于正道，于人心世道，亦未嘗無所裨益。

河間先生，以學問文章負天下重望，而天性孤直，不喜以心性空談，標榜門戶；亦不喜才人放誕，詩壇酒社，誇名士風流。是以退食之餘，惟耽懷典籍；老而懶于考索，乃采掇異聞，特作筆記，以寄所欲言。《灤陽消夏錄》等五書，俶詭奇譎，無所不載；洸洋恣肆，無所不言。而大旨要歸于醇正，欲使人知所勸懲。故誨淫導欲之書，以佳人才子相矜者，雖紙貴一時，終漸歸湮沒。而先生之書，則梨棗屢鐫，久而不厭，是則華實不同之明驗矣。顧翻刻者訛誤實繁；且有妄為標目，如明人之刻《冷齋夜話》者，讀者病焉。

時彥夙從先生游，嘗刻此本，先生頗以為知言，乃附跋于後，爾來版更漫漶，乃請先生合五書為一編，而仍各存其原著，並手校不憚煩勞。檢視一過，伏行摹印。雖先生之著作不必藉此刻以傳，而考古參詳者亦可得此而深思焉。是為序。

庚申季秋之吉　門人盛時彥謹志

鄭序

河間紀文達公，久在館閣，鴻文鉅制，稱一代手筆。或言公喜詼諧，嬉笑怒罵，皆成文章。今觀公所署筆記，詞意忠厚、體例謹嚴。而大旨悉歸勸懲，殆所謂是非不謬於聖人者與！雖小說，猶正史也。公自云：「不顛是非如碧雲騢，不懷挾恩怨如周秦行紀，不描摹才子佳人如《會真記》，不繪畫橫陳如秘辛。」冀不見擯於君子。蓋猶公之謙詞耳。公之孫樹馥，來宦嶺南，從索是書者眾，因重鋟板。樹馥醇謹有學識，能其官，不墮其家風云。

道光十五年乙未春日　龍溪鄭開僖識

紀昀　詩二首

千生心力坐銷磨，紙上煙雲過眼多。
擬築書倉今老矣，只應說鬼以東坡。

前因後果驗無差，瑣記搜羅鬼一車。
傳語洛閩門弟子，稗官原不入儒家。

觀弈道人自題

目錄

上冊

卷一　灤陽消夏錄【一】（四十七則）

卷二　灤陽消夏錄【二】

（四十八則）

卷三　灤陽消夏錄【三】（四十四則）

卷四 灤陽消夏錄【四】（五十三則）

卷五 灤陽消夏錄【五】

（五十四則）

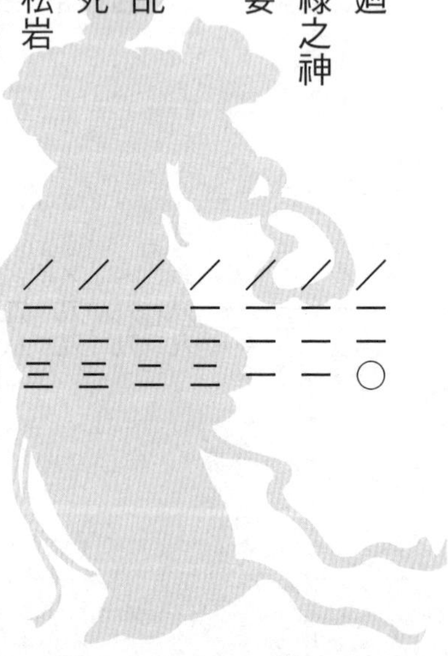

卷六　灤陽消夏錄【六】（五十一則）

卷七　如是我聞【一】（六十三則）

卷八　如是我聞【二】（六十則）

卷十　如是我聞【四】（六十三則）

下冊

卷十一 槐西雜志【一】（七十六則）

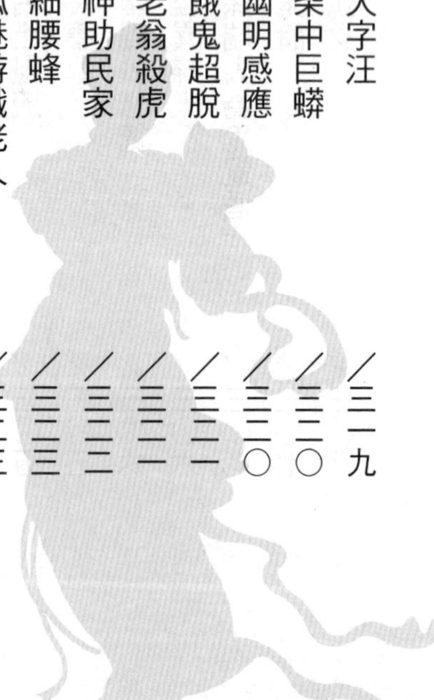

卷十二 槐西雜志【二】

（六十八則）

卷十四　槐西雜志【四】（六十一則）

卷十五　姑妄聽之【一】

（五十七則）

卷十六　姑妄聽之【二】（五十四則）

卷十七　姑妄聽之【三】（五十二則）

卷十八　姑妄聽之【四】（五十則）

卷十九　灤陽續錄【一】

（二十九則）

卷二十 灤陽續錄【二】（二十四則）

卷二十一　灤陽續錄【三】

（二十四則）

卷二十二 灤陽續錄【四】（二十二則）

卷二十三 灤陽續錄【五】（二十六則）

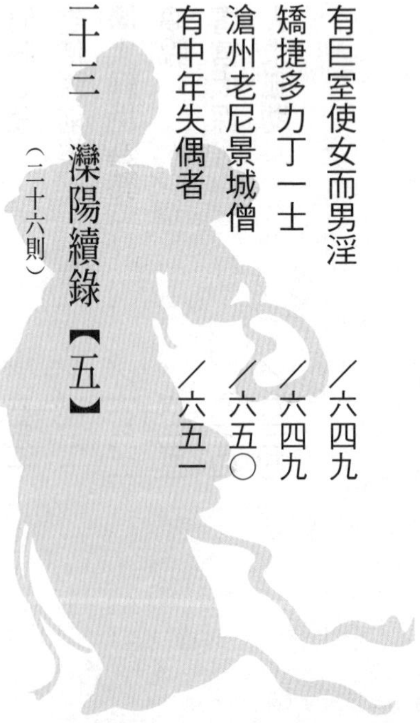

卷二十四　灤陽續錄【六】（十八則）

附紀汝佶六則

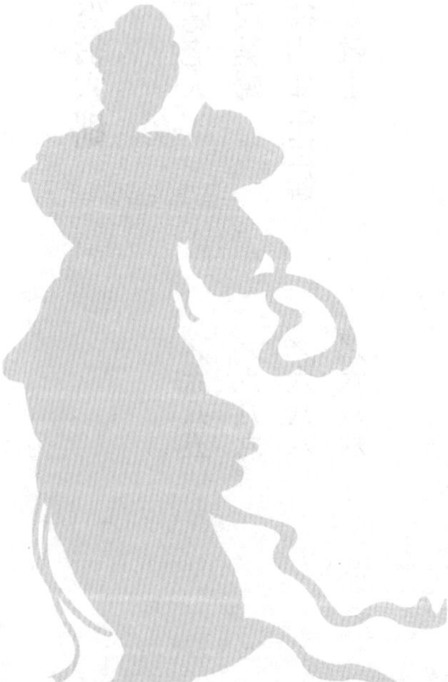

卷一　灤陽消夏錄【一】（四十七則）

乾隆己酉夏，以編排秘籍，于役灤陽。時校理久竟，特督視官吏題籤庋架而已。晝長無事，追錄見聞，憶及即書，都無體例。小說稗官，知無關于著述；街談巷議，或有益于勸懲。聊付抄胥存之，命曰《灤陽消夏錄》云爾。

神豬

胡御史牧亭言：其里有人畜一豬，見鄰叟輒瞋目狂吼，奔突欲噬，見他人則否。鄰叟初甚怒之，欲買而啖其肉。既而憬然省曰：「此殆佛經所謂夙冤耶！世無不可解之冤。」乃以善價贖得，送佛寺為長生豬。後再見之，弭耳昵就，非復曩態矣。嘗見孫重畫伏虎應真，有巴西李衎題曰：「至人騎猛虎，馭之猶騏驥。豈伊本馴良，道力消其鷙。乃知天地間，有情皆可契。共保金石心，無為多畏忌。」可為此事作解也。

智狐

滄州劉士玉孝廉，有書室為狐所據。白晝與人對語，擲瓦石擊人，但不睹其形耳。知州平原董思任，良吏也，聞其事，自往驅之。方盛陳人妖異路之理，忽檐際朗言曰：「公為官頗愛民，亦不取錢，故我不敢擊公。然公愛民乃好名，不取錢乃畏後患耳，故我亦不避公。公休矣，毋多言取困。」董狼狽而歸，咄咄不怡者數日。劉一僕婦甚粗蠢，獨不畏狐。狐亦不擊之。或于對語時，舉以問狐。狐曰：「彼雖下役，乃真孝婦也。鬼神見之猶斂避，況我曹乎！」劉乃令僕婦居此室。狐是日即去。

諧鬼

愛堂先生言：聞有老學究夜行，忽遇其亡友。學究素剛直，亦不怖畏，問：「君何往？」曰：「吾為冥吏，至南村有所勾攝，適同路耳。」因並行。至一破屋，鬼曰：「此文士廬也。」問何以知之。曰：「凡人白晝營營，性靈汩沒。惟睡時一念不生，元神朗澈，胸中所讀之書，字字皆吐光芒，自百竅而出，其狀縹緲繽紛，爛如錦繡。學如鄭、孔，文如屈、宋、班、馬者，上燭霄漢，與星月爭輝。次者數丈，次者數尺，以漸而差，極下者亦熒熒如一燈，照映戶牖。人不能見，惟鬼神見之耳。此室上光芒高七八尺，以是而知。」學究問：「我讀書一生，睡中光芒當幾許？」鬼囁嚅良久曰：「昨過君塾，君方晝寢。見君胸中高頭講章一部，墨卷五六百篇，經文七八十篇，策略三四十篇，字字化為黑煙，籠罩屋上。諸生誦讀之聲，如在濃雲密霧中。實未見光芒，不敢妄語。」學究怒叱之，鬼大笑而去。

鬼詩

東光李又聃先生，嘗至宛平相國廢園中，見廊下有詩二首。其一曰：「颯颯西風吹破欞，蕭蕭秋草滿空庭。月光穿漏飛檐角，照見莓苔半壁青。」其二曰：「耿耿疏星幾點明，銀河時有片雲行。憑欄坐聽譙樓鼓，數到連敲第五聲。」墨痕慘淡，殆不類人書。

夢中絕句

董曲江先生，名元度，平原人。乾隆壬申進士，入翰林。散館，改知縣，又改教授，移疾歸。少年夢人贈一扇，上有三絕句曰：「曹公飲馬天池日，文采西園感故知。至竟心情終不改，月明花影上旌旗。」「尺五城內並馬來，垂楊一例赤鱗開。黃金屈戍雕胡錦，不信陳王八斗才。」「簫鼓鼕鼕畫燭樓，是誰親按小涼州？春風荳蔻知多少，並作秋江一段愁。」語多難解，後亦卒無徵驗，莫明其故。

精靈論詩

平定王孝廉執信，嘗隨父宦榆林。夜宿野寺經閣下，聞閣上有人絮語，似是論詩。竊訝此間少文士，哪得有此？因諦聽之，終不甚了了。後語聲漸出閣廊下，乃稍分明。其一曰：「唐彥謙詩格不高，然『禾麻地廢生邊氣，草木春寒起戰聲』，故是佳句。」其一曰：「僕嘗有句云：『陰磧日光連雪白，風天沙氣入雲黃。』非親至關外，不睹此景。」其一又曰：「僕亦有一聯云：『山沉邊氣無情碧，河帶寒聲亙古秋。』自謂頗肖邊城日暮之狀。」相與吟賞者久之。寺鐘忽動，乃寂無聲。天曉起視，則扃鑰塵封。「山沉邊氣」一聯，後于任總鎮遺稿見之。總鎮名舉，出師金川時，百戰陣歿者也。「陰磧」一聯，終不知為誰語。即其精靈長在，得與任公同游，亦決非常鬼矣。

無賴呂四

滄州城南上河涯，有無賴呂四，凶橫無所不為，人畏如狼虎。一日薄暮，與諸惡少村外納涼。忽隱隱聞雷聲，風雨且至。遙見似一少婦，避入河干古廟中。呂語諸惡少曰：「彼可淫也。」時已入夜，陰雲黯黑。呂突入，掩其口。眾共褫衣相嬲。俄電光穿牖，見狀貌似是其妻，急釋手問之，果不謬。呂大恚，欲提妻擲河中。妻大號曰：「汝欲淫人，致人淫我，天理昭然，汝尚欲殺我耶？」呂語塞，急覓衣褲，已隨風吹入河流矣。徬徨無計，乃自負裸婦歸。雲散月明，滿村譁笑，爭前問狀。呂無可置對，竟自投于河。蓋其妻歸寧，約一月方歸。不虞母家遘回祿，無屋可棲，乃先期返。呂不知，而遘此難。後妻夢呂來曰：「我業重，當永墮泥犁。緣生前事母尚盡孝，冥官檢籍，得受蛇身，今往生矣。汝後夫不久至，善事新姑嫜；陰律不孝罪至重，毋自蹈冥司湯鑊也。」至妻再醮日，屋角有赤練蛇垂首下視，意似眷眷。妻憶前夢，方舉首問之。俄聞門外鼓樂聲，蛇于屋上跳擲數回，奮然去。

人狐戀

獻縣周氏僕周虎，為狐所媚，二十餘年如伉儷。嘗語僕曰：「吾鍊形已四百餘年，過去生中，于汝有業緣當補，一日不滿，即一日不得生天。緣盡，吾當去耳。」一日，驩然自喜，又泫然自悲，語虎曰：「月之十九日，吾緣盡當別。已為君相一婦，可聘定之。」因出白金付虎，俾備禮。自是狎昵燕婉，逾于平日，恆形影不離。至十五日，忽晨起告別。虎怪其先期。狐泣曰：「業緣一日不可減，亦一日不可增，惟遲早則隨所願耳。吾留此三日緣，為再一相會地也。」越數年，果再至，歡洽三日而後去。臨行嗚咽曰：「從此終天訣矣！」陳德音先生曰：「此狐善留其有餘，惜福者當如是。」劉季箴則曰：「三日後終須一別，何必暫留？此狐鍊形四百年，尚未到懸崖撒手地位，臨事者不當如是。」余謂二公之言，各明一義，各有當也。

王半仙友狐

獻縣令明晨，應山人。嘗欲申雪一冤獄，而慮上官不允，疑惑未決。儒學門斗有王半仙者，與一狐友，言小休咎多有驗，遣往問之。狐正色曰：「明公為民父母，但當論其冤不冤，不當問其允不允。獨不記制府李公之言乎？」門斗返報，明為悚然。

因言制府李公衛未達時，嘗同一道士渡江。適有與舟子爭詬者，道士太息曰：「命在須臾，尚計較數文錢耶！」俄其人為帆腳所掃，墮江死。李公心異之。中流風作，舟欲覆。道士禹步誦咒，風止得濟。李公再拜謝更生。道士曰：「適墮江者，命也，吾不能救。公貴人也，遇厄得濟，亦命也，吾不能不救。何謝焉？」李公又拜曰：「領師此訓，吾終身安命矣。」道士曰：「是不盡然。一身之窮達，當安命，不安命則奔競排軋，無所不至。不知李林甫、秦檜，即不傾陷善類，亦作宰相，徒自增罪案耳。至國計民生之利害，則不可言命。天地之生才，朝廷之設官，所以補救氣數也。身握事權，束手而委命，天地何必生此才，朝廷何必設此官乎？晨門曰：『是知其不可而為之。』諸葛武侯曰：『鞠躬盡瘁，死而後已。』成敗利鈍，非所逆睹。此聖賢立命之學，公其識之。」李公謹受教，拜問姓名。道士曰：「言之恐公駭。」下舟行數十步，翳然滅跡。昔在會城，李公曾談是事，不識此狐何以得知也。

鄭蘇仙夢冥府

北村鄭蘇仙，一日夢至冥府，見閻羅王方錄囚。有鄰村一媼至殿前，王改容拱手，賜以杯茗，命冥吏速送生善處。鄭私叩冥吏曰：「此農家老婦，有何功德？」冥吏曰：「是媼一生無利己損人心。夫利己之心，雖賢士大夫或不免。然利己者必損人，種種機械，因是而生；種種冤愆，因是而造；甚至貽臭萬年，流毒四海，皆此一念為害也。此一村婦而能自制其私心，讀書講學之儒，對之多愧色矣。何怪王之加禮乎！」鄭素有心計，聞之惕然而寤。

鄭又言，此媼未至以前，有一官公服昂然入，自稱所至但飲一杯水，今無愧鬼神。王哂曰：「設官以治民，下至驛丞閘官，皆有利弊之當理。但不要錢即為好官，植木偶于堂，並水不飲，不更勝公乎？」官又辯曰：「某雖無功，亦無罪。」王曰：「公一生處處求自全，某獄某獄，避嫌疑而不言，非負民乎？某事某事，畏煩重而不舉，非負國乎？三載考績之謂何？無功即有罪矣。」官大踧踖，鋒稜頓減。王徐顧笑曰：「怪公盛氣耳。平心而論，要是三四等好官，來生尚不失冠帶。」促命即送轉輪王。

觀此二事，知人心微曖，鬼神皆得而窺，雖賢者一念之私，亦不免于責備。「相在爾室」，其信然乎。

狂電穿人

雍正壬子，有宦家子婦，素無勃谿狀。突狂電穿牖，如火光激射，雷楔貫心而入，洞左脅而出。其夫亦為雷焰燔燒，背至尻皆焦黑，氣息僅屬。久之乃蘇，顧婦屍泣曰：「我性剛勁，與母爭論或有之。爾不過私訴抑鬱，背燈掩淚而已，何雷之誤中爾耶？」是未知律重主謀，幽明一也。

無雲和尚

無雲和尚，不知何許人也。康熙中，掛單河間資勝寺，終日默坐，與語亦不答。一日，忽登禪床，以界尺拍案一聲，泊然化去。視案上有偈曰：「削髮辭家淨六塵，自家且了自家身。仁民愛物無窮事，原有周公孔聖人。」佛法近墨，此僧乃近于楊。

寧波吳生

寧波吳生，好作北里游。後昵一狐女，時相幽會，然仍出入青樓間。一日，狐女請曰：「吾能幻化，凡君所眷，吾一見即可肖其貌。君一存想，應念而至，不逾于黃金買笑乎？」試之，果頃刻換形，與真無二，遂不復外出。嘗語狐女曰：「眠花藉柳，實愜人心。惜是幻化，意中終隔一膜耳。」狐女曰：「不然。聲色之娛，本電光石火。豈特吾肖某某為幻化，即彼某某亦幻化也。豈特某某為幻化，即妾亦幻化也。即千百年來，名姬艷女，皆幻化也。白楊綠草，黃土青山，何一非古來歌舞之場。握雨攜雲，與埋香葬玉，《別鶴》、《離鸞》，一曲伸臂頃耳。中間兩美相合，或以時刻計，或以日計，或以月計，或以年計，終有訣別之期。及其訣別，則數十年而散，與片刻相遇而散者，同一懸崖撒手，轉瞬成空。倚翠偎紅，不皆恍如春夢乎？即夙契原深，終身聚首，而朱顏不駐，白髮已侵，一人之身，非復舊態。則當時黛眉粉頰，亦謂之幻化可矣，何獨以妾肖某某為幻化也。」吳洒然有悟。

後數年，狐女辭去。吳竟絕跡于狎游。

老儒遇鬼

交河汲孺愛、青縣張文甫，皆老儒也，並授徒于獻。嘗同步月南村北村之間，去館稍遠，荒原闃寂，榛莽翳然。張心怖欲返，曰：「墟墓間多鬼，曷可久留！」俄一老人扶杖至，揖二人坐曰：「世間安得有鬼，不聞阮瞻之論乎？二君儒者，奈何信釋氏之妖妄。」因闡發程朱二氣屈伸之理，疏通證明，詞條流暢。二人聽之，皆首肯，共嘆宋儒見理之真。遞相酬對，竟忘問姓名。適大車數輛遠遠至，牛鐸錚然。老人振衣即起曰：「泉下之人，岑寂久矣。不持無鬼之論，不能留二君作竟夕談。今將別，謹以實告，毋訝相戲侮也。」俯仰之頃，欻然已滅。是間絕少文士，惟董空如先生墓相近，或即其魂歟？

河間唐生

河間唐生，好戲侮。士人至今能道之，所謂唐嘯子者是也。有塾師好講無鬼，嘗曰：「阮瞻遇鬼，安有是事，僧徒妄造蜚語耳。」唐夜洒土其窗，而嗚嗚擊其戶。塾師駭問為誰，則曰：「我二氣之良能也。」塾師大怖，蒙首股慄，使二弟子守達旦。次日委頓不起。朋友來問，但呻吟曰：「有鬼。」既而知唐所為，莫不拊掌。然自是魅大作，拋擲瓦石，搖撼戶牖，無虛夕。初尚以為唐再來，細察之，乃真魅。不勝其嬲，竟棄館而去。蓋震懼之後，益以慚恧，其氣已餒，狐乘其餒而中之也。妖由人興，此之謂乎。

輕薄少年

天津某孝廉，與數友郊外踏青，皆少年輕薄。見柳陰中少婦騎驢過，欺其無伴，邀眾逐其後，嫚語調謔。少婦殊不答，鞭驢疾行。有兩三人先追及，少婦忽下驢軟語，意似相悅。俄某與三四人追及，審視，正其妻也。但妻不解騎，是日亦無由至郊外，且疑且怒，近前訶之。妻嬉笑如故。某憤氣潮湧，奮掌欲摑其面。妻忽飛騰驢背，別換一形，以鞭指某數曰：「見他人之婦，則狎褻百端；見是己婦，則恚恨如是。爾讀聖賢書，一恕字尚不能解，何以掛名桂籍耶？」數訖徑行。某色如死灰，僵立道左，殆不能去，竟不知是何魅也。

媚鬼逃遁

德州田白岩曰：有額都統者，在滇黔間山行，見道士按一麗女于石，欲剖其心。女哀呼乞救。額急揮騎馳及，遽格道士手。女噭然一聲，化火光飛去。道士頓足曰：「公敗吾事！此魅也，媚殺百餘人，故捕誅之以除害。但取精已多，歲久通靈，斬其首則神遁去，故必剖其心乃死。公今縱之，又貽患無窮矣。釋一猛虎之命，放置深山，不知澤麋林鹿，劘其牙者幾許命也！」匣其匕首，恨恨渡溪去。此殆白岩之寓言，即所謂一家哭何如一路哭也。姑容墨吏，自以為陰功，人亦多稱為忠厚。而窮民之賣兒貼婦，皆未一思，亦安用此長者乎？

貪吏遇鬼

獻縣吏王某，工刀筆，善巧取人財。然每有所積，必有一意外事耗去。有城隍廟道童，夜行廊廡間，聞二吏持簿對算。其一曰：「渠今歲所蓄較多，當何法以銷之？」方沉思間，其一曰：「一翠雲足矣，無煩迂折也。」是廟往往遇鬼，道童習見亦不怖，但不知翠雲為誰，亦不知為誰銷算。俄有小妓翠雲至，王某大嬖之，耗所蓄八九；又染惡瘡，醫藥備至，比愈，則已蕩然矣。人計其平生所取，可屈指數者，約三四萬金。後發狂疾暴卒，竟無棺以殮。

艷女說驛使

陳雲亭舍人言：有台灣驛使宿館舍，見艷女登牆下窺，叱索無所睹。夜半琅然有聲，乃片瓦擲枕畔。叱問：「是何妖魅，敢侮天使？」窗外朗應曰：「公祿命重，我避公不及，致公叱索，惧干神譴，惴惴至今。今公睡中萌邪念，誤作驛卒之女，謀他日納為妾。人心一動，鬼神知之。以邪召邪，不得而咎我，故投瓦相報。公何怒焉？」驛使大愧沮，未及天曙，促裝去。

人狐爭居

葉旅亭御史宅，忽有狐怪，白晝對語，迫葉讓所居。擾攘戲侮，至杯盤自舞，几榻自行。葉告張真人，真人以委法官，先書一符，甫張而裂。次牒都城隍，亦無驗。法官曰：「是必天狐，非拜章不可。」乃建道場七日。至三日，狐猶詬詈。至四日，乃婉詞請和，葉不欲與為難，亦祈不竟其事。真人曰：「章已拜，不可追矣。」至七日，忽聞格鬥砰訇，門窗破墮，薄暮尚未已。法官又檄他神相助，乃就擒，以罌貯之，埋廣渠門外。余嘗問真人驅役鬼神之故，曰：「我亦不知所以然，但依法施行耳。大抵神鬼皆受役于印，而符籙則掌于法官。真人如官長，法官如吏胥。真人非法官不能為符籙，法官非真人之印，其符籙亦不靈。中間有驗有不驗，則如各官司文移章奏，或准或駁，不能一一必行耳。」此言頗近理。又問設空宅深山，猝遇精魅，君尚能制伏否？曰：「譬大吏經行，劫盜自然避匿。倘或無知猖獗，突犯雙旌，雖手握兵符，徵調不及，一時亦無如之何。」此言亦頗篤實。

然則一切神奇之說，皆附會也。

石壁出人語

朱子穎運使言：守泰安日，聞有士人至岱岳深處，忽人語出石壁中，曰：「何處經香，豈有轉世人來耶？」剨然震響，石壁中開，貝闕瓊樓，湧現峰頂，有耆儒冠帶下迎。

士人駭愕，問此何地。曰：「此經香閣也。」士人叩經香之義，曰：「其說長矣，請坐講之。昔尼山刪定，垂教萬年，大義微言，遞相授受。漢代諸儒，去古未遠，訓詁箋注，類能窺先聖之心；又淳樸未漓，無植黨爭名之習，惟各傳師說，篤溯淵源。沿及有唐，斯文未改。迨乎北宋，勒為注疏十三部，先聖嘉焉。諸大儒慮新說日興，漸成絕學，建是閣以貯之。中為初本，以五色玉為函，尊聖教也。配以歷代官刊之本，以白玉為函，昭帝王表章之功也，皆南面。左右則各家私刊之本，每一部成，必取初印精好者，按次時代，庋置斯閣，以蒼玉為函，獎汲古之勤也。皆東西面。並以珊瑚為籤，黃金作鎖鑰。東西兩廡以沉檀為几，錦繡為茵。諸大儒之神，歲一來視，相與列坐于斯閣。後三楹則唐以前諸儒經義，帙以纂組，收為一庫。自是以外，雖著述等身，聲華蓋代，總聽其自貯名山，不得入此門一步焉，先聖之志也。諸書至子刻午刻，一字一句，皆發濃香，故題曰『經香』。蓋一元斡運，二氣絪縕，陰起午中，陽生子半。聖人之心，與天地通。諸大儒闡發聖人之理，其精奧亦與天地通，故相感也。然必傳是學者始聞之，他人則否。世儒于此十三部，或焚膏繼晷，鑽仰終身；或鍛鍊苛求，百端掊擊，亦各因其性識之所根耳。君四世前為刻工，曾手刊《周禮》半部，故餘香尚在，吾得以知君之來。」因引使周覽閣廡，款以茗果。送別曰：「君善自愛，此地不易至也。」士人回顧，惟萬峰插天，杳無人跡。

案此事荒誕，殆尊漢學者之寓言。夫漢儒以訓詁專門，宋儒以義理相尚。似漢學粗而宋學精，然不明訓詁，義理何自而知。概用詆誹，視猶土苴，未免既成大輅，追斥椎輪；得濟迷川，遽焚寶筏。于是攻宋儒者又紛紛而起。故余撰《四庫全書・詩部總敘》有曰：「宋儒之攻漢儒，非為說經起見也，特求勝于漢儒而已。後人之攻宋儒，亦非為說經起見也，特不平宋儒之詆漢儒而已。」韋蘇州詩曰：「水性自云靜，石中亦無聲；如何兩相激，雷轉空山驚。」此之謂矣。平心而論，《易》自王弼始變舊說，為宋學之萌芽，宋儒不攻。《孝經》詞義明顯，宋儒所爭，只古文今文字句，亦無關宏旨，均姑置勿議。至《尚書》、《三禮》、《三傳》、《毛詩》、《爾雅》諸注疏，皆根據古義，斷非宋儒所能。《論語》、《孟子》，宋儒積一生精力，字斟句酌，亦斷非漢儒所及。蓋漢儒重師傳，淵源有自；宋儒尚心悟，研索易深。漢儒或執舊文，過于信傳；宋儒或憑臆斷，勇于改經。計其得失，亦復相當。惟漢儒之學，非讀書稽古，不能下一語；宋儒之學，則人人皆可以空談。其間蘭艾同生，誠有不盡饜人心者，是嗤點之所自來。此種虛構之詞，亦非無因而作也。

曹氏不怕鬼

曹司農竹虛言：其族兄自歙往揚州，途經友人家。時盛夏，延坐書屋，甚軒爽。暮欲下榻其中，友人曰：「是有魅，夜不可居。」曹強居之。夜半，有物自門隙蠕蠕入，薄如夾紙。入室後，漸開展作人形，乃女子也，曹殊不畏。忽披髮吐舌，作縊鬼狀，曹笑曰：「猶是髮，但稍亂；猶是舌，但稍長。亦何足畏！」忽自摘其首置案上，曹又笑曰：「有首尚不足畏，況無首耶！」鬼技窮，倏然滅。及歸途再宿，夜半，門隙又蠕蠕，甫露其首，輒唾曰：「又此敗興物耶！」竟不入。

此與嵇中散事相類。夫虎不食醉人，不知畏也。大抵畏則心亂，心亂則神渙，神渙則鬼得乘之。不畏則心定，心定則神全，神全則沴戾之氣不能干。故嵇中散記事者，稱「神志湛然，鬼慚而去。」

默庵先生

董曲江言：默庵先生為總漕時，署有土神馬神二祠，惟土神有配。其少子恃才兀傲，謂土神于思老翁，不應擁艷婦；馬神年少，正為嘉耦。徑移女像于馬神祠。俄眩仆不知人。默庵先生聞其事，親禱，移還乃蘇。又聞河間學署有土神，亦配以女像。有訓導謂黌宮不可塑婦人，乃別建一小祠遷焉。土神憑其幼孫語曰：「汝理雖正，而心則私，正欲廣汝宅耳，吾不服也。」訓導方侃侃談古禮，猝中其隱，大駭，乃終任不敢居是室。

二事相近。或曰：「訓導遷廟猶以禮，董瀆神甚矣，譴當重。」余謂董少年放誕耳。訓導內挾私心，使己有利；外假公義，使人無詞，微神發其陰謀，人尚以為能正祀典也。《春秋》誅心，訓導譴當重于董。

戲術

戲術皆手法捷耳，然亦實有般運術（宋人書搬運皆作般）。憶小時在外祖雪峰先生家，一術士置杯酒于案，舉掌拊之，杯陷入案中，口與案平。然拊案下，不見杯底。少頃取出，案如故。此或障目法也。

又舉魚膾一巨碗，拋擲空中不見。令其取回，則曰：「不能矣，在書室畫廚夾屜中，公等自取耳。」時以賓從雜遝，書室多古器，已嚴扃。且夾屜高僅二寸，碗高三四寸許，斷不可入，疑其妄。姑呼鑰啟視，則碗置案上，換貯佛手五。原貯佛手之盤，乃換貯魚膾，藏夾屜中，是非般運術乎？理所必無，事所或有，類如此，然實亦理之所有。

狐怪山魈，盜取人物不為異；能劾禁狐怪山魈者亦不為異。既能劾禁，即可以役使；既能盜取人物，即可以代人盜取物。夫又何異焉？

北窗怪聲

舊僕莊壽言：昔事某官，見一官侵晨至，又一官續至，皆契交也，其狀若密遞消息者。俄皆去，主人亦命駕遞出。至黃昏乃歸，車殆馬煩，不勝困憊。俄前二官又至燈下，或附耳，或點首，或搖手，或蹙眉，或拊掌，不知所議何事。漏下二鼓，俄遙聞北窗外吃吃有笑聲，室中弗聞也。方疑惑間，忽又聞長嘆一聲曰：「何必如此！」始賓主皆驚，開窗急視，新雨後泥平如掌，絕無人跡，共疑為我囈語。我時因戒勿竊聽，避立南榮外花架下，實未嘗睡，亦未嘗言，究不知其何故也。

仙童

永春邱孝廉二田，偶憩息九鯉湖道中。有童子騎牛來，行甚速，至邱前小立，朗吟曰：「來衝風雨來，去踏煙霞去。斜照萬峰青，是我還山路。」怪村豎哪得作此語，凝思欲問，則笠影出沒杉檜間，已距半里許矣。不知神仙游戲，抑鄉塾小兒聞人誦而偶記也。

詩有鬼魅

莆田林教諭霈，以台灣俸滿北上，至涿州南，下車便旋。見破屋牆外，有磁鋒劃一詩曰：「騾綱隊隊響銅鈴，清曉衝寒過驛亭。我自垂鞭玩殘雪，驢蹄緩踏亂山青。」款曰「羅洋山人」。讀訖，自語曰：「詩小有致。羅洋是何地也？」屋內應曰：「其語似是湖廣人。」入視之，惟凝塵敗葉而已。自知遇鬼，惕然登車。恆鬱鬱不適，不久竟卒。

夢中吟

景州李露園基塙，康熙甲午孝廉，余僚婿也。博雅工詩。露次日，夢中作一聯曰：「鸞翮嵇中散，蛾眉屈左徒。」醒而自不能解。後得湖南一令，卒于官，正屈原行吟地也。

小花犬顯靈

先祖母張太夫人，畜一小花犬。群婢患其盜肉，陰扼殺之。中一婢曰柳意，夢中恆見此犬來嚙，睡輒囈語。太夫人知之，曰：「群婢共殺犬，何獨銜冤于柳意？此必柳意亦盜肉，不足服其心也。」考問果然。

神　柏

福建汀州試院，堂前二古柏，唐物也，云有神。余按臨日，吏曰當詣樹拜。余謂木魅不為害，聽之可也，非祀典所有，使者不當拜。樹枝葉森聳，隔屋數重可見。是夕月明，余步階上，仰見樹杪兩紅衣人，向余磬折拱揖。冉冉漸沒，呼幕友出視，尚見之。余次日指樹，各答以揖。為鐫一聯于祠門曰：「參天黛色常如此，點首朱衣或是君。」此事亦頗異。袁子才嘗載此事于《新齊諧》，所記稍異，蓋傳聞之誤也。

呂道士幻術

德州宋清遠先生言：呂道士，不知何許人，善幻術，嘗客田山薑司農家。值朱藤盛開，賓客會賞。一俗士言詞猥鄙，喋喋不休，殊敗人意。一少年性輕脫，厭薄尤甚，斥勿多言。二人幾攘臂。一老儒和解之，俱不聽，亦愠形于色。滿坐為之不樂。道士耳語小童，取紙筆，畫三符焚之。三人忽皆起，至院中旋折數四。俗客趨東南隅坐，喃喃自語。聽之，乃與妻妾談家事。俄左右回顧若和解，俄怡色自辯，俄作引罪狀，俄屈一膝，俄兩膝並屈，俄叩首不已。視少年，則坐西南隅花欄上，流目送盼，妮妮軟語。俄嬉笑，俄謙謝，俄低唱《浣紗記》，呦呦不已，手自按拍，備諸冶蕩之態。老儒則端坐石磴上，講《孟子》齊桓、晉文之事一章。字剖句析，指揮顧盼，如與四五人對語。忽搖首曰「不是」，忽瞋目曰「尚不解耶」，咯咯痨嗽仍不止。眾駭笑，道士搖首止之。比酒闌，道士又焚三符。三人乃惘惘痴坐，少選始醒，自稱不覺醉眠，謝無禮。眾匿笑散。道士曰：「此小術，不足道。葉法善引唐明皇入月宮，即用此符。當時誤以為真仙，迂儒又以為妄語，皆井底蛙耳。」後在旅館，符攝一過往貴人妾魂。妾蘇後，登車識其路徑門戶，語貴人急捕之，已遁去。此《周禮》所以禁怪民歟！

馬語

交河老儒及潤礎，雍正乙卯鄉試，晚至石門橋，客舍皆滿。惟一小屋，窗臨馬櫪，無肯居者，姑解裝焉。群馬跳踉，夜不得寐。人靜後，忽聞馬語。及愛觀雜書，先記宋人說部中有堰下牛語事，知非鬼魅，屏息聽之。一馬曰：「今日方知忍饑之苦。生前所欺隱草豆錢，現在何處！」一馬曰：「我輩多由圉人轉生，死者方知，生者不悟，可為太息！」眾馬皆嗚咽。一馬曰：「冥判亦不甚公，王五何以得為犬？」一馬曰：「冥卒曾言之，渠一妻二女並淫濫，盡盜其錢與所歡，當罪之半矣。」一馬曰：「信然，罪有輕重，姜七墮豕，身受屠割，更我輩不若也。」及忽輕嗽，語遂寂。及恆舉以戒圉人。

侍姬爛舌

余一侍姬，平生未嘗出詈語。自云親見其祖母善詈，後了無疾病，忽舌爛至喉，飲食言語皆不能，宛轉數日而死。

某生刃妻

有某生在家，偶晏起，呼妻妾不至。問小婢，云：「並隨一少年同去矣。」露刃追及，將駢斬之。少年忽不見。有老僧衣紅袈裟，一手托缽，一手振錫杖，格其刃曰：「汝尚不悟耶？汝利心太重，忮忌心太重，機巧心太重，而能使人終不覺。鬼神忌隱惡，故判是二婦，使作此以報汝。彼何罪焉？」言訖亦隱。生默然引歸。二婦云：「少年初不相識，亦未相悅。忽惘然如夢，隨之去。」鄰里亦曰：「二婦非淫奔者，又素不相得，豈肯隨一人？且淫奔必避人，豈有白晝公行，緩步待追者耶？其為神譴，信矣。」然終不能明其惡，真隱惡哉！

畫中景

事皆前定，豈不信然。戊子春，余為人題《蕃騎射獵圖》曰：「白草粘天野獸肥，彎弧愛爾馬如飛；何當快飲黃羊血，一上天山雪打圍。」是年八月，竟從軍于西域。又董文恪公嘗為余作《秋林覓句圖》。余至烏魯木齊，城西有深林，老木參雲，彌亙數十里，前將軍伍公彌泰建一亭于中，題曰「秀野」。散步其間，宛然前畫之境。辛卯還京，因自題一絕句曰：「霜葉微黃石骨青，孤吟自怪太零丁。誰知早作西行讖，老木寒雲秀野亭。」

某醫好毒

西皮瘍醫某，藝頗精，然好陰用毒藥，勒索重資。不饜所欲，則必死。蓋其術詭秘，他醫不能解也。一日，其子雷震死。今其人尚在，亦無敢延之者矣。或謂某殺人至多，天何不殛其身而殛其子？有佚罰焉。夫罪不至極，刑不及孥；惡不至極，殃不及世。殛其子，所以明禍延後嗣也。

六壬術士

安中寬言：昔吳三桂之叛，有術士精六壬，將往投之。遇一人，言亦欲投三桂，因共宿。其人眠西牆下，術士曰：「君勿眠此，此牆亥刻當圮。」其人曰：「君術未精，牆向外圮，非向內圮也。」至夜果然。余謂此附會之談也，是人能知牆之內外圮，不知三桂之必敗乎？

奇術僧

有僧游交河蘇吏部次公家，善幻術，出奇不窮，云與呂道士同師。嘗摶泥為豕，咒之，漸蠕動。再咒之，忽作聲。再咒之，躍而起矣。因呼庖屠以供客，味不甚美。食訖，客皆作嘔逆，所吐皆泥也。有一士因雨留同宿，密叩僧曰：「《太平廣記》載術士咒片瓦授人，劃壁立開，可潛至人閨閣中。師術能及此否？」曰：「此不難。」拾片瓦咒良久，曰：「持此可往。但勿語，語則術敗矣。」士試之，壁果開。至一處，見所慕，方卸妝就寢。守僧戒，不敢語，徑掩扉，登榻狎昵。婦亦歡洽，倦而酣睡。忽開目，則眠妻榻上也。方互相疑詰，僧登門數之曰：「呂道士一念之差，已受雷誅。君更累我耶！小術戲君，幸不傷盛德，後更無萌此念。」既而太息曰：「此一念，司命已錄之，雖無大譴，恐于祿籍有妨耳。」士果蹭蹬，後得一訓導，竟終于寒氈。

胡維華

康熙中，獻縣胡維華以燒香聚眾謀不軌。所居由大城、文安一路行，去京師三百餘里。由青縣、靜海一路行，去天津二百餘里。維華謀分兵為二，其一出不意，並程抵京師；其一據天津，掠海舟。利則天津之兵亦北趨，不利則遁往天津，登舟泛海去。方部署偽官，事已泄。官軍擒捕，圍而火攻之，齠齔不遺。

初，維華之父雄于資，喜周貧乏，亦未為大惡。鄰村老儒張月坪，有女艷麗，殆稱國色，見而心醉。然月坪端方迂執，無與人為妾理。乃延之教讀。月坪父母柩在遼東，不得返，恆戚戚。偶言及，即捐金使扶歸，且贈以葬地。月坪田內有橫屍，其仇也。官以謀殺勘，即為百計申辯得釋。一日，月坪妻攜女歸寧，三子並幼，月坪歸家守門戶，約數日返。乃陰使其黨，夜鍵戶而焚其廬，父子四人並燼。陽為驚悼，代營喪葬，且時周其妻女，竟依以為命。或有欲聘女者，妻必與謀，輒陰阻，使不就。久之，漸露求女為妾意。妻感其惠，欲許之。女初不願。夜夢其父曰：「汝不往，吾終不暢吾志也。」女乃受命。歲餘，生維華，女旋病卒。維華竟覆其宗。

慧女復仇

又去余家三四十里，有凌虐其僕夫婦死而納其女者。女故慧黠，經營其飲食服用，事事當意。又凡可博其歡者，冶蕩狎媟，無所不至。皆竊議其忘仇。蠱惑既深，惟其言是聽。女始則導之奢華，破其產十之七八。又讒間其骨肉，使門以內如寇仇。繼乃時說《水滸傳》宋江、柴進等事，稱為英雄，慫恿之交通盜賊。卒以殺人抵法。抵法之日，女不哭其夫，而陰擕卮酒，酬其父母墓曰：「父母恆夢中魘我，意恨恨似欲擊我。今知之否耶？」人始知其蓄志報復，曰：「此女所為，非惟人不測，鬼亦不測也，機深哉！」然而不以陰險論，《春秋》原心，本不共戴天者也。

鬼牒

余在烏魯木齊，軍吏具文牒數十紙，捧墨筆請判，曰：「凡客死于此者，其棺歸籍，例給牒，否則魂不得入關。」以行于冥司，故不用朱判，其印亦以墨。視其文，鄙誕殊甚。曰：「為給照事：照得某處某人，年若干歲，以某年某月某日在某處病故。今親屬搬柩歸籍，合行給照。為此牌仰沿路把守關隘鬼卒，即將該魂驗實放行，毋得勒索留滯，致干未便。」余曰：「此胥役托詞取錢耳。啟將軍除其例。」旬日後，或告城西墟墓中鬼哭，無牒不能歸故也。余斥其妄。又旬日，或告鬼哭已近城。斥之如故。越旬日，余所居牆外魏魏有聲（《說文》曰：「魏，鬼聲」）。余尚以為胥役所偽。越數日，聲至窗外。時月明如晝，自起尋視，實無一人。同事觀御史成曰：「公所持理正，雖將軍不能奪也。然鬼哭實共聞，不得照者，實亦冤。公盍試一給之，姑問孰譏慝之口。倘鬼哭如故，則公亦有詞矣。」勉從其議。是夜寂然。又軍吏宋吉祿在印房，忽眩仆。久而蘇，云見其母至。俄台軍以官牒呈，啟視，則哈密報吉祿之母來視子，卒于途也。

天下事何所不有，儒生論其常耳。余嘗作《烏魯木齊雜詩》一百六十首，中一首云：「白草颼颼接冷雲，關山疆界是誰分？幽魂來往隨官牒，原鬼昌黎竟未聞。」即此二事也。

又一駱賓王

范蘅洲言：昔渡錢塘江，有一僧附舟，徑置坐具，倚檣竿，不相問訊。與之語，口漫應，目視他處，神意殊不屬。蘅洲怪其傲，亦不再言。時西風過急，蘅洲偶得二句，曰：「白浪簸船頭，行人怯石尤。」下聯未屬，吟哦數四。僧忽閉目微吟曰：「如何紅袖女，尚倚最高樓？」蘅洲不省所云，再與語，仍不答。比繫纜，恰一少女立樓上，正著紅袖。乃大驚，再三致詰。曰：「偶望見耳。」然煙水渺茫，廬舍遮映，實無望見理。疑其前知，欲作禮，則已振錫去。蘅洲惘然莫測，曰：「此又一駱賓王矣！」

老桑樹

清苑張公鉞，官河南鄭州時，署有老桑樹，合抱不交，云棲神物。惡而伐之。是夕，其女燈下睹一人，面目手足及衣冠色皆濃綠，厲聲曰：「爾父太橫，姑示警于爾！」驚呼媼婢至，神已痴矣。後歸戈太僕仙舟，不久下世。驅厲鬼，毀淫祠，正狄梁公、范文正公輩事。德苟不足以勝之，鮮不致敗。

凶宅

錢文敏公曰：「天之禍福，不猶君之賞罰乎！鬼神之鑒察，不猶官吏之詳議乎！今使有一彈章曰：『某立身無玷，居官有績，然門徑向凶方，營建犯凶日，罪當謫罰。』所司允乎？駁乎？又使有一薦牘曰：『某立身多瑕，居官無狀，然門徑得吉方，營建值吉日，功當遷擢。』所司又允乎？駁乎？官吏所必駁，而謂鬼神允之乎？故陽宅之說，余終不謂然。」此譬至明，以詰形家，亦無可置辯。

然所見實有凶宅：京師斜對給孤寺道南一宅，余行吊者五；粉坊琉璃街極北道西一宅，余行吊者七。給孤寺宅，曹中丞學閔嘗居之，甫移入，二僕一夕並暴亡，懼而遷去。粉坊琉璃街宅，邵教授大生嘗居之，白晝往往見變異，毅然不畏，竟歿其中。此又何理歟？劉文正公曰：「卜地見《書》，卜日見《禮》。苟無吉凶，聖人何卜？但恐非今術士所知耳。」斯持平之論矣。

滄州潘班

滄州潘班，善書畫，自稱黃葉道人。嘗夜宿友人齋中，聞壁間小語曰：「君今夕毋留人共寢，當出就君。」班大駭，移出。友人曰：「室舊有此怪，一婉孌女子，不為害也。」後友人私語所親曰：「潘君其終困青衿乎？此怪非鬼非狐，不審何物，遇粗俗人不出，遇富貴人亦不出，惟遇才士之淪落者，始一出薦枕耳。」後潘果坎壈以終。越十餘年，忽夜聞齋中啜泣聲。次日，大風折一老杏樹，其怪乃絕。外祖張雪峰先生嘗戲曰：「此怪大佳，其意識在綺羅人上。」

夭逝女碣

陳楓崖光祿言：康熙中，楓涇一太學生，嘗讀書別業。見草間有片石，已斷裂剝蝕，僅存數十字，偶有一二成句，似是夭逝女子之碣也。生故好事，意其墓必在左右，每陳茗果于石上，而祝以狎詞。

越一載餘，見麗女獨步菜畦間，手執野花，顧生一笑。生趨近其側，目挑眉語，方相引入籬後灌莽間。女凝立直視，若有所思，忽自批其頰曰：「一百餘年，心如古井，一旦乃為蕩子所動乎？」頓足數四，奄然而滅。方知即墓中鬼也。蔡修撰季實曰：「古稱蓋棺論定。觀于此事，知蓋棺猶難論定矣。是本貞魂，乃以一念之差，幾失故步。」晦庵先生詩曰：「世上無如人欲險，幾人到此誤平生。」諒哉！

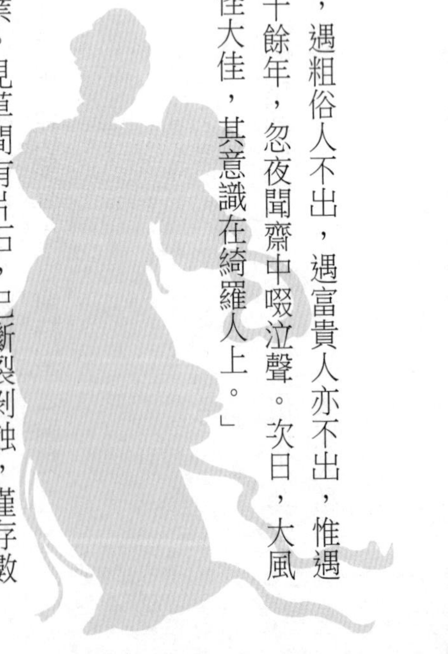

江寧書生

王孝廉金英言：江寧一書生，宿故家廢園中。月夜有豔女窺窗。心知非鬼即狐，愛其姣麗，亦不畏怖。招使入室，即宛轉相就。然始終無一語，問亦不答，惟含笑流盼而已。如是月餘，莫喻其故。

一日，執而固問之。乃取筆作字曰：「妾前明某翰林侍姬，不幸夭逝。因平生巧于讒構，使一門骨肉如水火。冥司見譴，罰為瘖鬼，已沉淪二百餘年。君能為書《金剛經》十部，得仗佛力，超拔苦海，則世世銜感矣。」書生如其所乞。寫竣之日，詣書生再拜，仍取筆作字曰：「藉金經懺悔，已脫離鬼趣。然前生罪重，僅能帶業往生，尚須三世作啞婦，方能語也。」

卷二 灤陽消夏錄【二】（四十八則）

村叟之卜

董文恪公為少司空時，云昔在富陽村居，有村叟坐鄰家，聞讀書聲，曰：「貴人也。」請相見。諦觀再四，又問八字干支。沉思良久，曰：「君命相皆一品。當某年得知縣，某年署大縣，某年實授，某年遷通判，某年遷知府，某年由知府遷布政，某年遷巡撫，某年遷總督。善自愛，他日知吾言不謬也。」後不再見此叟，其言亦不驗。

然細較生平，則所謂知縣，乃由拔貢得戶部七品官也。所謂調署大縣，乃庶吉士也。所謂實授，乃編修也。所謂通判，乃中允也。所謂知府，乃侍讀學士也。所謂布政使，乃內閣學士也。所謂巡撫，乃工部侍郎也。品秩皆符，其年亦皆符，特內外異途耳。是其言驗而不驗，不驗而驗，惟未知總督如何。後公以其年拜禮部尚書，品秩仍符。按推算干支，或奇驗，或全不驗，或半驗半不驗。余嘗以聞見最確者，反覆深思，八字貴賤貧富，特大概如是。其間乘除盈縮，略有異同。

無錫鄒小山先生夫人，與安州陳密山先生夫人，八字干支並同。小山先生官禮部侍郎，密山先生官貴州布政使，均二品也。論爵，布政不及侍郎之尊；論祿，則侍郎不及布政之厚，互相補矣。二夫人並壽考。陳夫人早寡，然晚歲康強安樂。鄒夫人白首齊眉，然晚歲喪明，家計亦薄，又相補矣。此或疑地有南北，時有初正也。余第六侄與奴子劉雲鵬，生時只隔一牆，兩窗相對，兩兒並落蓐啼。非惟時同刻同，乃至分秒亦同。侄至十六歲而夭，而奴子今尚在。豈非此命所賦之祿，只有此數。侄生長富貴，消耗先盡；奴子生長貧賤，消耗無多，祿尚未盡耶？盈虛消息，理似如是，俟知命者更詳之。

李太學妻

曾伯祖光陸公，康熙初官鎮番守備。云有李太學妻，恆虐其妾，怒輒褫下衣鞭之，殆無虛日。里有老媼，能入冥，所謂走無常者是也。規其妻曰：「娘子與是妾有夙冤，然應償二百鞭耳。今妒心熾盛，鞭之殆過十餘倍，又負彼債矣。且良婦受刑，雖官法不褫衣。娘子必使裸露以示辱，事太快意，則干鬼神之忌。娘子與我厚，竊見冥籍，不敢不相聞。」妻哂曰：「死媼謾語，欲我禳解取錢耶！」會經略莫落，遘王輔臣之變，亂黨蠭起，李歿于兵。妾為副將韓公所得，喜其明慧，寵專房。韓公無正室，家政遂操于妾。妻為賊所掠。賊破被俘，分賞將士，恰歸韓公。妾蓄以為婢，使跪于堂而語之曰：「爾能受我指揮，每日晨起，先跪妝台前，自褫下衣，伏地受五鞭，然後供役，則貸爾命。否則爾為賊黨妻，殺之無禁，當寸寸臠爾，飼犬豖。」妻懼死失志，叩首願遵教。然妾不欲其遽死，鞭不甚毒，俾知痛楚而已。年餘，乃以他疾死。計其鞭數，適相當。此婦真頑鈍無恥哉！亦鬼神所忌，陰奪其魄也。此事韓公不自諱，且奉以明果報。故人知其詳。

韓公又言：此猶顯易其位也。明季嘗游襄、鄧間，與術士張鴛湖同舍。鴛湖稔知居停主人妻虐妾太甚，積不平，私語曰：「道家有換形法。凡修煉未成，氣血已衰，不能還丹者，則借一壯盛之軀，乘其睡，與之互易。吾嘗受此法，姑試之。」次日，其家忽聞妻在妾房語，妾在妻房語。比出戶，則作妻語者妾，作妾語者妻也。妾得妻身，但默坐。妻得妾身，殊不甘，紛紜爭執，親族不能判。鳴之官。官怒為妖妄，笞其夫，逐出。皆無可如何。然據形而論，妻實是妾，不在其位，威不能行，竟分宅各居而終。此事尤奇也。

先賢講經

相傳有塾師，夏夜月明，率門人納涼河間獻王祠外田塍上。因共講《三百篇》擬題，音琅琅如鐘鼓。又令小兒誦《孝經》，誦已復講。忽舉首見祠門雙古柏下，隱隱有人。試近之，形狀頗異，知為神鬼。然私念此獻王祠前，決無妖魅。前問姓名。曰毛萇、貫長卿、顏回，因謁王至此。塾師大喜，再拜，請授經義。毛、貫並曰：「君所講，適已聞，都非我輩所解，無從奉答。」塾師又拜曰：「《詩》義深微，難授下愚。請煩顏先生一講《孝經》可乎？」顏回面向內曰：「君小兒所誦，漏落顛倒，全非我所傳本。我亦無可著語處。」俄聞傳王教曰：「門外似有人醉語，聒耳已久，可驅之去。」余謂此與愛堂先生所言學究遇冥吏事，皆博雅之士，造戲語以詬俗儒也。然亦空穴來風，桐乳來巢乎？

襤褸人

先姚安公性嚴峻，門無雜賓。一日，與襤褸人對語，呼余兄弟與為禮，曰：「此宋曼珠曾孫，不相聞久矣，今乃見之。明季兵亂，汝曾祖年十一，流離戈馬間，賴宋曼珠得存也。」乃為委曲謀生計。因戒余兄弟曰：「義所當報，不必談因果。然因果實亦不爽。昔某公受人再生恩，富貴後，視其子孫零替，漠如陌路。後病困，方服藥，恍惚見其人手授二札，皆未封。視之，則當年乞救書也。覆杯于地曰：『吾死晚矣！』是夕卒。」

扶乩問壽

宋按察蒙泉言：某公在明為諫官，嘗扶乩問壽數。仙判某年某月某日當死。計期不遠，恆悒悒。屆期乃無恙。後入本朝，至九列。適同僚家扶乩，前仙又降。某公叩以所判無驗。又判曰：「君不死，我奈何？」某公俯仰沉思，忽命駕去。蓋所判正甲申三月十九日也。

東方未明之硯

沈椒園先生為鼇峰書院山長時，見示高邑趙忠毅公舊硯，額有「東方未明之硯」六字。背有銘曰：「殘月熒熒，太白睒睒，雞三號，更五點，此時拜疏擊大奄。事成，策汝功；不成，同汝貶。」蓋劾魏忠賢時，用此硯草疏也。末有小字一行，題「門人王鐸書」。此行遺未鐫，而黑痕深入石骨。乾則不見，取水濯之，則五字炳然。相傳初令鐸書此銘，未及鐫而難作。後在戍所，乃鐫之，語工勿鐫此一行。然閱一百餘年，滌之不去，其事頗奇。或曰：「忠毅嫉惡嚴，漁洋山人筆記稱鐸人品日下，書品亦日下，然則忠毅先有所見矣。削其名，擯之也；滌之不去，欲著其嘗為忠毅所擯也。」天地鬼神，恆于一事偶露其巧，使人知警。是或然歟！

盜玉殺人

乾隆庚午，官庫失玉器，勘諸苑戶。苑戶常明對簿時，忽作童子聲曰：「玉器非所竊，人則真所殺。我即所殺之魂也。」問官大駭，移送刑部。

姚安公時為江蘇司郎中，與余公文儀等同鞫之。魂曰：「我名二格，年十四，家在海淀，父曰李星望。前歲上元，常明引我觀燈歸。夜深人寂，常明戲調我。我力拒，且言歸當訴諸父。常明遂以衣帶勒我死，埋河岸下。父疑常明匿我，控諸巡城。送刑部，以事無佐證，議別緝真凶。我魂恆逐常明行，但相去四五尺，即覺熾如烈焰，不得近，後熱稍減，漸至二三尺。又漸近之尺許。昨乃都不覺熱，始得附之。」又言初訊時，魂亦隨至刑部，指其門乃廣西司。按所言月日，果檢得舊案。問其屍，云在河岸第幾柳樹旁。掘之亦得，尚未壞。呼其父使辨識，長慟曰：「吾兒也！」以事雖幻杳，而證驗皆真。且訊問時，呼常明名，則忽似夢醒，作常明語；呼二格名，則忽似昏醉，作二格語。互辯數四，始款伏。又父子絮語家事，一一分明。獄無可疑，乃以實狀上聞。論如律。命下之日，魂喜甚。本賣糕為活，忽高唱「賣糕」一聲。父泣曰：「久不聞此，宛然生時聲也。」問：「兒當何往？」曰：「吾亦不知，且去耳。」自是再問常明，不復作二格語矣。

刀痕

南皮張副使受官河南開歸道時，夜閱一讞牘，沉吟自語曰：「自刭死者，刀痕當入重而出輕。今入輕出重，何也？」忽聞背後太息曰：「公尚解事。」回顧無一人。喟然曰：「甚哉，治獄之可畏也！此幸不誤，安保他日之不誤耶？」遂移疾而歸。

舊玉馬

先叔母高宜人之父，諱榮祉，官山西陵川令。有一舊玉馬，質理不甚白潔，而血浸斑斑。斫紫檀為座承之，恆置几上。其前足本為雙跪欲起之形。一日，左足忽伸出于座外。高公大駭，闔署傳視，曰：「此物程朱不能格也。」一館賓曰：「凡物歲久則為妖。得人精氣多，亦能為妖。此理易明，無足怪也。」眾議碎之，猶豫未決。次日，仍屈還故形。高公曰：「是真有知矣。」投熾爐中，似微有呦呦聲，後無他異。然高氏自此漸式微。高宜人云，此馬鍛三日，裂為二段，尚及見其半身。

又武清王慶垞曹氏廳柱，忽生牡丹二朵，一紫一碧，瓣中脈絡如金絲，花葉葳蕤，越七八日乃萎落。其根從柱而出，紋理相連。柱二寸許，尚是枯木，以上乃漸青。先太夫人曹氏甥也，小時親見之，咸曰瑞也。外祖雪峰先生曰：「物之反常者為妖，何瑞之有！」後曹氏亦式微矣。

墓前白蛇

先外祖母言：曹化淳死，其家以前明玉帶殉。越數年，墓前恆見一白蛇。後墓為水嚙，棺壞朽。改葬之日，他珍物俱在，視玉帶則亡矣。蛇身節節有紋，尚似帶形。豈其悍鷙之魄，托玉帶而化歟？

狐女靚妝

外祖張雪峰先生，性高潔，書室中几硯精嚴，圖史整肅，恆鐍其戶，必親至乃開。院中花木翳如，莓苔綠縟。僮婢非奉使令，亦不敢輕踏一步。

舅氏建亭公，年十一二時，乘外祖他出，私往院中樹下納涼。聞室內似有人行，疑外祖已先歸，屏息從窗隙窺之。見竹椅上坐一女子，靚妝如畫。椅對面一大方鏡，高可五尺，鏡中之影，乃是一狐。懼弗敢動，竊窺所為。女子忽自見其影，急起，繞鏡四圍呵之，鏡昏如霧。良久歸坐，鏡上呵跡亦漸消。再視其影，則一好女子矣。恐為所見，躡足而歸。後私語先姚安公。

姚安公嘗為諸生講《大學・修身》章，舉是事曰：「明鏡空空，故物無遁影。然一為妖氣所翳，尚失真形。況私情偏倚，先有所障者乎！」又曰：「非惟私情為障，即公心亦為障。正人君子，為小人乘其機而反激之，其固執決裂，有轉致顛倒是非者。昔包孝肅公之吏，陽為弄權之狀，而應杖之囚，反不予杖。是亦妖氣之翳鏡也。故正心誠意，必先格物致知。」

圃中狐女

有賣花老婦言：京師一宅近空圃，圃故多狐。有麗婦夜逾短垣，與鄰家少年狎。懼事泄，初詭托姓名。歡昵漸洽，度不相棄，乃自冒為圃中狐女。少年悅其色，亦不疑拒。久之，忽婦家屋上擲瓦罵曰：「我居圃中久，小兒女戲拋磚石，驚動鄰里或有之，實無冶蕩蠱惑事。汝奈何污我？」事乃泄。異哉，狐媚恆托于人，此婦乃托于狐。人善媚者比之狐，此狐乃貞于人。

俠士情女

有游士以書畫自給，在京師納一妾，甚愛之。或遇宴會，必袖果餌以貽。妾亦甚相得。無何病革，語妾曰：「吾無家，汝無歸；吾無親屬，汝無依。吾以筆墨為活，吾死，汝琵琶別抱，勢也，亦理也。吾無遺債累汝，汝亦無父母兄弟掣肘，得行己志。可勿受錙銖聘金，但與約，歲時許汝祭我墓，則吾無恨矣。」妾泣受教。納之者亦如約，又甚愛之。然妾恆鬱鬱憶舊恩，夜必夢故夫同枕席，睡中或呢呢囈語。夫覺之，密延術士鎮以符籙。夢語止，而病漸作，馴至綿惙。臨殁，以額叩枕曰：「故人情重，實不能忘，君所深知，妾亦不諱。昨夜又見夢曰：『久被驅遣，今得再來。汝病如是，何不同歸？』已諾之矣。能邀格外之惠，還妾屍于彼墓，當生生世世，結草銜環，不情之請，惟君圖之。」語訖奄然。夫亦豪士，慨然曰：「魂已往矣，留此遺蛻何為？楊越公能合樂昌之鏡，吾不能合之泉下乎！」竟如所請。此雍正甲寅、乙卯間事。余時年十一二，聞人述之，而忘其姓名。

余謂再嫁，負故夫也；嫁而有貳心，負後夫也。此婦進退無據焉。何子山先生亦曰：「憶而死，何如殉而死乎？」何勵庵先生則曰：「《春秋》責備賢者，未可以士大夫之義律兒女子。哀其愚可也，憫其志可也。」

酒鬼

屠者許方，嘗擔酒二罌夜行，倦息大樹下。月明如晝，遠聞嗚嗚聲，一鬼自叢薄中出，形狀可怖。乃避入樹後，持擔以自衛。鬼至罌前，躍舞大喜，遽開飲，盡一罌，尚欲開其第二罌，緘甫半啟，已頹然倒矣。許恨甚，目視之似無他技，突舉擔擊之，如中虛空。因連與痛擊，漸縱弛委地，化濃煙一聚。恐其變幻，更捶百餘。其煙平鋪地面，漸散漸開，痕如淡墨，如輕縠，漸愈散愈薄，以至于無。蓋已澌滅矣。

余謂：「鬼，人之餘氣也。氣以漸而消，故《左傳》稱新鬼大，故鬼小。世有見鬼者，而不聞見羲、軒以上鬼，消已盡也。酒，散氣者也。故醫家行血發汗、開鬱驅寒之藥，皆治以酒。此鬼以僅存之氣，而散以滿罌之酒，盛陽鼓盪，蒸鑠微陰，其消盡也固宜。是澌滅于醉，非澌滅于捶也。」聞是事時，有戒酒者曰：「鬼善幻，以酒之故，至臥而受捶。鬼本人所畏，以酒之故，反為人所困。沉湎者念哉！」有耽酒者曰：「鬼雖無形而有知，猶未免乎喜怒哀樂之心。今冥然醉臥，消歸烏有，反其真矣。酒中之趣，莫深于是。

佛氏以涅槃為極樂，營營者惡乎知之！莊子所謂「此亦一是非，彼亦一是非」歟？

產麟牛

獻縣田家牛產麟，駭而擊殺。知縣劉徵廉收葬之，刊碑曰：「見麟郊」。劉固良吏，此舉何陋也！麟本仁獸，實非牛種。犢之麟而角，雷雨時蛟龍所感耳。

空宅怪異

董文恪公未第時，館于空宅，云常見怪異。公不信，夜篝燈以待。三更後，陰風颯然，庭戶自啟，有似人非人數輩，雜遝擁入。見公大駭曰：「此屋有鬼！」皆狼狽奔出。公持梃逐之。又相呼曰：「鬼追至，可急走。」爭逾牆去。公恆言及，自笑曰：「不識何以呼我為鬼？」故城賈漢恆，時從公受經，因舉曰：「《太平廣記》載野叉欲啖哥舒翰妾屍，翰方眠側，野叉相語曰：『貴人在此，奈何？』翰自念呼我為貴人，擊之當無害，遂起擊之。野叉逃散。鬼貴音近，或呼先生為貴人，先生聽未審也。」公笑曰：「其然。」

《埤雅》綠箋

庚午秋，買得《埤雅》一部，中折疊綠箋一片，上有詩曰：「愁煙低冪朱扉雙，酸風微戛玉女窗。青燐隱隱出古壁，土花蝕斷黃金釭。草根露下陰蟲急，夜深悄映芙蓉立。濕螢一點過空塘，幽光照見殘紅泣。」末題「靚雲仙子降壇詩，張凝敬錄。」蓋扶乩者所書。余謂此鬼詩，非仙詩也。

夢中絕句

滄州張鉉耳先生，夢中作一絕句曰：「江上秋潮拍岸生，孤舟夜泊近三更。朱樓十二垂楊遍，何處吹簫伴月明？」自跋云：「夢如非想，如何成詩？夢如是想，平生未到江南，何以落想至此？莫明其故，姑錄存之。桐城姚別峰，初不相識。新自江南來，晤于李蛻嶺家。所刻近作，乃有此詩。問其年月，則在余夢後歲餘。開篋出舊稿示之，共相駭異。世間真有不可解事，宋儒事事言理，此理從何處推求耶？」

又海陽李漱六，名承芳，余丁卯同年也。余廳事掛淵明采菊圖，是藍田叔畫。董曲江曰：「一何神似李漱六！」余審視信然。後漱六公車入都，乞此畫去，云：「平生所作小照，都不及此。」此事亦不可解。

周氏救女

景城西偏，有數荒冢，將平矣。小時過之，老僕施祥指曰：「是即周某子孫，以一善延三世者也。蓋前明崇禎末，河南、山東大旱蝗，草根木皮皆盡，乃以人為糧，官吏弗能禁。婦女幼孩，反接鬻于市，謂之菜人。屠者買去，如刲羊豕。周氏之祖，自東昌商販歸，至肆午餐。屠者曰：『肉盡，請少待。』俄見曳二女子入廚下，呼曰：『客待久，可先取一蹄來。』急出止之，聞長號一聲，則一女已生斷右臂，宛轉地上。一女戰慄無人色。見周，並哀呼：一求速死，一求救。周惻然心動，並出資贖之。一無生理，急刺其心死。一攜歸，因無子，納為妾。竟生一男，右臂有紅絲，自腋下繞肩胛，宛然斷臂女也。後傳三世乃絕。皆言周本無子，此三世乃一善所延云。」

農家烈婦

青縣農家少婦，性輕佻，隨其夫操作，形影不離。恆相對嬉笑，不避忌人，或夏夜並宿瓜圃中。皆薄其冶蕩。然對他人，則面如寒鐵。或私挑之，必峻拒。後遇劫盜，身受七刃，猶詬詈，卒不污而死。又皆驚其貞烈。老儒劉君琢曰：「此所謂質美而未學也。惟篤于夫婦，故矢志不二。惟不知禮法，故情慾之感，介于儀容；燕昵之私，形于動靜。」辛彤甫先生曰：「程子有言，凡避嫌者，皆中不足。此婦中無他腸，故坦然徑行不自疑。此其所以能守死也。彼好立崖岸者，吾見之矣。」先姚安公曰：「劉君正論，辛君有激之言也。」

後其夫夜守豆田，獨宿團焦中。忽見婦來，嫣婉如平日，曰：「冥官以我貞烈，判來生中乙榜，官縣令。我念君，不欲往，乞辭官祿為游魂，長得隨君。冥官哀我，許之矣。」夫為感泣，誓不他偶。自是晝隱夜來，幾二十載。兒童或亦窺見之。此康熙末年事。姚安公能舉其姓名居址，今忘矣。

老儒韓生

獻縣老儒韓生，性剛正，動必遵禮，一鄉推祭酒。一日，得寒疾。恍惚間，一鬼立前曰：「城隍神喚。」韓念數盡當死，拒亦無益，乃隨去。

至一官署，神檢籍曰：「以姓同誤矣。」杖其鬼二十，使送還。韓意不平，上請曰：「人命至重，神奈何遣憒憒之鬼，致有誤拘？倘不檢出，不竟枉死耶？聰明正直之謂何！」神笑曰：「謂汝倔強，今果然。夫天行不能無歲差，況鬼神乎！誤而即覺，是謂聰明；覺而不回護，是謂正直。汝何足以知之。念汝言行無玷，姑貸汝，後勿如是躁妄也。」霍然而蘇。韓章美云。

黝黑巨人

劉少宗伯青垣言：有中表涉元稹會真之嫌者，女有孕，為母所覺。飾言夜恆有巨人來，壓體甚重，面色黝黑。母曰：「是必土偶為妖也。」授以彩絲，于來時陰繫其足。女竊付所歡，繫關帝祠周將軍足上。母物色得之，撻其足幾斷。後復密會，忽見周將軍擊其腰，男女並僵臥不能起。皆曰：「污蔑神明之報也。」夫專其利而移禍于人，其術巧矣。巧者，造物之所忌。機械萬端，反而自夭，天道也。神惡其險譎，非惡其污蔑也。

視鬼羅兩峰

揚州羅兩峰，目能視鬼。曰：「凡有人處皆有鬼，其橫亡厲鬼，多年沉滯者，率在幽房空宅中，是不可近，近則為害。其憧憧往來之鬼，午前陽盛，多在牆陰；午後陰盛，則四散游行，可以穿壁而過，不由門戶，遇人則避路，畏陽氣也。是隨處有之，不為害。」又曰：「鬼所聚集，恆在人煙密簇處，僻地曠野，所見殊稀。喜圍繞廚灶，似欲近食氣。又喜入溷廁，則莫明其故，或取人跡罕至耶？」所畫有《鬼趣圖》，頗疑其以意造作。中有一鬼，首大于身幾十倍，尤似幻妄。然聞先姚安公言：瑤涇陳公，嘗夏夜掛窗臥，窗廣一丈。忽一巨面窺窗，闊與窗等，不知其身在何處。急掣劍刺其左目，應手而沒。對屋一老僕亦見之，云從窗下地中湧出。掘地丈餘，無所睹而止。是果有此種鬼矣。茫茫昧昧，吾烏乎質之！

劉四遇鬼

奴子劉四，壬辰夏乞假歸省。自御牛車載其婦。距家三四十里，夜將半，牛忽不行。婦車中驚呼曰：「有一鬼，首大如甕，在牛前。」劉四諦視，則一短黑婦人，首戴一破雞籠，舞且呼曰：「來來。」懼而回車，則又躍在牛前呼「來來」。如是四面旋繞，遂至雞鳴。忽立而笑曰：「夜涼無事，借汝夫婦消遣耳。偶相戲，我去後，慎勿詈我，詈則我復來。雞籠是前村某家物，附汝還之。」語訖，以雞籠擲車上去。天曙抵家，夫婦並昏昏如醉。婦不久病死，劉四亦流落無人狀。鬼蓋乘其衰氣也。

劉炫墓

景城有劉武周墓，《獻縣志》亦載。按武周山後馬邑人，墓不應在是，疑為隋劉炫墓。炫，景城人，《一統志》載其墓在獻縣東八十里。景城距城八十七里，約略當是也。舊有狐居之，時或戲醪醉人。里有陳雙，酒徒也，聞之憤曰：「妖獸敢爾！」詣墓所，且數且詈。時耘者滿野，皆見其父怒坐墓側，雙跳踉叫號。竟前呵曰：「爾何醉至此，乃詈爾父！」雙凝視，果父也，大怖叩首。父徑趨歸。雙隨而哀乞，追及于村外。方伏地陳說，忽婦媼環繞，嘩笑曰：「陳雙何故跪拜其妻？」雙仰視，又果妻也，愕而痴立。妻亦徑趨歸。雙惘惘至家，則父與妻實未嘗出。方知皆狐幻化戲之也，慚不出戶者數日。聞者無不絕倒。

余謂雙不詈狐，何至遭狐之戲，雙有自取之道焉。狐不醪人，何至遭雙之詈，狐亦有自取之道焉。顛倒糾纏，皆緣一念之妄起。故佛言一切眾生，慎勿造因。

方桂尋馬

方桂，烏魯木齊流人子也。言嘗牧馬山中，一馬忽躍去。躡蹤往覓，隔嶺聞嘶聲，甚厲。尋聲至一幽谷，見數物，似人似獸，周身鱗皴，斑駁如古松，髮蓬蓬如羽葆，目睛突出，色純白，如嵌二雞卵，共按馬生嚙其肉。牧人多攜銃自防，桂故頑劣，因升樹放銃。物悉入深林去，馬已半軀被啖矣。後不再見，迄不知為何物也。

狐宅

芮庶子鐵崖宅中一樓，有狐居其上，恆鑰之。狐或夜于廚下治饌，齋中宴客，家人習見亦不訝。凡盜賊火燭，皆能代主人呵護，相安已久。後鬻宅于李學士廉衣，廉衣素不信妖妄，自往啟視，則樓上三楹，潔無纖塵，中央一片如席大，藉以木板，整齊如几榻，餘無所睹，時方修築，因並毀其樓，使無可據，亦無他異。迨甫落成，突烈焰四起，頃刻無寸椽。而鄰屋苫草無一莖被爇。皆曰狐所為也。劉少宗伯青垣曰：「此宅自當是日焚耳，如數不當焚，狐安敢縱火？」余謂妖魅能一一守科律，則天無雷霆之誅矣。王法禁殺人，不敢殺者多，殺人抵罪者亦時有。是固未可知也。

高阜雉蛇

王少司寇蘭泉言：夢午塘提學江南時，署後有高阜，恆夜見光怪。云有一雉一蛇居其上，皆歲久，能為魅。午塘少年盛氣，集鍤畚平之。眾猶豫不舉手，午塘方怒督，忽風飄片席蒙其首，急撤去，又一片蒙之，皆署中涼篷上物也。午塘覺有異，乃輟役。今尚巋然存。

某生

老僕魏哲聞其父言：順治初，有某生者，距余家八九十里，忘其姓名，與妻先後卒。越三四年，其妾亦卒。適其家傭工人，夜行避雨，宿東岳祠廊下。若夢非夢，見某生荷校立庭前，妻妾隨焉。有神衣冠類城隍，磬折對岳神語曰：「某生污二人，有罪；活二命，亦有功，合相抵。」岳神咈然曰：「二人畏死忍恥，尚可貸。某生活二人，正為欲污二人。但宜科罪，何云功罪相抵也？」揮之出。某生及妻妾亦隨出。悸不敢語。天曙歸告家人，皆莫能解。有舊僕泣曰：「異哉，竟以此事被錄乎！此事惟吾父子知之，緣受恩深重，誓不敢言。今已隔兩朝，始敢追述。兩主母皆實非婦人也。前明天啟中，魏忠賢殺裕妃，其位下宮女內監，皆密捕送東廠，死甚慘。有二內監，一曰福來，一曰雙桂，亡命逃匿。緣與主人曾相識，主人方商于京師，夜投焉。主人引入密室，吾穴隙私窺。主人語二人曰：『君等聲音狀貌在男女之間，與常人稍異，一出必見獲。若改女裝，則物色不及。然兩無夫之婦，寄宿人家，形跡可疑，亦必敗。二君身已淨，本無異婦人；肯屈意為我妻妾，則萬無一失矣。』二人進退無計，沉思良久，並曲從。遂為辦女飾，鉗其耳，漸可受珥。併市軟骨藥，陰為纏足。越數月，居然兩好婦矣。乃車載還家，詭言在京所娶。二人久在宮禁，並白晳溫雅，無一豪男子狀。又其事迥出意想外，竟無覺者。但訝其不事女紅，為恃寵驕惰耳。二人感主人再生恩，故事定後亦甘心偕老。然實巧言誘脅，非哀其窮，宜司命之見譴也。」

信乎？人可欺，鬼神不可欺哉！

鄉試卷案

乾隆己卯，余典山西鄉試，有二卷皆中式矣。一定四十八名，填草榜時，同考官萬泉呂令瀶，誤收其卷于衣箱，竟覓不可得。一定五十三名，填草榜時，陰風滅燭者三四，易他卷乃已。揭榜後，拆視彌封，失卷者范學敷，滅燭者李騰蛟也。頗疑二生有陰譴。然庚辰鄉試，二生皆中式，范仍四十八名。李于辛丑成進士。乃知科名有命，先一年亦不可得，彼營營者何為耶?即求而得之，亦必其命所應有，雖不求亦得也。

女鬼裂卷

先姚安公言：雍正庚戌會試，與雄縣湯孝廉同號舍。湯夜半忽見披髮女鬼，搴簾手裂其卷，如蛺蝶亂飛，湯素剛正，亦不恐怖，坐而問之曰：「前生吾不知，今生則實無害人事。汝胡為來者?」鬼愕眙卻立曰：「君非四十七號耶?」曰：「吾四十九號。」蓋前有二空舍，鬼除之未數也。諦視良久，作禮謝罪而去。斯須聞其四十七號喧呼某甲中惡矣。此鬼殊憒憒，湯君可謂無妄之災。幸其心無愧怍，故倉卒間敢與詰辯，僅裂一卷耳，否亦殆哉。

東岳冥官

顧員外德懋，自言為東岳冥官。余弗深信也。然其言則有理。曩在裘文達公家，嘗謂余曰：「冥司重貞婦，而亦有差等：或以兒女之愛，或以田宅之豐。有所繫戀而弗去者，下也；不免情欲之萌，而能以禮義自克者，次也；心如枯井，波瀾不生，富貴亦不睹，饑寒亦不知，利害亦不計者，斯為上矣。如是者千百不得一，得一則鬼神為起敬。一日，喧傳節婦至，冥王改容，冥官皆振衣佇迓。見一老婦儽然來，其行步步漸高，如躡階級。比到，則竟從殿脊上過，莫知所適。冥王憮然曰：『此已升天，不在吾鬼籙中矣。』」又曰：「賢臣亦三等：畏法度者為下；愛名節者為次；乃心王室，但知國計民生，不知禍福毀譽者為上。」又曰：「冥司惡躁競，謂種種惡業，從此而生，故多困躓之，使得不償失。人心愈巧，則鬼神之機亦愈巧。然不甚重隱逸，謂天地生才，原期于世事有補。人人為巢、許，則至今洪水橫流，並掛瓢飲犢之地，亦不可得矣。」又曰：「陰律如《春秋》責備賢者，而與人為善。君子偏執害事，亦錄以為過。小人有一事利人，亦必予以小善報。世人未明此義，故多疑因果或爽耳。」

永公索藥

內閣學士永公，諱寧，嬰疾，頗委頓。延醫診視，未遽愈。改延一醫，索前醫所用藥帖，弗得。公以為小婢誤置他處，責使搜索，云不得，且笞汝。方倚枕憩息，恍惚有人跪燈下曰：「公勿笞婢。此藥帖小人所藏。小人即公為臬司時平反得生之囚也。」問：「藏藥帖何意？」曰：「醫家同類皆相忌，務改前醫之方，以見所長。公所服藥不誤，特初試一劑，力尚未至耳。使後醫見方，必相反以立異，則公殆矣。所以小人陰竊之。」公方昏悶，亦未思及其為鬼。稍頃始悟，悚然汗下。乃稱前方已失，不復記憶，請後醫別疏方。視所用藥，則仍前醫方也。因連進數劑，病霍然如失。公鎮烏魯木齊日，親為余言之，曰：「此鬼可謂諳悉世情矣。」

游僧幻術

族叔楘庵言：肅寧有塾師，講程朱之學。一日，有游僧乞食于塾外，木魚琅琅，自辰逮午不肯息。塾師厭之，自出叱使去，且曰：「爾本異端，愚民或受爾惑耳。此地皆聖賢之徒，爾何必作妄想？」僧作禮曰：「佛之流而募衣食，猶儒之流而求富貴也，同一失其本來，先生何必定相苦？」塾師怒，自擊以夏楚。僧振衣起曰：「太惡作劇。」遺布囊于地而去。意必復來，暮竟不至。捫之，所貯皆散錢。諸弟子欲探取。塾師曰：「俟其久而不來，再為計。然須數明，庶不爭。」甫啟囊，則群蜂坌湧，螫師弟面目盡腫。號呼撲救，鄰里咸驚問。僧忽排闥入曰：「聖賢乃謀匿人財耶？」提囊徑行，臨出，合掌向塾師曰：「異端偶觸忤聖賢，幸見恕。」觀者粲然。或曰：「幻術也。」或曰：「塾師好辟佛，見僧輒詆。僧故置蜂于囊以戲之。」桊庵曰：「此事余目擊，如先置多蜂于囊，必有蠕動之狀見于囊外，爾時殊未睹也。云幻術者為差近。」

人耶鬼耶

朱青雷言：有避仇竄匿深山者，時月白風清，見一鬼徙倚白楊下，伏不敢起。鬼忽見之，曰：「君何不出？」慄而答曰：「吾畏君。」鬼曰：「至可畏者莫若人，鬼何畏焉？使君顛沛至此者，人耶鬼耶？」一笑而隱。余謂此青雷有激之寓言也。

大魚擊小奴

先祖有小奴，名大月，年十三四。嘗隨村人罩魚河中，得一大魚，長計二尺。方手舉以示眾，魚忽撥剌掉尾，擊中左頰，仆水中。眾怪其不起，試扶之，則血縷浮出。有破碗在泥中，鋒銛如刃，刺其太陽穴死矣。先是其母夢是奴為人執手縛俎上，屠割如羊豕，似尚有餘恨。醒而惡之，恆戒以毋與人鬥。不虞乃為魚所擊。佛氏所謂夙生中負彼命耶！

巨蟒

都察院庫中有巨蟒，時或夜出。余官總憲時，凡兩見。其蟠跡著塵處，約廣二寸餘，計其身當橫徑五寸。壁無罅，門亦無罅，窗櫺闊不及二寸，不識何以出入。大抵物久則能化形，狐魅能由窗隙往來，其本形亦非窗隙所容也。堂吏云：其出應休咎，殊無驗，神其說耳。

神笞奴子

幽明異路，人所能治者，鬼神不必更治之，示不瀆也。幽明一理，人所不及治者，鬼神或亦代治之，示不測也。聞戈太僕仙舟言：有奴子嘗醉寢城隍神案上，神拘去笞二十，兩股青痕斑斑。太僕目見之。

廟祝救人

杜生村，距余家十八里，有貪富室之賄，鬻其養媳為妾者。其媳雖未成婚，然與夫聚已數年，義不再適。度事不可止，乃密約同逃。翁姑覺而追之。二人夜抵余村土神祠，無可棲止，相抱泣。忽祠內語曰：「追者且至，可匿神案下。」俄廟祝踉蹌醉歸，橫臥門外。翁姑追至，問蹤跡。廟祝囈語應曰：「是小男女二人耶？年約若干，衣履若何，向某路去矣。」翁姑急循所指路往。二人因得免，乞食至媳之父母家。父母欲訟官，乃得不鬻。爾時祠中無一人。廟祝曰：「吾初不知是事，亦不記作是語。蓋皆土神之靈也。」

孝悌通神

乾隆庚子，京師楊梅竹斜街火，所毀殆百楹。有破屋巋然獨存，四面頹垣，齊如界畫，乃寡媳守病姑不去也。此所謂「孝悌之至，通于神明」。

托夢稱疾

于氏，肅寧舊族也。魏忠賢竊柄時，視王侯將相如土苴。顧以生長肅寧，耳濡目染，望于氏如王謝。為侄求婚，非得于氏女不可。適于氏少子赴鄉試，乃置酒強邀至家，面與議。于生念許之則禍在後日，不許則禍在目前，猝不能決。托言父在難自專。忠賢曰：「此易耳。君速作札，我能即致太翁也。」是夕，于翁夢其亡父，督課如平日，命以二題：一為「孔子曰諾」，一為「歸潔其身而已矣」。方構思，忽叩門驚醒。得子書，恍然頓悟。因覆書許姻，而附言病頗棘，促子速歸。肅寧去京四百餘里，比信返，天甫微明，演劇猶未散。于生匆匆束裝，途中官吏迎候者已供帳相屬。抵家後，父子俱稱疾不出。是歲為天啟甲子。越三載而忠賢敗，竟免于難。事定後，于翁坐小車，遍游郊外，曰：「吾三載杜門，僅博得此日看花飲酒，岌乎危哉！」于生瀕行時，忠賢授以小像曰：「先使新婦識我面。」于氏于余家為表戚，余兒時尚見此軸，貌修偉而秀削，面白色隱赤，兩顴微露，頰微狹，目光如醉，臨臥蠶以上，赭石薄暈如微腫。衣緋紅。座旁几上，露列金印九。

道士夢神

杜林鎮土神祠道士，夢土神語曰：「此地繁劇，吾失于呵護，致疫鬼誤入孝子節婦家，損傷童稚。今鐫秩去矣。新神性嚴重，汝善事之，恐不似我姑容也。」謂春夢無憑，殊不介意。越數日，醉臥神座旁，得寒疾幾殆。

桐園女子

景州戈太守桐園，官朔平時，有幕客夜中睡醒，明月滿窗，見一女子在几側坐。大怖，呼家奴。女子搖手曰：「吾居此久矣，君不見耳。今偶避不及，何驚駭乃爾？」幕客呼益急。女子哂曰：「果欲禍君，奴豈能救？」拂衣遽起，如微風之振窗紙，穿櫺而逝。

廟中判官

穎州吳明經躍鳴言：其鄉老儒林生，端人也。嘗讀書神廟中，廟故宏闊，僦居者多。林生性孤峭，率不相聞問。

一日，夜半不寐，散步月下，忽一客來敘寒溫。林生方寂寞，因邀入室共談，甚有理致。偶及因果之事，林生曰：「聖賢之為善，皆無所為而為者也。有所為而為，其事雖合天理，其心已純乎人欲矣。故佛氏福田之說，君子弗道也。」客曰：「先生之言，粹然儒者之言也。然用以律己則可，用以律人則不可；用以律君子猶可，用以律天下之人則斷不可。聖人之立教，欲人為善而已。其不能為者，則誘掖以成之；不肯為者，則驅策以迫之。于是乎刑賞生焉。能因慕賞而為善，聖人但與其善，必不責其為求賞而然也。能因畏刑而為善，聖人亦與其善，必不責其為避刑而然也。苟以刑賞使之循天理，而又責慕賞畏刑之為人欲，是不激勸于刑賞，謂之不善；激勸于刑賞，又謂之不善，人且無所措手足矣。況慕賞避刑，既謂之人欲，而又激勸以刑賞，人且謂聖人實以人欲導民矣，有是理歟？蓋天下上智少而凡民多，故聖人之刑賞，為中人以下設教。佛氏之因果，亦為中人以下說法。儒釋之宗旨雖殊，至其教人為善，則意歸一轍。先生執董子謀利計功之說，以駁佛氏之因果，將以聖人之刑賞而駁之乎？先生徒見緇流誘人布施，謂之行善，謂可得福。見愚民持齋燒香，謂之行善，謂可得福。不如是者，謂之不行善，謂必獲罪。遂謂佛氏因果，適以惑眾。而不知佛氏所謂善惡，與儒無異；所謂善惡之報，亦與儒無異也。」林生意不謂然，尚欲更申己意。俯仰之頃，天已將曙。客起欲去。固挽留之，忽挺然不動，乃廟中一泥塑判官。

遇冥吏者

族祖雷陽公言：昔有遇冥吏者，問：「命皆前定，然乎？」曰：「然。然特窮通壽夭之數，若唐小說所稱預知食料，乃術士射覆法耳。如人人瑣記此等事，雖大地為架，不能庋此簿籍矣。」問：「定數可移乎？」曰：「可。大善則移，大惡則移。」問：「孰定之？孰移之？」曰：「其人自定自移，鬼神無權也。」問：「果報何有驗有不驗？」曰：「人世善惡論一生，禍福亦論一生。冥司則善惡兼前生，禍福兼後生，故若或爽也。」問：「果報何以不同？」曰：「此皆各因其本命。以人事譬之，同一遷官，尚書遷一級則宰相，典史遷一級，不過主簿耳。同一鐫秩，有加級者抵，無加級，則竟鐫矣。故事同而報或異也。」問：「何不使人先知？」曰：「勢不可也。先知之，則人事息，諸葛武侯為多事，唐六臣為知命矣。」問：「何以又使人偶知？」曰：「不偶示之，則恃無鬼神而人心肆，曖昧難知之處，將無不為矣。」先姚安公嘗述之曰：「此或雷陽所論，托諸冥吏也。然揆之以理，諒亦不過如斯。」

姚安公之僕

先姚安公有僕，貌謹厚而最有心計。一日，乘主人急需，飾詞邀勒，得贏數十金。其婦亦悻悻自好，若不可犯；而陰有外遇，久欲與所歡逃，苦無資斧。既得此金，即盜之同遁。越十餘日捕獲，夫婦之奸乃並敗。余兄弟甚快之。姚安公曰：「此事何巧相牽引，一至于斯！殆有鬼神顛倒其間也。夫鬼神之顛倒，豈徒博人一快哉！凡以示戒云爾。故遇此種事，當生警惕心，不可生歡喜心。甲與乙為友，甲居下口，乙居泊鎮，相距三十里，乙妻以事過甲家，甲醉以酒而留之宿，乙心知之，不能言，反致謝焉。甲妻渡河覆舟，隨急流至乙門前，為人所拯。乙識而扶歸，亦醉以酒而留之宿。甲心知之，不能言也，亦反致謝焉。其鄰媼陰知之，合掌誦佛曰：『有是哉，吾知懼矣。』其子方佐人誣訟，急自往呼之歸。汝曹如此媼可也。」

廢祠亡靈

四川毛公振翧，任河間同知時，言其鄉人有薄暮山行者，避雨入一廢祠，已先有一人坐檐下。諦視，乃其亡叔也，驚駭欲避。其叔急止曰：「因有事告汝，故此相待。不禍汝，汝勿怖也。我歿之後，汝叔母失汝祖母歡，恆非理見棰撻。汝叔母雖順受不辭，然心懷怨毒，于無人處竊詛詈。吾在陰曹為伍伯，見土神牒報者數矣。憑汝寄語，戒其悛改。如不知悔，恐不免魂墮泥犁也。」語訖而滅。鄉人歸，告其叔母。雖堅諱無有，然悚然變色，如不自容。知鬼語非誣矣。

里胥鞭囚

毛公又言：有人夜行，遇一人，狀似里胥，鎖縶一囚，坐樹下。因並坐暫息。因啜泣不止，里胥鞭之。此人意不忍，從旁勸止。里胥曰：「此桀黠之魅，生平所播弄傾軋者，不啻數百。冥司判七世受豕身，吾押之往生也。君何憫焉！」此人悚然而起，二鬼亦一時滅跡。

卷三 灤陽消夏錄【三】（四十四則）

戈壁蝎虎

俞提督金鰲言：嘗夜行辟展戈壁中（戈壁者，碎沙亂石不生水草之地，即瀚海也），遙見一物，似人非人，其高幾一丈，追之甚急。彎弧中其胸，踣而復起。再射之始仆。就視，乃一大蝎虎。竟能人立而行，異哉。

林中黑氣

昌吉叛亂之時，捕獲逆黨，皆戮于迪化城西樹林中（迪化即烏魯木齊，今建為州。樹林綿亙數十里，俗稱之樹窩）。時戊子八月也。後林中有黑氣數團，往來倏忽，夜行者遇之輒迷。余謂此凶悖之魄，聚為妖厲，猶蛇虺雖死，餘毒尚染于草木，不足怪也。凡陰邪之氣，遇陽剛之氣則消。遣數軍士于月夜伏銃擊之，應手散滅。

神馬

烏魯木齊關帝祠有馬，市賈所施以供神者也。嘗自齕草山林中，不歸皂櫪。每至朔望祭神，必昧爽先立祠門外，屹如泥塑。所立之地，不失尺寸。遇月小建，其來亦不失期。祭畢，仍莫知所往。余謂道士先引至祠外，神其說耳。庚寅二月朔，余到祠稍早，實見其由雪磧緩步而來，弭耳竟立祠門外。雪中絕無人跡，是亦奇矣。

槐家鎮馬氏

淮鎮在獻縣東五十五里，即《金史》所謂槐家鎮也。有馬氏者，家忽見變異，夜中或拋擲瓦石，或鬼聲嗚嗚，或無人處突出相嬲，歲餘不止。禱禳亦無驗。乃買宅遷居，有賃居者嬲如故，不久亦他徙。是以無人敢再問。有老儒不信其事，以賤價得之。卜日遷居，竟寂然無他，頗謂其德能勝妖。既而有猾盜登門與詬爭，始知宅之變異，皆老儒賄盜夜為之，非真魅也。先姚安公曰：「魅亦不過變幻耳。老儒之變幻如是，即謂之真魅可矣。」

前明之僧

己卯七月，姚安公在范家口，遇一僧，合掌作禮曰：「相別七十三年矣，相見不一齋乎？」適旅舍所賣皆素食，因與共飯。問其年，解囊出一度牒，乃前明成化二年所給。問：「師傳此幾代矣？」遽收之囊中，曰：「公疑我，我不必再言。」食未畢而去，竟莫測其真偽。嘗舉以戒昀曰：「士大夫好奇，往往為此輩所累。即真仙真佛，吾寧交臂失之。」

狐居小樓

余家假山上有小樓，狐居之五十餘年矣。人不上，狐亦不下，但時見窗扉無風自啟閉耳。樓之北曰綠意軒，老樹陰森，是夏日納涼處。戊辰七月，忽夜中聞琴聲棋聲。奴子奔告姚安公。公知狐所為，了不介意，但顧奴子曰：「固勝于汝輩飲博。」次日，告昀曰：「海客無心，則白鷗可狎。相安已久，惟宜以不聞不見處之。」至今亦絕無他異。

錢宅雅狐

丁亥春，余攜家至京師。因虎坊橋舊宅未贖，權住錢香樹先生空宅中。云樓上亦有狐居，但扃鎖雜物，人不輕上。余戲粘一詩于壁上曰：「草草移家偶遇君，一樓上下且平分。耽詩自是書生癖，徹夜吟哦莫厭聞。」一日，姬人啟鎖取物，急呼怪事。余走視之，則地板塵上，滿畫荷花，莖葉苕亭，具有筆致。因以紙筆置几上，又粘一詩于壁曰：「仙人果是好樓居，文采風流我不如。新得吳箋三十幅，可能一一畫芙蕖？」越數日啟視，竟不舉筆。以告裘文達公，公笑曰：「錢香樹家狐，固應稍雅。」

河間馮樹柟

河間馮樹柟，粗通筆札，落拓京師十餘年。每遇機緣，輒無成就；干祈于人，率口惠而實不至。窮愁抑鬱，因祈夢于呂仙祠。夜夢一人語之曰：「爾無根人情薄，此因緣爾所自造也。爾過去生中，喜以虛詞博長者名；遇有善事，心知必不能舉也，必再三慫恿，使人感爾之贊成；遇有惡人，心知必不可貸也，必再三申雪，使人感爾之拯救。雖于人無所損益，然恩皆歸爾，怨必歸人，機巧已為太甚。且爾所贊成拯救，皆爾身在局外，他人任其利害者也。其事稍稍涉于爾，則退避惟恐不速，坐視其人之焚溺，雖一舉手之力，亦憚煩不為。此心尚可問乎？由是思維，人于爾貌合而情疏，外關切而心漠視，宜乎不宜？鬼神之責人，一二行事之失，猶可以善抵。至罪在心術，則為陰律所不容。今生已矣，勉修未來可也。」後果饑寒以終。

痴婢辯公

史松濤先生，諱茂，華州人，官至太常寺卿，與先姚安公為契友。余十四五時，憶其與先姚安公談一事曰：某公嘗棰殺一幹僕。後附一痴婢，與某公辯曰：「奴舞弊當死。然主人殺奴，奴實不甘。主人高爵厚祿，不過于奴之受恩乎？賣官鬻爵，積金至巨萬，不過于奴之受賂乎？某事某事，顛倒是非，出入生死，不過于奴之竊弄權柄乎？主人可負國，奈何責奴負主人？主人殺奴，奴實不甘。」某公怒而擊之僕，猶嗚嗚不已。後某公亦不令終。因嘆曰：「吾曹斷斷不至是。然旅進旅退，坐食俸錢，而每責僮婢不事事。毋乃亦腹誹矣乎！」

李某誘婦

東城李某，以販棗往來于鄰縣，私誘居停主人少婦歸。比至家，其妻先已偕人逃。自詫曰：「幸攜此婦來，不然，鰥矣。」人計其妻遷賄之期，正當此婦乘垣後日，適相報，尚不悟耶！既而此婦不樂居農家，復隨一少年遁，始茫然自失。後其夫蹤跡至東城，欲訟李。李以婦已他去，無佐證，堅不承。糾紛間，聞里有扶乩者，眾曰：「盍質于仙？」仙判一詩曰：「鴛鴦夢好兩歡娛，記否羅敷自有夫。今日相逢須一笑，分明依樣畫葫蘆。」其夫默然徑返。兩邑接壤，有知其事者曰：「此婦初亦其夫誘來者也。」

荔姐扮鬼

滿媼，余弟乳母也，有女曰荔姐，嫁為近村民家妻。一日，聞母病，不及待婿同行，遽狼狽而來。時已入夜，缺月微明。顧見一人追之急，度是強暴，而曠野無可呼救。乃隱身古冢白楊下，納簪珥懷中，解絛繫頸，披髮吐舌，瞪目直視以待。其人將近，反招之坐。及逼視，知為縊鬼，驚仆不起。荔姐竟狂奔得免。比入門，舉家大駭，徐問得實，且怒且笑，方議向鄰里追問。次日，喧傳某家少年遇鬼中惡，其鬼今尚隨之，已發狂譫語。後醫藥符籙皆無驗，竟顛癇終身。此或由恐怖之餘，邪魅乘機而中之，未可知也。或一切幻象，由心而造，未可知也。或明神殛惡，陰奪其魄，亦未可知也。然均可為狂且戒。

有鬼雪仇

制府唐公執玉，嘗勘鞫一殺人案，獄具矣。一夜秉燭獨坐，忽微聞泣聲，似漸近窗戶。命小婢出視，噭然而仆。公自啟簾，則一鬼浴血跪階下。厲聲叱之。稽顙曰：「殺我者某，縣官乃誤坐某。仇不雪，目不瞑也。」公曰：「知之矣。」鬼乃去。翌日，自提訊。眾供死者衣履，與所見合。信益堅，竟如鬼言改坐某。問官申辯百端，終以為南山可移，此案不動。其幕友疑有他故，微叩公。始具言始末，亦無如之何。一夕，幕友請見，曰：「鬼從何來？」曰：「來自階下。」曰：「鬼從何去？」曰：「欻然越牆去。」幕友曰：「凡鬼有形而無質，去當奄然而隱，不當越牆。」因即越牆處尋視，雖甃瓦不裂，而新雨之後，數重屋上皆隱隱有泥跡，直至外垣而下。指以示公曰：「此必囚賄捷盜所為也。」公沉思恍然，仍從原讞。諱其事，亦不復深求。

破寺蠢僧

景城南有破寺，四無居人，惟一僧攜二弟子司香火，皆蠢蠢如村庸，見人不能為禮。然譎詐殊甚，陰市松脂煉為末，夜以紙卷燃火撒空中，焰光四射。望見趨問，則師弟鍵戶酣寢，皆曰不知。又陰市戲場佛衣，作菩薩羅漢形，月夜或立屋脊，或隱映寺門樹下。望見趨問，亦云無睹。或舉所見語之，則合掌曰：「佛在西天，到此破落寺院何為？官司方禁白蓮教，與公無仇，何必造此語禍我？」人益信為佛示現，檀施日多。然寺日頹敝，不肯葺一瓦一椽，曰：「此方人喜作蜚語，每言此事多怪異。再一莊嚴，惑眾者益藉口矣。」積十餘年，漸致富。忽盜瞰其室，師弟並拷死，罄其資去。官檢所遺囊篋，得松脂戲衣之類，始悟其奸。此前明崇禎末事。

先高祖厚齋公曰：「此僧以不蠱惑為蠱惑，亦至巧矣。然蠱惑所得，適以自戕，雖謂之至拙可也。」

孌童

有書生嬖一孌童，相愛如夫婦。童病將歿，淒戀萬狀，氣已絕，猶手把書生腕，擘之乃開。後夢寐見之，燈月下見之，漸至白晝亦見之，相去恆七八尺。問之不語，呼之不前，即之則卻退。緣是惘惘成心疾，符籙劾治無驗。其父姑令借榻叢林，冀鬼不敢入佛地。至則見如故。一老僧曰：「種種魔障，皆起于心。果此童耶？是心所招；非此童耶？是心所幻。但空爾心，一切俱滅矣。」又一老僧曰：「師對下等人說上等法，渠無定力，心安得空？正如但說病證，不疏藥物耳。」因語生曰：「邪念糾結，如草生根，當如物在孔中，出之以楔，楔滿孔則物自出。爾當思惟此童歿後，其身漸至僵冷，漸至洪脹，漸至臭穢，漸至腐潰，漸至屍蟲蠕動，漸至臟腑碎裂，血肉狼籍，作種種色。其面目漸至變貌，漸至變色，漸至變相如羅剎，則恐怖之念生矣。再思惟此童如在，日長一日，漸至壯偉，無復媚態，漸至鬖鬖有鬚，漸至修髯如戟，漸至面蒼黧，漸至髮斑白，漸至兩鬢如雪，漸至頭童齒豁，漸至傴僂勞嗽，涕淚涎沫，穢不可近，則厭棄之念生矣。再思惟此童先死，故我念彼。倘我先死，彼貌姣好，定有人誘，利餌勢脅，彼未必守貞如寡女。一旦引去，薦彼枕席，我在生時對我種種淫語，種種淫態，俱回向是人，恣其娛樂；從前種種昵愛，如浮雲散滅，都無餘滓，則憤恚之念生矣。再思惟此童如在，或恃寵跋扈，使我不堪，偶相觸忤，反面詬誶；或我財不贍，不饜所求，頓生異心，形色索漠；或彼見富貴，棄我他往，與我相遇如陌路人，則怨恨之念生矣。以是諸念起伏生滅于心中，則心無餘閒。心無餘閒，則一切愛根欲根無處容著，一切魔障不祛自退矣。」生如所教，數日或見或不見，又數日竟滅跡。病起往訪，則寺中無是二僧。

或曰古佛現化，或曰十方常住，來往如雲，萍水偶逢，已飛錫他往云。

姊妹狐

先太夫人乳媼廖氏言：滄州馬落坡，有婦以賣麵為業，得餘麵以養姑。貧不能畜驢，恆自轉磨，夜夜徹四鼓。姑歿後，上墓歸，遇二少女于路，迎而笑曰：「同住二十餘年，頗相識否？」婦錯愕不知所對。二女曰：「嫂勿訝，我姊妹皆狐也。感嫂孝心，每夜助嫂轉磨。不意為上帝所嘉，緣是功行，得證正果。今嫂養姑事畢，我姊妹亦登仙去矣。敬來道別，並謝提攜也。」言訖，其去如風，轉瞬已不見。婦歸，再轉其磨，則力幾不勝，非宿昔之旋運自如矣。

烏魯木齊

烏魯木齊，譯言好圍場也。余在是地時，有筆帖式名烏魯木齊。計其命名之日，在平定西域前二十餘年。自言出生時，父夢其祖語曰：「爾所生子，當名烏魯木齊。」並指畫其字以示。覺而不省為何語；然夢甚了了，姑以名之。不意今果至此，意將終此乎？後遷印房主事，果卒于官。計其自從征至卒，始終未嘗離是地。事皆前定，豈不信夫？

巴　拉

烏魯木齊又言：有廝養曰巴拉，從征時，遇賊每力戰。後流矢貫左頰，鏃出于右耳之後，猶奮力斫一賊，與之俱仆。後因事至孤穆第（在烏魯木齊、特納格爾之間），夢巴拉拜謁，衣冠修整，頗不類賤役。夢中忘其已死，問：「向在何處，今將何往？」對曰：「因差遣過此，偶遇主人，一展積戀耳。」問：「何以得官？」曰：「忠孝節義，上帝所重。凡為國捐生者，雖下至僕隸，生前苟無過惡，幽冥必與一職事；原有過惡者，亦消除前罪，向人道轉生。奴今為博克達山神部將，秩如驍騎校也。」問：「何往？」曰：「昌吉。」問：「何事？」曰：「賚有文牒，不能知也。」霍然而醒，語音似猶在耳。時戊子六月。至八月十六日而有昌吉變亂之事，鬼蓋不敢預泄云。

紅絲繡花鞋

昌吉築城時，掘土至五尺餘，得紅紵絲繡花女鞋一，製作精緻，尚未全朽。余《烏魯木齊雜詩》曰：「築城掘土土深深，邪許相呼萬杵音。怪事一聲齊注目，半鉤新月蘚花侵。」詠此事也。入土至五尺餘，至近亦須數十年，何以不壞？額魯特女子不纏足，何以得作弓彎樣，何僅三寸許？此必有其故，今不得知矣。

郭　六

郭六，淮鎮農家婦，不知其夫氏郭父氏郭也，相傳呼為郭六云爾。雍正甲辰、乙巳間，歲大饑。其夫度不得活，出而乞食于四方，瀕行，對之稽顙曰：「父母皆老病，吾以累汝矣。」婦故有姿，里少年瞰其乏食，以金錢挑之，皆不應，惟以女工養翁姑。既而必不能贍，則集鄰里叩首曰：「我夫以父母托我，今力竭矣，不別作計，當俱死。鄰里能助我，則乞助我；不能助我，則我且賣花，毋笑我。」（俚語以婦女倚門為賣花）鄰里趦趄囁嚅，徐散去。乃慟哭白翁姑，公然與諸蕩子游。陰蓄夜合之資，又置一女子，然防閑甚嚴，不使外人覿其面。或曰，是將邀重價，亦不辯也。越三載餘，其夫歸，寒溫甫畢，即與見翁姑，曰：「父母並在，今還汝。」又引所置女見其夫曰：「我身已污，不能忍恥再對汝。已為汝別娶一婦，今亦付汝。」夫駭愕未答，則曰：「且為汝辦餐。」已往廚下自剄矣。縣令來驗，目炯炯不瞑。縣令判葬于祖塋，而不祔夫墓，曰：「不祔墓，宜絕于夫也；葬于祖塋，明其未絕于翁姑也。」目仍不瞑。其翁姑哀號曰：「是本貞婦，以我二人故至此也。子不能養父母，反絕代養父母者耶？況身為男子不能養，避而委一少婦，途人知其心矣，是誰之過而絕之耶？此我家事，官不必與聞也。」語訖而目瞑。時邑人議論頗不一，先祖寵予公曰：「節孝並重也，第節孝又不能兩全也。此一事非聖賢不能斷，吾不敢置一詞也。」

有憾于君

御史某之伏法也，有問官白晝假寐，恍惚見之，驚問曰：「君有冤耶？」曰：「言官受賂鬻章奏，于法當誅，吾何冤？」曰：「不冤，何為來見我？」曰：「有憾于君。」曰：「問官七八人，舊交如我者亦兩三人，何獨憾我？」曰：「我與君有宿隙，不過進取相軋耳，非不共戴天者也。我對簿時，君雖引嫌不問，而陽陽有德色；我獄成時，君雖虛詞慰藉，而隱隱含輕薄。是他人據法置我死，而君以修怨快我死也。患難之際，此最傷人心，吾安得不憾！」問官惶恐愧謝曰：「然則君將報我乎？」曰：「我死于法，安得報君。君居心如是，自非載福之道，亦無庸我報。特意有不平，使君知之耳。」語訖，若睡若醒，開目已失所在，案上殘茗尚微溫。後所親見其惘惘如失，陰叩之，乃具道始末，喟然曰：「幸哉我未下石也，其飲恨猶如是。曾子曰：『哀矜勿喜。』不其然乎！」所親為人述之，亦喟然曰：「一有私心，雖當其罪，猶不服，況不當其罪乎！」

宋小岩

程編修魚門曰：「怨毒之于人甚矣哉！宋小岩將歿，以片札寄其友曰：『白骨可成塵，游魂終不散。黃泉業鏡台，待汝來相見。』余親見之。其友將歿，以手拊床曰：『宋公且坐。』余亦親見之。」

溫雅小童

相傳某公奉使歸，駐節館舍。時庭菊盛開，徘徊花下。見小童隱映疏竹間，年可十四五，端麗溫雅如靚妝女子。問知為居停主人子。呼與語，甚慧黠，取一扇贈之。流目送盼，意似相就。某公亦愛其秀穎，與流連軟語。適左右皆不在，童即跪引其裾曰：「公如不棄，即不敢欺公：父陷冤獄，得公一語可活。公肯援手，當不惜此身。」方探袖出訟牒，忽暴風衝擊，窗扉六扇皆洞開，幾為騶從所窺。心知有異，急揮之去，曰：「俟夕徐議。」即草草命駕行。後廉知為土豪殺人，獄急不得解，賂胥吏引某公館其家，陰市孌童，偽為其子，又賂左右，得至前為秦弱蘭之計。不虞冤魂之示變也。裘文達公嘗曰：「此公偶爾多事，幾為所中。士大夫一言一動，不可不慎。使爾時面如包孝肅，亦何隙可乘。」

烈女有靈

明崇禎末，孟村有巨盜肆掠，見一女有色，並其父母縶之。女不受污，則縛其父母加炮烙。父母並呼號慘切，命女從賊。女請縱父母去，乃肯從。賊知其紿己，必先使受污而後釋。女遂奮擲批賊頰，與父母俱死，棄屍于野。後賊與官兵格鬥，馬至屍側，辟易不肯前，遂陷淖就擒。女亦有靈矣，惜其名氏不可考。論是事者，或謂女子在室，從父母之命者也。父母命之從賊矣，成一己之名，坐視父母之慘酷，女似過忍。或謂命有治亂，從賊不可與許嫁比。父母命為娼，亦為娼乎？女似無罪。先姚安公曰：「此事與郭六正相反，均有理可執，而于心終不敢確信。不食馬肝，未為不知味也。」

劉羽沖

劉羽沖，佚其名，滄州人。先高祖厚齋公多與唱和。性孤僻，好講古制，實迂闊不可行。嘗倩董天士作畫，倩厚齋公題。內《秋林讀書》一幅云：「兀坐秋樹根，塊然無與伍。不知讀何書，但見鬚眉古。只愁手所持，或是井田譜。」蓋規之也。偶得古兵書，伏讀經年，自謂可將十萬。會有土寇，自練鄉兵與之角，全隊潰覆，幾為所擒。又得古水利書，伏讀經年，自謂可使千里成沃壤。繪圖列說于州官。州官亦好事，使試于一村。溝洫甫成，水大至，順渠灌入，人幾為魚。由是抑鬱不自得，恆獨步庭階，搖首自語曰：「古人豈欺我哉！」如是日千百遍，惟此六字。

不久，發病死。後風清月白之夕，每見其魂在墓前松柏下，搖首獨步。側耳聽之，所誦仍此六字也。或笑之，則欻隱。次日伺之，復然。泥古者愚，何愚乃至是歟！阿文勤公嘗教昀曰：「滿腹皆書能害事，腹中竟無一卷書，亦能害事。國弈不廢舊譜，而不執舊譜；國醫不泥古方，而不離古方。故曰：『神而明之，存乎其人。』又曰：『能與人規矩，不能使人巧。』」

魏忠賢之惡

明魏忠賢之惡，史冊所未睹也。或言其知事必敗，陰蓄一騾，日行七百里，以備逋逃；陰蓄一貌類己者，以備代死。後在阜城尤家店，竟用是私遁去。

余謂此無稽之談也。以天道論之，苟神理不誣，忠賢斷無倖免理。以人事論之，忠賢擅政七年，何人不識？使竄伏舊黨之家，小人之交，勢敗則離，有縛獻而已矣。使潛匿荒僻之地，則耕牧之中，突來閹官，異言異貌，駭視驚聽，不三日必敗。使遠遁于封域之外，則嚴世蕃嘗通日本，仇鸞嘗交諳達，忠賢無是也。山海阻深，關津隔絕，去又將何往？昔建文行遁，後世方且傳疑。然建文失德無聞，人心未去，舊臣遺老，猶有故主之思。燕王稱戈篡位，屠戮忠良，又天下之所不與。遞相容隱，理或有之。忠賢虐焰熏天，毒流四海，人人欲得而甘心。是時距明亡尚十五年，此十五年中，安得深藏不露乎？故私遁之說，余斷不謂然。

文安王岳芳曰：「乾隆初，縣學中忽雷霆擊格，旋繞文廟，電光激射，如掣赤練，入殿門復返者十餘度。訓導王著起曰，是必有異。冒雨入視，見大蜈蚣伏先師神位上。鉗出擲階前。霹靂一聲，蜈蚣死而天霽。驗其背上，有朱書魏忠賢字。」是說也，余則信之。

紅柳娃

烏魯木齊深山中，牧馬者恆見小人高尺許，男女老幼，一一皆備。遇紅柳吐花時，輒折柳盤為小圈，著頂上，作隊躍舞，音呦呦如度曲。或至行帳竊食，為人所掩，則跪而泣。縶之，則不食而死。縱之，初不敢遽行，行數尺輒回顧。或追叱之，仍跪泣。去人稍遠，度不能追，始驀澗越山去。然其巢穴棲止處，終不可得。此物非木魅，亦非山魈，蓋僬僥之屬。不知其名，以形似小兒，而喜戴紅柳，因呼曰紅柳娃。丘縣丞天錦，因巡視牧廠，曾得其一，臘以歸。細視其鬚眉毛髮，與人無二。知《山海經》所謂竫人，鑿然有之。有極小必有極大，《列子》所謂龍伯之國，亦必鑿然有之。

塞外雪蓮

塞外有雪蓮，生崇山積雪中，狀如今之洋菊，名以蓮耳。其生必雙，雄者差大，雌者小。然不並生，亦不同根，相去必一兩丈。見其一，再覓其一，無不得者。蓋如菟絲茯苓，一氣所化，氣相屬也。凡望見此花，默往採之則獲。如指以相告，則縮入雪中，杳無痕跡。即劚雪求之，亦不獲。草木有知，理不可解。土人曰：「山神惜之。」其或然歟？此花生極寒之地，而性極熱。蓋二氣有偏勝，無偏絕，積陰外凝，則純陽內結。坎卦以一陽陷二陰之中，剝復二卦，以一陽居五陰之上下，是其爻象也。然浸酒為補劑，多血熱妄行。或用合媚藥，其禍尤烈。

蓋天地之陰陽均調，萬物乃生。人身之陰陽均調，百脈乃合。故《素問》曰：「亢則害，承乃制。」自丹溪立「陽常有餘，陰常不足」之說，醫家失其本旨，往往以苦寒伐生氣。張介賓輩矯枉過直，遂偏于補陽，而參蓍桂附，流弊亦至于殺人。是未知易道扶陽，而乾之上九，亦戒以

「亢龍有悔」也。嗜欲日盛，羸弱者多，溫補之劑易見小效，堅信者遂眾。故余謂偏伐陽者，韓非刑名之學；偏補陽者，商鞅富強之術。初用皆有功，積重不返，其損傷根本則一也。雪蓮之功不補患，亦此理矣。

風災鬼難之域

唐太宗《三藏聖教序》，稱風災鬼難之域，似即今辟展吐魯番地。其地沙磧中，獨行之人，往往聞呼姓名，一應則隨去不復返。又有風穴在南山，其大如井，風不時從中出。每出，則數十里外先聞波濤聲，遲一二刻風乃至。所橫徑之路，闊不過三四里，可急行而避。避不及，則眾車以巨繩連綴為一，尚鼓動顛簸，如大江浪湧之舟。或一車獨遇，則人馬輜重皆輕若片葉，飄然莫知所往矣。風皆自南而北，越數日自北而南，如呼吸之往返也。余在烏魯木齊，接辟展移文，云軍校雷霆，于某日人馬皆風吹過嶺北，無有蹤跡。

又昌吉通判報，某日午刻，有一人自天而下，乃特納格爾遣犯徐吉，為風吹至。俄特納格爾縣丞報，徐吉是日逃。計其時刻，自巳正至午，已飛騰二百餘里。此在彼不為怪，在他處則異聞矣。徐吉云，被吹時如醉如夢，身旋轉如車輪，目不能開，耳如萬鼓亂鳴，口鼻如有物擁蔽，氣不得出，努力良久，始能一呼吸耳。按《莊子》稱：「大塊噫氣，其名為風。」氣無所不至，不應有穴。蓋氣所偶聚，因成斯異。猶火氣偶聚于巴蜀，遂為火井；水脈偶聚于于闐，遂為河源云。

明季書生

何勵庵先生言：相傳明季有書生，獨行叢莽間，聞書聲琅琅。怪曠野那得有是，尋之，則一老翁坐墟墓間，旁有狐十餘，各捧書蹲坐。老翁見而起迎，諸狐皆捧書人立。書生念既解讀書，必不為禍，因與揖讓席地坐。問：「讀書何為？」老翁曰：「吾輩皆修仙者也。凡狐之求仙有二途：其一採精氣，拜星斗，漸至通靈變化，然後積修正果，是為由妖而求仙。然或入邪僻，則干天律。其途捷而危。其一先煉形為人，既得為人，然後講習內丹，是為由人而求仙。雖吐納導引，非旦夕之功，而久久堅持，自然圓滿。其途紆而安。顧形不自變，隨心而變，故先讀聖賢之書，明三綱五常之理，心化則形亦化矣。」書生借視其書，皆《五經》、《論語》、《孝經》、《孟子》之類，但有經文而無注。問：「經不解釋，何由講貫？」老翁曰：「吾輩讀書，但求明理。聖賢言語，本不艱深，口相授受，疏通訓詁，即可知其義旨，何以注為？」書生怪其持論乖僻，惘惘莫對。姑問其壽。曰：「我都不記。但記我受經之日，世尚未有印板書。」又問：「閱歷數朝，世事有無同異？」曰：「大都不甚相遠。惟唐以前，但有儒者。北宋後，每聞某甲是聖賢，為小異耳。」書生莫測，一揖而別。後于途間遇此翁，欲與語，掉頭徑去。

案此殆先生之寓言，先生嘗曰：「以講經求科第，支離敷衍，其詞愈美而經愈荒。以講經立門戶，紛紜辯駁，其說愈詳而經亦愈荒。」語意若合符節。又嘗曰：「凡巧妙之術，中間必有不穩處。如步步踏實，即小有蹉失，終不至折肱傷足。」與所云修仙二途，亦同一意也。

臥虎山人

有扶乩者，自江南來。其仙自稱臥虎山人，不言休咎，惟與人唱和詩詞，亦能作畫。畫不過蘭竹數筆，具體而已。其詩清淺而不俗。嘗面見下壇一絕云：「愛殺嫣紅映水開，小亭白鶴一徘徊。花神怪我衣襟綠，才藉莓苔穩睡來。」又詠舟，限車字。詠車，限舟字。曰：「淺水潺潺二尺餘，輕舟來往興何如？回頭岸上春泥滑，愁殺疲牛薄笨車。」「小車轣轆駕烏牛，載酒聊為陌上游。莫羨王孫金勒馬，雙輪徐轉穩如舟。」其餘大都類此。問其姓字，則曰：「世外之人，何必留名。必欲相迫，自有杜撰應名而已。」甲與乙共學其符，召之亦至，然字多不可辨，扶乩者手不習也。一日，乙焚符，仙竟不降。越數日再召，仍不降。後乃降于甲家，甲叩乙召不降之故。仙判曰：「人生以孝悌為本，二者有慚，則不可以為人。此君近與兄析產，隱匿千金；又詭言其父有宿逋，當兄弟共償，實掩兄所償為己有。吾雖方外閒身，不預人事，然義不與此等人作緣。煩轉道意，後毋相瀆。」又判示甲曰：「君近得新果，遍食兒女，而獨忘孤侄，竟啜泣竟夕。雖是無心，要由于意有歧視。後若再爾，吾亦不來矣。」先姚安公曰：「吾見其詩詞，謂是靈魂鬼；觀此議論，似竟是仙。」

孟夫人

廣西提督田公耕野，初娶孟夫人，早卒。公官涼州鎮時，月夜獨坐衙齋，恍惚夢夫人自樹梢翩然下，相勞苦如平生，曰：「吾本天女，宿命當為君婦，緣滿仍歸。今過此相遇，亦餘緣之未盡者也。」公問：「我當終何官？」曰：「官不止此，行去矣。」問：「我壽幾何？」曰：「此難言。公卒時不在鄉里，不在官署，不在道途館驛，亦不歿于戰陣，時至自知耳。」問：「歿後尚相見乎？」曰：「此在君矣，君努力升天，即可見，否則不能也。」公後征叛苗，師還，卒于戎幕之下。

魏藻

奴子魏藻，性佻蕩，好窺伺婦女。一日，村外遇少女，似相識而不知其姓名居址。挑與語，女不答而目成，徑西去。藻方注視，女回顧若招。即隨以往，漸逼近。女面赬，小語曰：「來往人眾，恐見疑。君可相隔小半里，俟到家，吾待君牆外車屋中，棗樹下繫一牛，旁有碌碡者是也。」既而漸行漸遠，薄暮，將抵李家窪，去家三十里矣。宿雨初晴，泥將沒脛，足趾亦腫痛。遙見女已入車屋，方竊喜，趨而赴。女方背立，忽轉面，乃作羅剎形，鋸牙鉤爪，面如靛，目睒睒如燈。駭而返走，羅剎急追之。狂奔二十餘里，至相國莊，已屆亥初。識其婦翁門，急叩不已。門甫啟，突然衝入，觸一少女仆地，亦隨之仆。諸婦怒譟，各持搗衣杵亂捶其股。氣結不能言，惟呼「我我」。俄一媼持燈出，方知是婿，共相驚笑。

次日，以牛車載歸，臥床幾兩月。當藻來去時，人但見其自往自還，未見有羅剎，亦未見有少女。豈非以邪召邪，狐鬼趁而侮之哉？先兄晴湖曰：「藻自是不敢復冶游，路遇婦女，必俯首。是雖謂之神明示懲，可也。」

枯井衛瞽

去余家十餘里，有瞽者姓衛。戊午除夕，遍詣常呼彈唱家辭歲，各與以食物，自負以歸。半途，失足墮枯井中。既在曠野僻徑，又家家守歲，路無行人，呼號嗌乾，無應者。幸井底氣溫，又有餅餌可食，渴甚，則咀水果，竟數日不死。會屠者王以勝驅豕歸，距井猶半里許，忽繩斷豕逸，狂奔野田中，亦失足墮井。持鉤出豕，乃見瞽者，已氣息僅屬矣。井不當屠者所行路，殆若或使之也。先兄晴湖問以井中情狀。瞽者曰：「是時萬念皆空，心已如死，惟念老母臥病，待瞽子以養。今並聲子亦不得，計此時恐已餓莩，覺酸徹肝脾，不可忍耳。」先兄曰：「非此一念，王以勝所驅豕必不斷繩。」

巨盜齊大

齊大，獻縣巨盜也。嘗與眾行劫，一盜見其婦美，逼污之。刃脅不從，反接其手，縛于凳，已褫下衣，呼兩盜左右挾其足矣。齊大方看莊（盜語謂屋上瞭望以防救者為看莊），聞婦呼號，自屋脊躍下，挺刃突入曰：「誰敢如是，吾不與俱生。」洶洶欲鬥，目光如餓虎。間不容髮之頃，竟賴以免。後群盜並就捕駢誅，惟齊大終不能弋獲。群盜云：「官來捕時，齊大實伏馬槽下。」兵役皆云：「往來搜數過，惟見槽下朽竹一束，約十餘竿，積塵污穢，似棄置多年者。」

樑上狐語

張明經晴嵐言：一寺藏經閣上有狐居，諸僧多棲止閣下。一日，天酷暑，有打包僧厭其囂雜，徑移坐具住閣上。諸僧忽聞樑上狐語曰：「大眾且各歸房，我眷屬不少，將移住閣下。」僧問：「久居閣上，何又忽欲據此？」曰：「和尚在彼。」問：「汝避和尚耶？」曰：「和尚佛子，安敢不避？」又問：「我輩非和尚耶？」狐不答。固問之，曰：「汝輩自以為和尚，我復何言！」從兄懋園聞之曰：「此狐黑白太明，然亦可使三教中人，各發深省。」

甲乙丙

甲見乙婦而艷之，語于丙。丙曰：「其夫粗悍，可圖也。如不吝揮金，吾能為君了此事。」乃擇邑子冶蕩者，餌以金而囑之曰：「爾白晝潛匿乙家，而故使乙聞。待就執，則自承欲盜。白晝非盜時，爾容貌衣服無盜狀，必疑姦，勿承也。官再鞫而後承，罪不過枷杖。當設策使不竟其獄，無所苦也。」邑子如所教，獄果不竟。然乙竟出其婦。丙慮其悔，教婦家訟乙，又陰賂證佐，使不勝。乃恚而別嫁其女。乙亦決絕，聽其嫁。甲重價買為妾。丙又教邑子反噬甲，發其陰謀，而教甲賂息。計前後乾沒千金矣。適聞家廟社會，力修供具賽神，將以祈福。先一夕，廟祝夢神曰：「某金自何來？乃盛儀以饗我。明日來，慎勿令入廟。非禮之祀，鬼神且不受，況非義之祀乎？」丙至，廟祝以神語拒之。怒弗信，甫至階，舁者顛蹶，供具悉毀，乃悚然返。後歲餘，甲死。邑子以同謀之故，時往來丙家，因誘其女逃去。丙亦氣結死。婦攜資改適。女至德州，人詰得姦狀，牒送回籍，杖而官賣。時丙奸已露，乙憾甚，乃鬻產贖得女，使薦枕三夕，而轉售于人。或曰，丙死時，乙尚未娶，丙婦因嫁焉。此故為快心之談，無是事也。邑子後為丐，女流落為娼，則實有之。

秋谷先生

益都李詞畹言：秋谷先生南游日，借寓一家園亭中。一夕就枕後，欲製一詩。方沉思間，聞窗外人語曰：「公尚未睡耶？清詞麗句，已心醉十餘年。今幸下榻此室，竊聽緒論，雖已經月，終以不得質疑問難為恨。慮或倉卒別往，不罄所懷，更為平生之歉。故不辭唐突，願隔窗聽揮麈之談。先生能不拒絕乎？」秋谷問：「君為誰？」曰：「別館幽深，重門夜閉，自斷非人跡所到。

先生神思夷曠，諒不恐怖，亦不必深求。」問：「何不入室相晤？」曰：「先生襟懷蕭散，僕亦倦于儀文，但得神交，何必定在形骸之內耶？」秋谷因曰與酬對，于六義頗深。如是數夕，偶乘醉戲問曰：「聽君議論，非神非仙，亦非鬼非狐，毋乃山中木客解吟詩乎？」語訖寂然。穴隙窺之，缺月微明，有影蓬蓬然，掠水亭檐角而去。園中老樹參雲，疑其木魅矣。

詞晼又云：秋谷與魅語時，有客竊聽。魅謂漁洋山人詩如名山勝水，奇樹幽花，而無寸土藝五穀；如雕欄曲榭，池館宜人，而無寢室庇風雨；如彝鼎罍洗，斑斕滿几，而無釜甑供炊爨；如纂組錦繡，巧出仙機，而無裘葛禦寒暑；如舞衣歌扇，十二金釵，而無主婦司中饋；如梁園金谷，雅客滿堂，而無良友進規諫。秋谷極為擊節。又謂明季詩庸音雜奏，故漁洋救之以清新；近人詩浮響日增，故先生救之以刻露。勢本相因，理無偏勝。竊意二家宗派，當調停相濟，合則雙美，離則兩傷。秋谷頗不平之云。

道士賣藥

烏魯木齊有道士賣藥于市。或曰，是有妖術，人見其夜宿旅舍中，臨睡必探佩囊，出一小葫蘆，傾出黑物二丸，即有二少女與同寢，曉乃不見。問之，則云無有。

余憶《輟耕錄》周月惜事，曰：「此乃所採生魂也，是法食馬肉則破。」適中營有馬死，遣吏密囑旅舍主人，問適有馬肉可食否？道士掉頭曰：「馬肉豈可食？」余益疑，擬料理之。同事陳君題橋曰：「道士攜少女，公未親見。不食馬肉，公亦未親見。周月惜事，出陶九成小說，未知真否。所云馬肉破法，亦未知驗否。公信傳聞之詞，據無稽之說，遽興大獄，似非所宜。塞外不當留雜色人，飭所司驅之出境，足矣。」余乃止。

後將軍溫公聞之曰：「欲窮治者太過。倘畏刑妄供別情，事關重大，又無確據，作何行止？

驅出境者太不及。倘轉徙別地，或釀事端，云曾在烏魯木齊久住，誰職其咎？形跡可疑人，關隘例當盤詰搜檢，驗有實證，則當付所司；驗無實證，則具牒遞回原籍，使勿惑民，不亦善乎？」余二人皆服公之論。

生死有命

莊學士木淳，少隨父書石先生泊舟江岸。夜失足落江中，舟人弗知也。漂蕩間，聞人語曰：「可救起福建學院，此有關係，勿草草。」不覺已還掛本舟舵尾上，呼救得免。後果督福建學政。赴任時，舉是事語余曰：「吾其不返乎？」余以立命之說勉之。竟卒于官。又其兄方耕少宗伯，雍正庚戌在京邸，遇地震，壓于小弄中。適兩牆對圮，相拄如人字帳形。坐其中一晝夜，乃得掘出。豈非生死有命乎？

冷掌如冰

何勵庵先生言：十三四時，隨父罷官還京師。人多舟狹，遂布席于巨箱上寢。夜分，覺有一掌捫之，其冷如冰，魘良久乃醒。後夜夜皆然，謂是神虛，服藥亦無效。至登陸乃已。後知箱乃其僕物。僕母卒于官署，厝郊外，臨行陰焚其柩，而以衣包骨匿箱中。當由人眠其上，魂不得安，故作是變怪也，然則旅魂隨骨返，信有之矣。

鬼趣

勵庵先生又云：有友聶姓，往西山深處上墓返。天寒日短，翳然已暮。畏有虎患，竭蹶力行，望見破廟在山腹，急奔入。時已曛黑，聞牆隅人語曰：「此非人境，檀越可速去。」心知是僧，問：「師何在此闇坐？」曰：「佛家無誑語，身實縊鬼，在此待替。」聶毛骨悚慄，既而曰：「與死于虎，無寧死于鬼。吾與師共宿矣。」鬼曰：「不去亦可。但幽明異路，君不勝陰氣之侵，我不勝陽氣之爍，均刺激不安耳。各占一隅，毋相近可也。」聶遙問待替之故。鬼曰：「上帝好生，不欲人自戕其命。如忠臣盡節，烈女完貞，是雖橫夭，與正命無異，不必待替。其情迫勢窮，更無求生之路者，憫其事非得已，亦付輪轉，仍核計生平，依善惡受報，亦不必待替。倘有一線可生，或小忿不忍，或借以累人，逞其戾氣，率爾投繯，則大拂天地生物之心，故必使待替以示罰。所以幽囚沉滯，動至百年也。」問：「不有誘人相替者乎？」鬼曰：「吾不忍也。凡人就縊，為節義死者，魂自頂上升。其死速。為忿嫉死者，魂自心下降，其死遲。未絕之頃，百脈倒湧，肌膚皆寸寸欲裂，痛如臠割，胸膈腸胃中如烈焰燔燒，不可忍受。如是十許刻，形神乃離。思是楚毒，見縊者方阻之速返，肯相誘乎？」聶曰：「師存是念，自必生天。」鬼曰：「是不敢望，惟一意念佛，冀懺悔耳。」俄天欲曙，問之不言，諦視亦無所見。後聶每上墓，必攜飲食紙錢祭之，輒有旋風繞左右。一歲，旋風不至，意其一念之善，已解脫鬼趣矣。

王半仙訪狐友

王半仙嘗訪其狐友，狐迎笑曰：「君昨夜夢至范住家，歡娛乃爾。」范住者，邑之名妓也。王回憶實有是夢，問何以知。曰：「人秉陽氣以生，陽氣上升，恆發越于頂。睡則神聚于心，靈光與陽氣相映，如鏡取影。夢生于心，其影皆現于陽氣中，往來生滅，倏忽變形如一二寸小人，如畫圖，如戲劇，如蟲之蠕動。即不可告人之事，亦百態畢露，鬼神皆得而見之，狐之通靈者亦得見之，但不聞其語耳。昨偶過君家，是以見君之夢。」又曰：「心之善惡，亦現于陽氣中。生一善念，則氣中一線如烈焰；生一惡念，則氣中一線如濃煙。濃煙冪首，尚有一線之光，是畜生道中人。並一線之光而無之，是泥犁獄中人矣。」王問：「惡人濃煙冪首，其夢影何由復見？」曰：「人心本善，惡念蔽之。睡時一念不生，則此心還其本體，陽氣仍自光明。即其初醒時，念尚未起，光明亦尚在。念漸起，則漸昏。念全起，則全昏矣。君不讀書，試向秀才問之，孟子所謂夜氣，即此是也。」王悚然曰：「鬼神鑒察，乃及于夢寐之中。」

鬼氣

雷出于地，向于福建白鶴嶺上見之。嶺高五十里，陰雨時俯視，濃雲僅及半山，有氣一縷，自雲中湧出，直激而上。氣之纖末，忽火光迸散，即砰然有聲，與火炮全相似。至于擊物之雷，則自天而下。戊午夏，余與從兄懋園、坦居讀書崔莊三層樓上。開窗四望，數里可睹。時方雷雨，遙見一人自南來，去莊約半里許，忽跪于地。倏雲氣下垂，冪之不見。俄雷震一聲，火光照眼如咫尺，雲已斂而上矣。少頃，喧言高川李善人為雷所殛。隨眾往視，遍身焦黑，仍拱手端跪，仰面望天。背有朱書，非篆非籀，非草非隸，點畫繳繞，不能辨幾字。其人持齋禮佛，無善跡，亦無惡跡，不知為夙業為隱慝也。其侄李士欽曰：「是日晨起，必欲赴崔莊，實無一事。竟冒雨而來，及于此難。」或曰：「是日崔莊大集（崔莊市人交易，以一、六日大集，三、八日小集），殆鬼神驅以來，與眾見之。」

吏為狐媚

余官兵部時，有一吏嘗為狐所媚，尪瘦骨立。乞張真人符治之。忽聞檐際人語曰：「君為吏非理取財，當嬰刑戮。我夙生曾受君再生恩，故以艷色蠱惑，攝君精氣，欲君以瘵疾善終。今被驅遣，是君業重不可救也。宜努力積善，尚冀萬一挽回耳。」自是病愈。然竟不悛改。後果以盜用印信，私收馬稅伏誅。堂吏有知其事者，後為余述之云。

卷四 灤陽消夏錄【四】（五十三則）

繡鸞

前母張太夫人，有婢曰繡鸞。嘗月夜坐堂階，呼之，則東西廊皆有一繡鸞趨出，形狀衣服無少異，乃至右襟反折其角，左袖半捲亦相同。大駭，幾仆。再視之，惟存其一。問之，乃從西廊來。又問：「見東廊人否？」云：「未見也。」此七月間事，至十一月即謝世。殆祿已將終，故魅敢現形歟！

菩薩意

滄州插花廟尼，姓董氏。遇大士誕辰，治供具將畢，忽覺微倦，倚几暫憩。恍惚夢大士語之曰：「爾不獻供，我亦不忍饑；爾即獻供，我亦不加飽。寺門外有流民四五輩，乞食不得，困餓將殆。爾輟供具以飯之，功德勝供我十倍也。」霍然驚醒，啟門出視，果不謬。自是每年供具獻畢，皆以施丐者，曰：「此菩薩意也。」

滄州轎夫

先太夫人言：滄州有轎夫田某，母患臌將殆。聞景和鎮一醫有奇藥，相距百餘里。昧爽狂奔去，薄暮已狂奔歸，氣息僅屬。然是夕衛河暴漲，舟不敢渡。乃仰天大號，淚隨聲下。眾雖哀之，而無如何。忽一舟子解纜呼曰：「倘有神理，此人不溺。來來，吾渡爾。」奮然鼓楫，橫衝白浪而行。一彈指頃，已抵東岸。觀者皆合掌誦佛號。

先姚安公曰：「此舟子信道之篤，過于儒者。」

狂生

臥虎山人降乩于田白岩家，眾焚香拜禱。一狂生獨倚几斜坐，曰：「江湖游士，練熟手法為戲耳。豈有神仙日日聽人呼喚？」乩即書下壇詩曰：「鶗鴂驚秋不住啼，章台回首柳萋萋。花開有約腸空斷，雲散無蹤夢亦迷。小立偷彈金屈戌，半酣笑勸玉東西。琵琶還似當年否？為何潯陽估客妻。」狂生大駭，不覺屈膝。蓋其數日前密寄舊妓之作，未經存稿者也。仙又判曰：「此箋幸未達，達則又作步非煙矣。此婦既已從良，即是窺人閨閣。

香山居士偶作寓言，君乃見諸實事耶？大凡風流佳話，多是地獄根苗。昨見冥官錄籍，故吾得記之。業海洪波，回頭是岸。山人饒舌，實具苦心，先生勿訝多言也。」狂生鵠立案旁，殆無人色。後歲餘，即下世。余所見扶乩者，惟此仙不談休咎，而好規人過。殆靈鬼之耿介者耶！

先姚安公素惡淫祀，惟遇此仙，必長揖曰：「如此方嚴，即鬼亦當敬。」

扶乩者

姚安公未第時，遇扶乩者，問有無功名。判曰：「前程萬里。」又問登第當在何年。判曰：「登第卻須候一萬年。」意謂或當由別途進身。及癸巳萬壽恩科登第，方悟萬年之說。後官雲南姚安府知府，乞養歸，遂未再出。並前程萬里之說亦驗。大抵幻術多手法捷巧。惟扶乩一事，則確有所憑附，然皆靈鬼之能文者耳。所稱某神某仙，固屬假托；即自稱某代某人者，叩以本集中詩文，亦多云年遠忘記，不能答也。其扶乩之人，遇能書者則書工，遇能詩者即詩工，遇全不能詩能書者，則雖成篇而遲鈍。余稍能詩而不能書，從兄坦居能書而不能詩。余扶乩，則詩敏捷，而書潦草；坦居扶乩，則書清整而詩淺率。余與坦居實皆未容心，蓋亦借人之精神始能運動，所謂鬼不自靈，待人而靈也。著龜本枯草朽甲，而能知吉凶，亦待人而靈耳。

縊鬼

先外祖居衛河東岸，有樓臨水傍，曰「度帆」。其樓向西，而樓之下層門乃向東，別為院落，與樓不相通。先有僕人史錦捷之婦縊于是院，故久無人居，亦無扃鑰。有僮婢不知是事，夜半幽會于斯。聞門外窸窣似人行，懼為所見，伏不敢動。竊于門隙窺之，乃一縊鬼步階上，對月微嘆。二人股慄，僵于門內，不敢出。門為二人所據，鬼亦不敢入，相持良久。有犬見鬼而吠，群犬聞聲亦聚吠。以為有盜，竟明燭持械以往。鬼隱，而僮婢之姦敗。婢愧不自容，迨夕，亦往是院縊。覺而救蘇，又潛往者再，還其父母乃已。因悟鬼非不敢入室也，將以敗二人之姦，使愧縊以求代也。

先外祖母曰：「此婦生而陰狡，死尚爾哉，其沉淪也固宜。」先太夫人曰：「此婢不作此事，鬼亦何自而乘？其罪未可委之鬼。」

辛彤甫

辛彤甫先生官宜陽知縣時，有老叟投牒曰：「昨宿東城門外，見縊鬼五六，自門隙而入，恐是求代。乞示諭百姓，僕妾勿凌虐，債負勿逼索，諸事互讓勿爭鬥，庶鬼無所施其技。」先生震怒，笞而逐之。老叟亦不怨悔，至階下拊膝曰：「惜哉，此五六命不可救矣！」越數日，城內報縊死者四。先生大駭，急呼老叟問之，老叟曰：「連日昏昏，都不記憶，今乃知曾投此牒。豈得罪鬼神，使我受笞耶？」是時此事喧傳，家家為備，縊而獲解者，果二：一婦為姑所虐，姑痛自悔艾；一迫于逋欠，債主立為焚券，皆得不死。乃知數雖前定，苟能盡人力，亦必有一二之挽回。又知人命至重，鬼神雖前知其當死，苟一線可救，亦必轉借人力以救之。

蓋氣運所至，如嚴冬風雪，天地亦不得不然。至披裘禦雪，墐戶避風，則聽諸人事，不禁其自為。

史某拒色

獻縣史某，佚其名，為人不拘小節，而落落有直氣，視齷齪者蔑如也。偶從博場歸，見村民夫婦子母相抱泣。其鄰人曰：「為欠豪家債，鬻婦以償。夫婦故相得，子又未離乳，當棄之去，故悲耳。」史問：「所欠幾何？」曰：「三十金。」「所鬻幾何？」曰：「五十金，與人為妾。」問：「可贖乎？」曰：「券甫成，金尚未付，何不可贖！」即出博場所得七十金授之，曰：「三十金償債，四十金持以謀生，勿再蠹也。」夫婦德史甚，烹雞留飲。酒酣，夫抱兒出，以目示婦，意令薦枕以報。婦頷之，語稍狎。史正色曰：「史某半世為盜，半世為捕役，殺人曾不眨眼。若危急中污人婦女，則實不能為。」飲啖訖，掉臂徑去，不更一言。

半月後，所居村夜火。時秋穫方畢，家家屋上屋下，柴草皆滿，茅檐秫籬，斯須四面皆烈焰，度不能出，與妻子瞑坐待死。恍惚聞屋上遙呼曰：「東岳有急牒，史某一家並除名。」劃然有聲，後壁半圮。乃左挈妻，右抱子，一躍而出，若有翼之者。火熄後，計一村之中，爇死者九。鄰里皆合掌曰：「昨尚竊笑汝痴，不意七十金乃贖三命。」余謂此事見佑于司命，捐金之功十之四，拒色之功十之六。

健牛當道

姚安公官刑部日，德勝門外有七人同行劫，就捕者五矣，惟王五、金大牙二人未獲。王五逃至漷縣，路阻深溝，惟小橋可通一人。有健牛怒目當道臥，近輒奮觸。退覓別途，乃猝與邏者遇。金大牙逃至清河橋北，有牧童驅二牛擠仆泥中，怒而角鬥。清河去京近，有識之者，告里胥，縛送官。二人皆回民，皆業屠牛，而皆以牛敗。豈非宰割慘酷，雖畜獸亦含怨毒，厲氣所憑，借其同類以報哉？不然，遇牛觸仆，猶事理之常；無故而當橋，誰使之也？

孫峨山轉世

宋蒙泉言：孫峨山先生，嘗臥病高郵舟中。忽似散步到岸上，意殊爽適。俄有人導之行，恍惚忘所以，亦不問。隨去至一家，門徑甚華潔。漸入內室，見少婦方坐蓐。欲退避，其人背後拊一掌，已昏然無知。久而漸醒，則形已縮小，繃置錦襁中。知為轉生，已無可奈何。欲有言，則覺寒氣自顖門入，輒噤不能出。環視室中，几榻器玩及對聯書畫，皆了了。至三日，婢抱之浴，失手墜地，復昏然無知，醒則仍臥舟中。家人云，氣絕已三日，以四肢柔軟，心膈尚溫，不敢殮耳。先生急取片紙，疏所見聞，遣使由某路送至某家中，告以勿過撻婢。乃徐為家人備言。是日疾即愈，徑往是家，見婢媼皆如舊識。主人老無子，相對惋嘆，稱異而已。

近夢通政鑒溪亦有是事，亦記其道路門戶。訪之，果是日生兒即死。頃在直廬圖閣學時，泉言其狀甚悉，大抵與峨山先生所言相類。惟峨山先生記往不記返。鑒溪則往返俱分明，且途中遇其先亡夫人，到家入室時見夫人與女共坐，為小異耳。案輪廻之說，儒者所辟。而實則往往有之，前因後果，理自不誣。惟二公暫入輪廻，旋歸本體，無故現此泡影，則不可以理推。「六合之外，聖人存而不論」，闕所疑可矣。

夢神引鬼

再從伯燦臣公言：曩有縣令，遇殺人獄不能決，蔓延日眾。乃祈夢城隍祠。夢神引一鬼，首戴磁盎，盎中種竹十餘竿，青翠可愛。覺而檢案中有姓祝者，祝竹音同，意必是也。窮治無跡。又檢案中有名節者，私念曰：「竹有節，必是也。」窮治亦無跡。然二人皆九死一生矣。計無復之，乃以疑獄上，請別緝殺人者，卒亦不得。夫疑獄，虛心研鞫，或可得真情。禱神祈夢之說，不過懾伏愚民，紿之吐實耳。若以夢寐之恍惚，加以射覆之揣測，據為信讞，鮮不謬矣。古來祈夢斷獄之事，余謂皆事後之附會也。

火藥擊人

雍正壬子六月夜，大雷雨，獻縣城西有村民為雷擊。縣令明公晟往驗，飭棺殮矣。越半月餘，忽拘一人訊之曰：「爾買火藥何為？」曰：「以取鳥。」詰曰：「以銃擊雀，少不過數錢，多至兩許，足一日用矣。爾買二三十斤何也？」曰：「備多日之用。」又詰曰：「爾買藥未滿一月，計所用不過一二斤，其餘今貯何處？」其人詞窮。刑鞫之，果得因姦謀殺狀，與婦並伏法。或問：「何以知為此人？」曰：「火藥非數十斤不能偽為雷。合藥必以硫黃。今方盛夏，非年節放爆竹時，買硫黃者可數。吾陰使人至市，察買硫黃者誰多。皆曰某匠。又陰察某匠賣藥于何人。皆曰某人。是以知之。」又問：「何以知雷為偽作？」曰：「雷擊人，自上而下，不裂地。其或毀屋，亦自上而下。今苫草屋樑皆飛起，土坑之面亦揭去，知火從下起矣。又此地去城五六里，雷電相同，是夜雷電雖迅烈，然皆盤繞雲中，無下擊之狀。是以知之。爾時其婦先歸寧，難以研問，故必先得是人，而後婦可鞫。」此令可謂明察矣。

雷震惡人

戈太僕仙舟言：乾隆戊辰，河間西門外橋上，雷震一人死，端跪不仆；手擎一紙裹，雷火弗爇。驗之皆砒霜，莫明其故。俄其妻聞信至，見之不哭，曰：「早知有此，恨其晚矣！是嘗詬誶老母，昨忽萌惡念，欲市砒霜毒母死。吾泣諫一夜，不從也。」

二姑娘

再從兄旭升言：村南舊有狐女，多媚少年，所謂二姑娘者是也。

族人某，意擬生致之，未言也。一日，于廢圃見美女，疑其即是。戲歌艷曲，欣然流盼，折草花擲其前。方欲俯拾。忽卻立數步外，曰：「君有惡念。」逾破垣竟去。後有二生讀書東岳廟僧房，一居南室，與之昵。一居北室，無睹也。南室生嘗怪其晏至，戲之曰：「左挹浮丘袖，右拍洪崖肩耶？」狐女曰：「君不以異類見薄，故為悅己者容。北室生心如木石，吾安敢近？」南室生曰：「何不登牆一窺？未必即三年不許。如使改節，亦免作程伊川面向人。」狐女曰：「磁石惟可引針，如氣類不同，即引之不動。無多事，徒取辱也。」時同侍姚安公側，姚安公曰：「向亦聞此，其事在順治末年。居北室者，似是族祖雷陽公。雷陽一老副榜，八比以外無寸長，只心地樸誠，即狐不敢近。知為妖魅所惑者，皆邪念先萌耳。」

老媼視鬼

先太夫人外家曹氏，有媼能視鬼。外祖母歸寧時，與論冥事。媼曰：「昨于某家見一鬼，可謂痴絕。然情狀可憐，亦使人心脾淒動。鬼名某，住某村，家亦小康，死時年二十七八。初死百日後，婦邀我相伴。見其恆坐院中丁香樹下。或聞婦哭聲，或聞兒啼聲，或聞兄嫂與婦詬誶聲，雖陽氣逼爍，不能近，然必側耳窗外竊聽，淒慘之色可掬。後見媒妁至婦房，愕然驚起，張手左右顧。後聞議不成，稍有喜色。既而媒妁再至，來往兄嫂與婦處，則奔走隨之，皇皇如有失。送聘之日，坐樹下，目直視婦房，淚涔涔如雨。自是婦每出入，輒隨其後，眷戀之意更篤。嫁前一夕，婦整束奩具。復徘徊檐外，或倚柱泣，或俯首如有思；稍聞房內嗽聲，輒從隙私窺，營營者徹夜。吾太息曰：『痴鬼何必如是！』若弗聞也。娶者入，秉火前行。避立牆隅，仍翹首望婦。吾偕婦出，回顧，見其遠遠隨至娶者家，為門尉所阻，稽顙哀乞，乃得入；入則匿牆隅，望婦行禮，凝立如醉狀。婦入房，稍稍近窗，其狀一如整束奩具時。至滅燭就寢，尚不去，為中霤神所驅，乃狼狽出。時吾以婦囑歸視兒，亦隨之返。見其直入婦室，凡婦所坐處眠處，一一視到。俄聞兒索母啼，趨出，環繞兒四周，以兩手相握，作無可奈何狀。俄嫂出，撻兒一掌。便頓足拊心，遙作切齒狀。吾視之不忍，乃徑歸，不知其後何如也。後吾私為婦述，婦嚙嚙自悔。里有少寡議嫁者，聞是事，以死自誓曰：『吾不忍使亡者作是狀。』」

嗟乎！君子義不負人，不以生死有異也。小人無往不負人，亦不以生死有異也。常人之情，則人在而情在，人亡而情亡耳。苟一念死者之情狀，未嘗不戚然感也。儒者見諂瀆之求福，妖妄之滋惑，遂斷斷持無鬼之論，失先王神道設教之深心，徒使愚夫愚婦，悍然一無所顧忌。尚不如此里嫗之言，為動人生死之感也。

死人復蘇

王蘭泉少司寇言：胡中丞文伯之弟婦，死一日復蘇，與家人皆不相識，亦不容其夫近前。細詢其故，則陳氏女之魂，借屍回生。問所居，相去僅數十里。呼其親屬至，皆歷歷相認。女不肯留胡氏。胡氏持鏡使自照，見形容皆非，乃無奈而與胡為夫婦。此與《明史・五行志》司牡丹事相同。當時官為斷案，從形不從魂。蓋形為有據，魂則無憑。使從魂之所歸，必有詭托售奸者。故防其漸焉。

山西富商

有山西商，居京師信成客寓，衣服僕馬皆華麗，云且援例報捐。一日，有貧叟來訪，僕輩不為通。自候于門，乃得見。神意索漠，一茶後，別無寒溫，叟徐露求助意。佛然曰：「此時捐項且不足，豈復有餘力及君！」叟不平，因對眾俱道西商昔窮困，待叟舉火者十餘年。復助百金使商販，漸為富人。今罷官流落，聞其來，喜若更生。亦無奢望，或得曩所助之數，稍償負累，歸返鄉井足矣。語訖絮泣。西商亦似不聞。

忽同舍一江西人，自稱姓楊，揖西商而問曰：「此叟所言信否？」西商面頳曰：「是固有之，但力不能報為恨耳。」楊曰：「君且為官，不憂無借處。倘有人肯借君百金，一年內乃償，不取分毫利，君肯舉以報彼否？」西商強應曰：「甚願。」楊曰：「君但書券，百金在我。」西商迫于公論，不得已書券。楊收券，開敝篋，出百金付西商。西商怏怏持付叟。楊更治具，留叟及西商飲。叟歡甚，西商草草終觴而已。叟謝去，楊數日亦移寓去，從此遂不相聞。後西商檢篋中少百金，鐍鎖封識皆如故，無可致詰。又失一狐皮半臂，而篋中得質票一紙，題錢二千，約符楊置酒所用之數。乃知楊本術士，姑以戲之。同舍皆竊稱快。西商慚沮，亦移去，莫知所往。

赤崖先生子

蔣編修菱溪，赤崖先生子也。喜吟詠，嘗作七夕詩曰：「一霎人間簫鼓收，羊燈無焰三更碧。」又作中元詩曰：「兩岸紅沙多旋舞，驚風不定到三更。」赤崖先生見之，愀然曰：「何忽作鬼語？」果不久下世。故劉文定公作其遺稿序曰：「就河鼓以陳詞，三更焰碧；會盂蘭而說法，兩岸沙紅。詩讖先成，以君才過終軍之歲；誄詞安屬，顧我適當騎省之年。」

農夫陳四

農夫陳四，夏夜在團焦守瓜田，遙見老柳樹下，隱隱有數人影，疑盜瓜者，假寐聽之。中一人曰：「不知陳四已睡未？」又一人曰：「陳四不過數日，即來從我輩游，何畏之有？昨上直土神祠，見城隍牒矣。」又一人曰：「君不知耶？陳四延壽矣。」眾問：「何故？」曰：「某家失錢二千文，其婢鞭捶數百未承。婢之父亦憤曰：『生女如是，不如無。倘果盜，吾必縊殺之。』婢曰：『是不承死，承亦死也。』呼天泣。陳四之母憐之，陰典衣得錢二千，捧還主人曰：『老婦昏憒，一時見利取此錢，意謂主人積錢多，未必遽算出。不料累此婢，心實惶愧。錢尚未用，謹冒死自首，免結來世冤。老婦亦無顏居此，請從此辭。』婢因得免。土神嘉其不辭自污以救人，達城隍。城隍達東岳。東岳檢籍，此婦當老而喪子，凍餓死。以是功德，判陳四借來生之壽于今生，俾養其母，爾昨下直，未知也。」陳四方竊憤母以盜錢見逐，至是乃釋然。後九年母死，葬事畢，無疾而逝。

募建義冢

外舅馬公周籙言：東光南鄉有廖氏募建義冢，村民相助成其事，越三十餘年矣。雍正初，東光大疫。廖氏夢見百餘人立門外，一人前致詞曰：「疫鬼且至，從君乞焚紙旗十餘，銀箔糊木刀百餘。我等將與疫鬼戰，以報一村之惠。」廖故好事，姑製而焚之。數日後，夜聞四野喧呼格鬥聲，達旦乃止。闔村果無一人染疫者。

某公妾

沙河橋張某商販京師，娶一婦歸，舉止有大家風。張故有千金產，經理亦甚有次第。一日，有尊官騎從甚盛，張杏黃蓋，坐八人肩輿，至其門前問曰：「此是張某家否？」鄰里應曰：「是。」尊官指揮左右曰：「張某無罪，可縛其婦來。」應聲反接是婦出。張某見勢焰赫弈，亦莫敢支吾，尊官命褫婦衣，決臀三十，昂然竟行。村人隨觀之，至林木蔭映處，轉瞬不見，惟旋風滾滾，向西南去。方婦受杖時，惟叩首稱死罪。後人問其故。婦泣曰：「吾本侍郎某公妾，公在日，意圖固寵，曾誓以不再嫁。今精魂晝見，無可復言也。」

王禿子

王禿子幼失父母，迷其本姓。育于姑家，冒姓王。凶狡無賴，所至童稚皆走匿，雞犬亦為不寧。

一日，與其徒自高川醉歸，夜經南橫子叢冢間，為群鬼所遮。其徒股慄伏地，禿子獨奮力與鬥，一鬼叱曰：「禿子不孝，吾爾父也，敢肆毆！」禿子固未識父，方疑惑間，又一鬼叱曰：「吾亦爾父也，敢不拜！」群鬼又齊呼曰：「王禿子不祭爾母，致飢餓流落于此，為吾眾人妻。吾等皆爾父也。」禿子憤怒，揮拳旋舞，所擊如中空囊。跳踉至雞鳴，無氣以動，乃自仆叢莽間。群鬼皆嬉笑曰：「王禿子英雄盡矣，今日乃為鄉黨吐氣。如不知悔，他日仍于此待爾。」禿子力已竭，竟不敢再語。天曉鬼散，其徒乃掖以歸。自是豪氣消沮，一夜攜妻子遁去，莫知所終。

此事瑣屑不足道，然足見悍戾者必遇其敵，人所不能制者，鬼亦忌而共制之。

飛蟲夜傷人

戊子夏，京師傳言，有飛蟲夜傷人。然實無受蟲傷者，亦未見蟲，徒以圖相示而已。其狀似蠶蛾而大，有鉗距，好事者或指為射工。按短蜮含沙射影，不云飛而螫人，其說尤謬。余至西域，乃知所畫，即群展之巴臘蟲。此蟲秉炎熾之氣而生，見人飛逐。以水噀之，則軟而伏。或噀不及，為所中，急嚼茜草根敷瘡則瘥，否則毒氣貫心死。烏魯木齊多茜草，山南辟展諸屯，每以官牒移取，為刈穫者備此蟲云。

縊婦之魂

烏魯木齊虎峰書院，舊有遣犯婦縊窗櫺上。山長前巴縣令陳執禮，一夜，明燭觀書，聞窗內承塵上窸窣有聲。仰視，見女子纖足，自紙罅徐徐垂下，漸露膝，漸露股。陳先知是事，厲聲曰：「爾自以姦敗，憤恚死，將禍我耶？我非爾仇，將魅我耶？我一生不入花柳叢，爾亦不能惑。爾敢下，我且以夏楚撲爾。」乃徐徐斂足上，微聞太息聲。俄從紙罅露面下窺，甚姣好。陳仰面唾曰：「死尚無恥耶？」遂退入。陳滅燭就寢，袖刃以待其來，竟不下。

次日，仙游陳題橋訪之，話及是事，承塵上有聲如裂帛，後不再見。然其僕寢于外室，夜恆囈語，久而漸病瘵。垂死時，陳以其相從兩萬里外，哭甚悲。僕揮手曰：「有好婦，嘗私就我。今招我為婿，此去殊樂，勿悲也。」陳頓足曰：「吾自恃膽力，不移居，禍及汝矣。甚哉，忿氣之害事也！」後同年六安楊君逢源，代掌書院，避居他室，曰：「孟子有言：『不立乎岩牆之下。』」

無故見鬼

德郎中亭，夏日散步烏魯木齊城外，因至秀野亭納涼。坐稍久，忽聞大聲語曰：「君可歸，吾將宴客。」狼狽奔回，告余曰：「吾其將死乎？乃白晝見鬼。」余曰：「無故見鬼，自非佳事。若到鬼窟見鬼，猶到人家見人，爾何足怪焉。」蓋亭在城西深林，萬木參天，仰不見日。旅櫬之浮厝者，罪人之伏法者，皆在是地，往往能為變怪云。

道學某公

武邑某公，與戚友賞花佛寺經閣前。地最豁敞，而閣上時有變怪。入夜，即不敢坐閣下。某公以道學自任，夷然弗信也。酒酣耳熱，盛談《西銘》萬物一體之理，滿座拱聽，不覺入夜。忽閣上厲聲叱曰：「時方饑疫，百姓頗有死亡。汝為鄉宦，即不思早倡義舉，施粥捨藥；即應趁此良夜，閉戶安眠，尚不失為自了漢。乃虛談高論，在此講民胞物與。不知講至天明，還可作飯餐，可作藥服否？且擊汝一磚，聽汝再講邪不勝正。」忽一城磚飛下，聲若霹靂，杯盤几案俱碎。某公倉皇走出，曰：「不信程朱之學，此妖之所以為妖歟？」徐步太息而去。

晝公伯魁

滄州晝公伯魁，字起瞻（其姓是此伯字，自稱伯州犁之裔。友人或戲之曰：「君乃不稱二世祖太宰公？」近其子孫不識字，竟自稱伯氏矣）。嘗畫一仕女圖，方鉤出輪廓，以他事未竟，鎖置書室中。越二日，欲補成之，則几上設色小碟，縱橫狼籍，畫筆亦濡染幾遍，圖已成矣。神采生動，有殊常格。魁大駭，以示先母舅張公夢徵，魁所從學畫者也。公曰：「此非爾所及，亦非吾所及，殆偶遇神仙游戲耶？」時城守尉永公寧，頗好畫，以善價取之。永公後遷四川副都統，攜以往。將罷官前數日，畫上仕女忽不見，惟隱隱留人影，紙色如新，餘樹石則仍黯舊。

蓋敗徵之先見也，然所以能化去之故，則終不可知。

戲溺髑髏

佃戶張天錫，嘗于野田見髑髏，戲溺其口中。髑髏忽躍起作聲曰：「人鬼異路，奈何欺我？且我一婦人，汝男子，乃無禮辱我，是尤不可。」漸躍漸高，直觸其面。天錫惶駭奔歸，鬼乃隨至其家。夜輒在牆頭檐際，責詈不已。天錫遂大發寒熱，昏瞀不知人。闔家拜禱，怒似少解。或叩其生前姓氏里居，鬼具自道。眾叩首曰：「然則當是高祖母，何為禍于子孫？」鬼似淒咽，曰：「此故我家耶？幾時遷此？汝輩皆我何人？」眾陳始末。鬼不勝太息曰：「我本無意來此，眾鬼欲借此求食，慫恿我來耳。渠有數輩在病者房，數輩在門外。可具漿水一瓢，待我善遣之。大凡鬼恆苦饑，若無故作災，又恐神責。故遇事輒生釁，求祭賽。爾等後見此等，宜謹避，勿中其機械。」眾如所教。鬼曰：「已散去矣。我口中穢氣不可忍，可至原處尋吾骨，洗而埋之。」遂嗚咽數聲而寂。

魂念子孫

又佃戶何大金，夜守麥田。有一老翁來共坐。大金念村中無是人，意是行路者偶憩。老翁求飲，以罐中水與之。因問大金姓氏，並問其祖父。惻然曰：「汝勿怖，我即汝曾祖，不禍汝也。」細詢家事，忽喜忽悲。臨行，囑大金曰：「鬼自伺放焰口求食外，別無他事，惟子孫念念不能忘，愈久愈切。但苦幽明阻隔，不得音問。或偶聞子孫熾盛，輒躍然以喜者數日，群鬼皆來賀。偶聞子孫零替，亦悄然以悲者數日，群鬼皆來唁。較生人之望子孫，殆切十倍。今聞汝等尚溫飽，吾又歌舞數日矣。」回顧再四，叮嚀勉勵而去。先姚安公曰：「何大金蠢然一物，必不能偽造斯言。聞之，使人追遠之心，油然而生。」

夜半人語

乾隆丙子，有閩士赴公車。歲暮抵京，倉卒不得棲止，乃于先農壇北破寺中僦一老屋。越十餘日，夜半，窗外有人語曰：「某先生且醒，吾有一言。吾居此室久，初以公讀書人，數千里辛苦求名，是以奉讓。後見先生日外出，以新到京師，當尋親訪友，亦不相怪。近見先生多醉歸，稍稍疑之。頃聞與僧言，乃日在酒樓觀劇，是一浪子耳。吾避居佛座後，起居出入，皆不相適，實不能隱忍讓浪子。先生明日不遷居，吾瓦石已備矣。」僧在對屋，亦聞此語，乃勸士他徙。自是不敢租是室。有來問者，輒舉此事以告云。

申蒼嶺先生

申蒼嶺先生，名丹，謙居先生弟也。謙居先生性和易，先生性豪爽，而立身端介則如一。里有婦為姑虐而縊者，先生以兩家皆士族，勸婦父兄勿涉訟。是夜，聞有哭聲遠遠至，漸入門，漸至窗外，且哭且訴，詞甚淒楚，深怨先生之息訟。先生叱之曰：「姑虐婦死，律無抵法，即訟亦不能快汝意。且訟必檢驗，檢驗必裸露，不更辱兩家門戶乎？」鬼仍絮泣不已。先生曰：「君臣無獄，父子無獄。人憐汝枉死，責汝姑之暴戾則可。汝以婦而欲訟姑，此一念已干名犯義矣。任汝訴諸明神，亦決不直汝也。」鬼竟寂然去。謙居先生曰：「蒼嶺斯言，告天下之為婦者可，告天下之為姑者則不可。」先姚安公曰：「蒼嶺之言，子與子言孝。謙居之言，父與父言慈。」

夜狐點詩

董曲江游京師時，與一友同寓，非其侶也，姑省宿食之資云爾。友徵逐富貴，多外宿。曲江獨睡齋中。夜或聞翻動書冊，摩弄器玩聲，知京師多狐，弗怪也。

一夜，以未成詩稿置几上，乃似聞吟哦聲，問之弗答。比曉視之，稿上已圈點數句矣。然屢呼之，終不應。至友歸寓，則竟夕寂然。友頗自詫有祿相，故邪不敢干。偶日照李慶子借宿，酒闌之後，曲江與友皆就寢。李乘月散步空圃，見一翁攜童子立樹下。心知是狐，翳身竊睨其所為。童子曰：「寒甚，且歸房。」翁搖首曰：「董公同室固不礙。此君俗氣逼人，那可共處？寧且坐淒風冷月間耳。」李後泄其語于他友，遂漸為其人所聞。銜李刺骨，竟為所排擠，狼狽負笈返。

異虱

余長女適德州盧氏，所居曰紀家莊，嘗見一人臥溪畔，衣敗絮呻吟。視之，則一毛孔有一虱，喙皆向內，後足皆鉤于敗絮，不可解，解之則痛徹心髓，無可如何，竟坐視其死。此殆夙孽所報歟！

紅衣女子

汪閣學曉園，僦居閻王廟街一宅。庭有棗樹，百年以外物也。每月明之夕，輒見斜柯上一紅衣女子垂足坐，翹首向月，殊不顧人。迫之則不見，退而望之，則仍在故處。嘗使二人一立樹下，一在室中，室中人見樹下人手及其足，樹下人固無所睹也。當望見時，俯視地上樹有影，而女子無影。投以瓦石，虛空無礙。擊以銃，應聲散滅；煙焰一過，旋復本形。主人云，自買是宅，即有是怪。然不為人害，故人亦相安。夫木魅花妖，事所恆有，大抵變幻者居多。茲獨不動不言，枯坐一枝之上，殊莫明其故。曉園慮其為患，移居避之。後主人伐樹，其怪乃絕。

廖姥

廖姥，青縣人，母家姓朱，為先太夫人乳母。年未三十而寡，誓不再適，依先太夫人終其身。歿時年九十有六。性嚴正，遇所當言，必侃侃與先太夫人爭。先姚安公亦不以常媪遇之。余及弟妹皆隨之眠食，饑飽寒暑，無一不體察周至。然稍不循禮，即遭呵禁。約束僕婢，尤不少假借。故僕婢莫不陰憾之。顧司管鑰，理庖廚，不能得其毫髮私，亦竟無如何也。嘗攜一童子，自親串家通問歸，已薄暮矣。風雨驟至，趨避于廢圃破屋中。雨入夜未止，遙聞牆外人語曰：「我方投汝屋避雨，汝何以冒雨坐樹下？」又聞樹下人應曰：「汝毋多言，廖家節婦在屋內。」遂寂然。後童子偶述其事，諸僕婢皆曰：「人不近情，鬼亦惡而避之也。」磋乎，鬼果惡而避之哉！

安氏友狐

安氏表兄，忘其名字，與一狐為友，恆于場圃間對談。安見之，他人弗見也。狐自稱生于北宋初。安叩以宋代史事，曰：「皆不知也。凡學仙者，必游方之外，使萬緣斷絕，一意精修。如于世有所聞見，于心必有所是非。有所是非，必有所愛憎。有所愛憎，則喜怒哀樂之情，必迭起循生，以消鑠其精氣，神耗而形亦敝矣。烏能至今猶在乎？迨道成以後，來往人間，視一切機械變詐，皆如戲劇；視一切得失勝敗，以至于治亂興亡，皆如泡影。當時既不留意，又焉能一一而記之？即與君相遇，是亦前緣。然數百年來，相遇如君者，不知凡幾，大都萍水偶逢，煙雲倏散，夙昔笑言，亦多不記憶。則身所未接者，從可知矣。」時八里莊三官廟，有雷擊蝎虎一事。安問以物久通靈，多攖雷斧，豈長生亦造物所忌乎？曰：「是有二端：夫內丹導引，外丹服餌，皆艱難辛苦以證道，猶力田以致富，理所宜然。若媚惑夢魘，盜採精氣，損人之壽，延己之年，事與劫盜無異，天律不容也。又惑恣為妖幻，貽禍生靈，天律亦不容也。若其葆養元神，自全生命，與人無患，于世無爭，則老壽之物，正如老壽之人耳，何至犯造物之忌乎？」舅氏實齋先生聞之，曰：「此狐所言，皆老氏之粗淺者也。然用以自養，亦足矣。」

因果相償

浙江有士人，夜夢至一官府，云都城隍廟也。有冥吏語之曰：「今某公控其友負心，牽君為證。君試思嘗有是事否？」士人追憶之，良是。俄聞都城隍升座，冥吏白某控某負心事，證人已至，請勘斷。都城隍舉案示士人，士人以實對。都城隍曰：「此輩結黨營私，朋求進取，以同異為愛惡，以愛惡為是非；勢孤則攀附以求援，力敵則排擠以互噬；翻雲覆雨，倏忽萬端。本為小人之交，豈能責以君子之道？操戈入室，理所必然。根勘已明，可驅之去。」顧士人曰：「得無謂負心者，有佚罰耶？夫種瓜得瓜，種豆得豆，因果之相償也；花既結子，子又開花，因果之由生也。彼負心者，又有負心人躡其後，不待鬼神之料理矣。」士人霍然而醒。後閱數載，竟如神之所言。

食貓夫人

閩中某夫人喜食貓。得貓則先貯石灰于罌，投貓于內，而灌以沸湯。貓為灰氣所蝕，毛盡脫落，不煩撏治；血盡歸于臟腑，肉白如瑩玉。云味勝雞雛十倍也。日日張網設機，所捕殺無算。後夫人病危，呦呦作貓聲，越十餘日乃死。

盧觀察撝吉嘗與鄰居，撝吉子蔭文，余婿也，嘗為余言之。因言景州一宦家子，好取貓犬之類，拗折其足，捩之向後，觀其孑孑跳號以為戲，所殺亦多。後生子女，皆足踵反向前。又余家奴子王發，善鳥銃，所擊無不中，日恆殺鳥數十。惟一子，名濟寧州，其往濟寧州時所生也。年已十一二，忽遍體生瘡如火烙痕，每一瘡內有一鐵子，竟不知何由而入。百藥不痊，竟以絕嗣。殺業至重，信夫！余嘗怪修善果者，皆按日持齋，如奉律令，而居恆則不能戒殺。夫佛氏之持齋，豈以茹蔬啖果，即為功德乎？正以茹蔬啖果，即不殺生耳。

今徒曰某日某日觀音齋期，某日某日準提齋期，是日持齋，佛大歡喜；非是日也，烹宰溢乎庖，肥甘羅乎俎，屠割慘酷，佛不問也。天下有是事理乎？且天子無故不殺牛，大夫無故不殺羊，士無故不殺犬豕，禮也。儒者遵聖賢之教，固萬萬無斷肉理。然自賓祭以外，特殺亦萬萬不宜。以一臠之故，遽戕一命；以一羹之故，遽戕數十命或數百命。以眾生無限怖苦，無限慘毒，供我一瞬之適口，與按日持齋之心，毋乃稍左乎？東坡先生向持此論，竊以為酌中之道。願與修善果者一質之。

回煞之說

六合之外，聖人存而不論。然六合之中，實亦有不能論者。人之死也，如儒者之論，則魂升魄降已耳。即如佛氏之論，鬼亦收錄于冥司，不能再至人世也。

而世有回煞之說，庸俗術士，又有一書，能先知其日辰時刻與所去之方向，此亦誕妄之至矣。然余嘗于隔院窗樓中，遙見其去，如白煙一道，出于灶突之中，冉冉向西南而沒。與所推時刻方向無一差也。又嘗兩次手持啟鑰，諦視布灰之處，手跡足跡，宛然與生時無二，所親皆能辨識之。是何說歟？禍福有命，死生有數，雖聖賢不能與造物爭。而世有蠱毒魘魅之術，明載于刑律。蠱毒余未見，魘魅則數見之。為是術者，不過瞽者巫者，與土木之工。然實能禍福死生人，歷歷有驗。是天地鬼神之權，任其播弄無忌也。又何說歟？其中必有理焉，但人不能知耳。

宋儒于理不可解者，皆臆斷以為無是事。毋乃膠柱鼓瑟乎？李又聃先生曰：「宋儒據理談天，自謂窮造化陰陽之本；于日月五星，言之鑿鑿，如指諸掌。然宋歷屢變而愈差。自郭守敬以後，驗以實測，證以交食，始知濂、洛、關、閩，于此事全然未解。即康節最通數學，亦反以奇偶方圓，揣摩影響，實非從推步而知。故持論彌高，彌不免郢書燕說。夫七政運行，有形可據，尚不能臆斷以理，況乎太極先天、求諸無形之中者哉？先聖有言：『君子于不知，蓋闕如也。』」

女巫郝媪

女巫郝媪，村婦之狡黠者也。余幼時，于滄州呂氏姑母家見之。自言狐神附其體，言人休咎。凡人家細務，一一周知。故信之者甚眾。實則布散徒黨，結交婢媪，代為刺探隱事，以售其欺。嘗有孕婦，問所生男女。郝許以男。後乃生女，婦詰以神語無驗。郝瞋目曰：「汝本應生男，某月某日，汝母家饋餅二十，汝以其六供翁姑，匿其十四自食。冥司責汝不孝，轉男為女。汝尚不悟耶？」婦不知此事先為所偵，遂惶駭伏罪。其巧于緣飾皆類此。

一日，方焚香召神。忽端坐朗言曰：「吾乃真狐神也。吾輩雖與人雜處，實各自服氣鍊形，豈肯與鄉里老媪為緣，預人家瑣事？此媪陰謀百出，以妖妄斂財，乃托其名于吾輩。故今日真附其體，使共知其奸。」因縷其隱惡，且併舉其徒黨姓名。語訖，郝霍然如夢醒，狼狽遁去。後莫知所終。

高川丐者

侍姬之母沈媪言：高川有丐者，與母妻居一破廟中。丐夏月拾麥斗餘，囑妻磨麵以供母。妻匿其好麵，以粗麵溲穢水，作餅與母食。是夕大雷雨，黑暗中妻忽噭然一聲，丐起視之，則有巨蛇自口入，齧其心死矣。丐曳而埋之。沈媪親見蛇尾垂其胸臆間，長二尺餘云。

偽人敗露

有兩塾師鄰村居，皆以道學自任。一日，相邀會講，生徒侍坐者十餘人。方辯論性天，剖析理欲，嚴詞正色，如對聖賢。忽微風颯然，吹片紙落階下，旋舞不止。生徒拾視之，則二人謀奪一寡婦田，往來密商之札也。此或神惡其偽，故巧發其奸歟。然操此術者眾矣，固未嘗一一敗也。聞此札既露，其計不行，寡婦之田竟得保。當由煢嫠苦節，感動幽冥，故示是靈異，以陰為呵護云爾。

蠡縣凶宅

李孝廉存其言：蠡縣有凶宅，一耆儒與數客宿其中。夜聞窗外撥剌聲，耆儒叱曰：「邪不干正，妖不勝德。余講道學三十年，何畏于汝！」窗外似有女子語曰：「君講道學，聞之久矣。余雖異類，亦頗涉儒書。《大學》扼要在誠意，誠意扼要在慎獨。君一言一動，必循古禮，果為修己計乎？抑猶存幾微近名者在乎？君作語錄，斷斷與諸儒辯，果為明道計乎？抑猶有幾微好勝者在乎？夫修己明道，天理也。近名好勝，則人欲之私也。私欲之不能克，所講何學乎？此事不以口舌爭，君捫心清夜，先自問其何如，則邪之敢干與否，妖之能勝與否，已了然自知矣。何必以聲色相加乎？」耆儒汗下如雨，瑟縮不能對。徐聞窗外微哂曰：「君不敢答，猶能不欺其本心。姑讓君寢。」又撥剌一聲，掠屋檐而去。

某公古器

某公之卒也，所積古器，寡婦孤兒不知其值，乞其友估之。友故高其價，使久不售。俟其窘極，乃以賤價取之。越二載，此友亦卒。所積古器，寡婦孤兒亦不知其值，復有所契之友效其故智，取之去。或曰：「天道好還，無往不復。效其智者罪宜減。」余謂此快心之談，不可以立訓也。盜有罪矣，從而盜之，可曰罪減于盜乎？

許方屠驢

屠者許方，即前所記夜逢醉鬼者也。其屠驢先鑿地為塹，置板其上，穴板四角為四孔，陷驢足其中。有買肉者，隨所買多少，以壺注沸湯沃驢身，使毛脫肉熟，乃刳而取之。云必如是始脆美。越一兩日，肉盡乃死。當未死時，箝其口不能作聲，目光怒突，炯炯如兩炬，慘不可視。而許恬然不介意。後患病，遍身潰爛無完膚，形狀一如所屠之驢。宛轉茵褥，求死不得，哀號四五十日，乃絕。病中痛自悔責，囑其子志學急改業。方死之後，志學乃改而屠豕。余幼時尚見之，今不聞其有子孫，意已殄絕久矣。

入冥者

邊隨園徵君言：有入冥者，見一老儒立廡下，意甚惶遽。一冥吏似是其故人，揖與寒溫畢，拱手對之笑曰：「先生平日持無鬼論，不知先生今日果是何物？」諸鬼皆粲然，老儒蝟縮而已。

守藏神

東光馬大還，嘗夏夜裸臥資勝寺藏經閣。覺有人曳其臂曰：「起起，勿褻佛經。」醒見一老人在旁，問：「汝為誰？」曰：「我守藏神也。」大還天性疏曠，亦不恐怖。時月明如晝，因呼坐對談，曰：「君何故守此藏？」曰：「天所命也。」問：「儒書汗牛充棟，不聞有神為之守，天其偏重佛經耶？」曰：「佛以神道設教，眾生或信或不信，故守之以神。儒以人道設教，凡人皆當敬守之，亦凡人皆知敬守之故，不煩神力。非偏重佛經也。」問：「然則天視三教如一乎？」曰：「儒以修己為體，以治人為用；道以靜為體，以柔為用；佛以定為體，以慈為用。其宗旨各別，不能一也。至教人為善，則無異。于物有濟，亦無異。其歸宿則略同。天固不能不並存也。然儒為生民立命，而操其本于身。釋道皆自為之學，而以餘力及于物。故以明人道者為主，明神道者則輔之，亦不能專以釋道治天下。此其不一而一，一而不一者也。蓋儒如五穀，一日不食則餓，數日則必死。釋道如藥餌，死生得失之關，喜怒哀樂之感，用以解釋冤愆、消除怫鬱，較儒家為最捷；其禍福因果之說，用以悚動下愚，亦較儒家為易入。特中病則止，不可專服常服，致偏勝為患耳。儒者或空談心性，與瞿曇、老聃混而為一；或排擊二氏，如禦寇仇，皆一隅之見也。」問：「黃冠緇徒，恣為妖妄，不力攻之，不貽患于世道乎？」曰：「此論其本原耳。若其末流，豈特釋道貽患，儒之貽患豈少哉？即公醉而裸眠，恐亦未必周公、孔子之禮法也。」大還愧謝。因縱談至曉，乃別去。竟不知為何神，或曰，狐也。

百工祠神

百工技藝，各祠一神為祖。倡族祀管仲，以女閭三百也。伶人祀唐玄宗，以梨園子弟也。此皆最典。胥吏祀蕭何、曹參，木工祀魯班，此猶有義。至靴工祀孫臏，鐵工祀老君之類，則荒誕不可詰矣。長隨所祀曰鍾三郎，閉門夜奠，諱之甚深，竟不知為何神。曲阜顏介子曰：「必中山狼之轉音也。」先姚安公曰：「是不必然，亦不必不然。郢書燕說，固未為無益。」

狐笑

先叔儀庵公，有質庫在西城中。一小樓為狐所據，夜恆聞其語聲，然不為人害，久亦相安。一夜，樓上詬誶鞭笞聲甚厲，群往聽之。忽聞負痛疾呼曰：「樓下諸公，皆當明理，世有婦撻夫者耶？」適中一人，方為婦撻，面上爪痕猶未愈，眾哄然一笑曰：「是固有之，不足為怪。」樓上群狐亦哄然一笑，其鬥遂解。聞者無不絕倒。儀庵公曰：「此狐以一笑霽威，猶可與為善。」

農夫徐四

田村徐四，農夫也。父歿，繼母生一弟，極凶悖。家有田百餘畝，析產時，弟以贍母為詞，取其十之八，曲從之。弟又擇其膏腴者，亦曲從之。後弟所分蕩盡，復從兄需索。乃舉所分全付之，而自佃田以耕，意恬如也。一夜自鄰村醉歸，道經棗林，遇群鬼抛擲泥土，憟不敢行。群鬼啾啾，漸逼近，比及覿面，皆悚然辟易，曰：「乃是讓產徐四兄。」倏化黑煙四散。

五台僧

白衣庵僧明玉言：昔五台一僧，夜恆夢至地獄，見種種變相。有老宿教以精意誦經，其夢彌甚，遂漸至委頓。又一老宿曰：「是必汝未出家前，曾造惡業。出家後，漸明因果，自知必墮地獄，生恐怖心。以恐怖心造成諸相。故誦經彌篤，幻象彌增。夫佛法廣大，容人懺悔，一切惡業，應念皆消。放下屠刀，立地成佛，汝不聞之乎？」是僧聞言，即對佛發願，勇猛精進，自是宴然無夢矣。

義狐

沈觀察夫婦並故，幼子寄食親戚家，貧窶無人狀。其妾嫁于史太常家，聞而心惻，時陰使婢媼，與以衣物。後太常知之，曰：「此尚在人情天理中。」亦勿禁也。

錢塘季滄洲因言：有孀婦病臥，不能自炊，哀呼鄰媼代炊，亦不能時至。忽一少女排闥入，曰：「吾新來鄰家女也。聞姊困苦乏食，意恆不忍。今告于父母，願為姊具食，且侍疾。」自是日來其家，凡三四月，孀婦病愈，將詣門謝其父母。女泫然曰：「不敢欺，我實狐也，與郎君在日最相昵。今感念舊情，又憫姊之苦節，是以托名而來耳。」置白金數錠于床，嗚咽而去。二事頗相類。然則琵琶別抱，掉首無情，非惟不及此妾，乃並不及此狐。

兩妻爭坐位

吳侍讀頡雲言：癸丑一前輩，偶忘其姓，似是王言敷先生，憶不甚真也。嘗僦居海豐寺街，宅後破屋三楹，云有鬼，不可居。然不出為祟，但偶聞音響而已。

一夕，屋中有詬誶聲。伏牆隅聽之，乃兩妻爭坐位，一稱先來，一稱年長，嘵嘵然不止。前輩不覺太息曰：「死尚不休耶？」再聽之，遂寂。夫妻妾同居，隱忍相安者，十或一焉；歡然相得者，千百或一焉，以尚有名分相攝也。至于兩妻並立，則從來無一相得者，亦從來無一相安者。無名分以攝之，則兩不相下，固其所矣。又何怪于囂爭哉！

卷五 灤陽消夏錄【五】（五十四則）

木工鄭五

鄭五，不知何許人也，攜母妻流寓河間，以木工自給。病將死，囑其妻曰：「我本無立錐地，汝又拙于女紅，度老母必以凍餒死。今與汝約：有能為我養母者，汝即嫁之，我死不恨也。」妻如所約，母借以存活。或奉事稍怠，則室中有聲，如碎磁折竹。一歲，棉衣未成，母泣號寒。忽大聲如鐘鼓，聲動牆壁。如是者七八年。母死後，乃寂。

負心背德之獄

佃戶曹自立，粗識字，不能多也。偶患寒疾，昏憒中為一役引去。途遇一役，審為誤拘，互詬良久，俾送還。經過一處，以石為垣，周里許，其內濃煙坌湧，紫焰赫然；門額六字，巨如斗。不能盡識，但記其點畫而歸。據所記偏旁推之，似是「負心背德之獄」也。

債鬼

世稱殤子為債鬼，是固有之。盧南石言：朱元亭一子病瘵，綿綴時，呻吟自語曰：「是尚欠我十九金。」俄醫者投以人參，煎成未飲而逝，其價恰值十九金。此近日事也。或曰：「四海之中，一日之內，殤子不知其凡幾，前生逋負者，安得如許之眾？」夫死生轉轂，因果循環，如恆河之沙，積數不可以測算；如太空之雲，變態不可以思議。是誠難拘以一格。然計其大勢，則冤愆糾結，生于財貨者居多。老子曰：「天下攘攘，皆為利往；天下熙熙，皆為利來。」人之一生，蓋無不役志于是者。顧天地生財，只有此數，此得則彼失，此盈則彼虧。機械于是而生，恩仇于是而起。業緣復起，延及三生。觀謀利者之多，可以知索償者之不少矣。史遷有言：「怨毒之于人甚矣哉！」君子寧信其有，或可發人深省也。

里婦新寡

里婦新寡，狂且賂鄰媼挑之。夜入其闥，闔扉將寢，忽燈光綠暗，縮小如豆，俄爆然一聲，紅焰四射；圓如二尺許，大如鏡，中現人面，乃其故夫也。男女並嗷然仆榻下。家人驚視，其事遂敗。或疑嫠婦墮節者眾，何以此鬼獨有靈？余謂鬼有強弱，人有盛衰。此本強鬼，又值二人之衰，故能為厲耳。

其他茹恨黃泉，冤纏數世者，不知凡幾，非竟神隨形滅也。或又疑妖物所憑，作此變怪。是或有之。然妖不自興，因人而興。亦幽魂怨毒之氣，陰陽感召，邪魅乃乘而假借之。不然，陶嬰之室，何未聞黎丘之鬼哉？

勝負之心

羅仰山通政在禮曹時，為同官所軋，動輒掣肘，步步如行荊棘中。性素迂滯，漸恚憤成疾。一日，鬱鬱枯坐，忽夢至一山，花放水流，風日清曠，覺神思開朗，壘塊頓消。沿溪散步，得一茅舍。有老翁延入小坐，言論頗洽。老翁問何以有病容，羅具陳所苦。老翁太息曰：「此有夙因，君所未解。君七百年前為宋黃筌，某即南唐徐熙也。徐之畫品，本居黃上。黃恐奪供奉之寵，巧詞排抑，使沉淪困頓，銜恨以終。其後輾轉輪迴，未能相遇。今世業緣湊合，乃得一快其宿仇。彼之加于君者，即君之曾加于彼者也，君又何憾焉。大抵無往不復者，天之道；有施必報者，人之情。即已種因，終當結果。其氣機之感，如磁之引針：不近則已，近則吸而不解。其怨毒之結，如石之含火：不觸則已，觸則激而立生。其終不消釋，如疾病之隱伏，必有驟發之日。其終相遇合，如日月之旋轉，必有交會之躔。然則種種害人之術，適以自害而矣。吾過去生中，與君有舊，因君未悟，故為述憂患之由。君與彼已結果矣，自今以往，慎勿造因可也。」羅洒然有省，勝負之心頓盡；數日之內，宿疾全除。此余十許歲時，聞霍易書先生言。或曰：「是衛公延璞事，先生偶誤記也。」未知其審，並附識之。

徵漕之案

田白岩言：康熙中，江南有徵漕之案，官吏伏法者數人。數年後，有一人降乩于其友人家，自言方在冥司訟某公。友人駭曰：「某公循吏，且其總督兩江，在此案前十餘年，何以無故訟之？」乩又書曰：「此案非一日之故矣。方其初萌，褫一官，竄流一二吏，即可消患于未萌。某公博忠厚之名，養癰不治，久而潰裂，吾輩遂遘其難。吾輩病民蠹國，不能仇視現在之執法者也。

追原禍本，不某公之訟而誰訟歟？」書訖，乩遂不動。迄不知九幽之下，定讞如何。《金人銘》曰：「涓涓不壅，將為江河；毫末不札，將尋斧柯。」古聖人所見遠矣。此鬼所言，要不為無理也。

鬼犬

里有姜某者，將死，囑其婦勿嫁。婦泣諾。後有艷婦之色者，以重價購為妾。方靚妝登車，所蓄犬忽人立怒號，兩爪抱持嚙婦面，裂其鼻準，並盲其一目。婦容既毀，買者委之去。後亦更無覬覦者。此康熙甲午、乙未間事，故老尚有目睹者。皆曰：「義哉此犬，愛主人以德；智哉此犬，能攻病之本。」余謂犬斷不能見及此，此其亡夫厲鬼所憑也。

愛堂夜歸

愛堂先生嘗飲酒夜歸，馬忽驚逸。草樹翳薈，溝塍凹凸，幾蹶者三四。俄有人自道左出，一手挽轡，一手掖之下，曰：「老母昔蒙拯濟，今救君斷骨之危也。」問其姓名，轉瞬已失所在矣。先生自憶生平未有是事，不知鬼何以云然。佛經所謂無心布施，功德最大者歟。

張福代死

張福，杜林鎮人也，以負販為業。一日，與里豪爭路，豪揮僕推墮石橋下。時河冰方結，觚稜如鋒刃，顱骨破裂，僅奄奄存一息。里胥故嗛豪，遽聞于官。官利其財，獄頗急。福陰遣母謂豪曰：「君償我命，與我何益？能為我養老母幼子，則乘我未絕，我到官言失足墮橋下。」豪諾之。福粗知字義，尚能忍痛自書狀。生供鑿鑿，官吏無如何也。

福死之後，豪竟負約。其母屢控于官，終以生供有據，不能直。豪後乘醉夜行，亦馬蹶墮橋死。皆曰：「是負福之報矣。」先姚安公曰：「甚哉，治獄之難也！而命案尤難：有頂凶者，甘為人代死；有賄和者，甘鬻其所親，斯已猝不易詰矣。至于被殺之人，手書供狀，云非是人之所殺。此雖臯陶聽之，不能入其罪也。倘非負約不償，致遭鬼殛，則竟以財免矣。訟情萬變，何所不有，司刑者可據理率斷哉！」

以財為命

姚安公言：有孫天球者，以財為命，徒手積累至千金；雖妻子凍餓，視如陌路，亦自忍凍餓，不輕用一錢。病革時，陳所積于枕前，一一手自撫摩，曰：「爾竟非我有乎？」嗚咽而歿。孫未歿以前，為狐所嬲，每攝其財貨去，使窘急欲死；乃于他所復得之，如是者不一。

又有劉某者，亦以財為命，亦為狐所嬲。一歲除夕，凡劉親友之貧者，悉饋數金。訝不類其平日所為。旋聞劉床前私篋，為狐盜去二百餘金，而得謝柬數十紙。

蓋孫財乃辛苦所得，狐怪其慳嗇，特戲之而已。劉財多由機巧剝削而來，故狐竟散之。其處置亦頗得宜也。

古寺鬼影

余督學閩中時，幕友鍾忻湖言：其友昔在某公幕，因會勘宿古寺中，月色朦朧，見某公窗下有人影，徘徊良久，冉冉上鐘樓去。心知為鬼魅，然素有膽，竟躡往尋之。至則樓門鎖閉，樓上似有二人語，其一曰：「君何以空返？」其一曰：「此地罕有官吏至，今幸兩官共宿，將俟人靜訟吾冤，頃竊聽所言，非揣摩迎合之方，即消弭彌縫之術，是不足以辨吾事，故廢然返。」語畢，似有太息聲。再聽之，竟寂然矣。

次日，陰告主人。果變色搖手，戒勿多事。迄不知其何冤也。余謂此君友有嗛于主人，故造斯言，形容其巧于趨避，為鬼揶揄耳。若就此一事而論，鬼非目睹，語未耳聞，恍惚杳冥，茫無實據，雖閻羅包老，亦無可措手，顧乃責之于某公乎？

秘戲圖

平原董秋原言：海豐有僧寺，素多狐，時時擲瓦石擊人。一學究借東廂三楹授徒，聞有是事，自詣佛殿呵責之。數夕寂然，學究有德色。

一日，東翁過談，拱揖之頃，忽袖中一卷墮地。取視，乃秘戲圖也。東翁默然去。次日，生徒不至矣。狐未犯人，人乃犯狐，竟反為狐所中。君子之于小人，謹備之而已；無故而觸其鋒，鮮不敗也。

關帝祠

關帝祠中，皆塑周將軍，其名則不見于史傳。考元魯貞《漢壽亭侯廟碑》，已有「乘赤兔兮從周倉」語，則其來已久，其靈亦最著。里媪有劉破車者，言其夫嘗醉眠關帝香案前，夢周將軍蹴之起，左股青痕，越半月乃消。

鬼與輪廻

謂鬼無輪廻，則自古至今，鬼日日增，將大地不能容。謂鬼有輪廻，則此死彼生，旋即易形而去，又當世間無一鬼。販夫田婦，往往轉生，似無不輪廻者。荒阡廢冢，往往見鬼，又似有不輪廻者。

表兄安天石，嘗臥疾，魂至冥府，以此問司籍之吏。吏曰：「有輪廻，有不輪廻。輪廻者三途：有福受報，有罪受報，有恩有怨者受報。不輪廻者亦三途：聖賢仙佛不入輪廻，無間地獄不得輪廻，無罪無福之人，聽其游行于墟墓，餘氣未盡則存，餘氣漸消則滅。如露珠水泡，倏有倏無；如閒花野草，自榮自落。如是者無可輪廻。或無依魂魄，附人感孕，謂之偷生。高行緇黃，轉世借形，謂之奪舍。是皆偶然變形，不在輪廻常理之中。至于神靈下降，輔佐明時；魔怪群生，縱橫殺劫。是又氣數所成，不以輪廻論矣。」天石固不信輪廻者，病痊以後，嘗舉以告人曰：「據其所言，乃鑿然成理。」

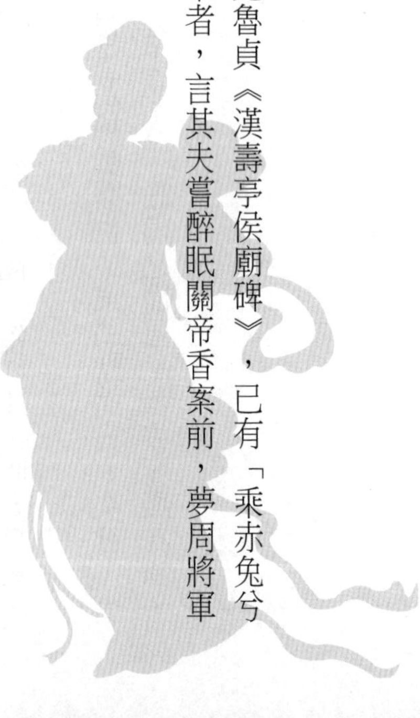

文昌司祿之神

星士虞春潭，為人推算，多奇中。偶簿游襄漢，與一士人同舟，論頗款洽。久而怪其不眠不食，疑為仙鬼。夜中密詰之。士人曰：「我非仙非鬼，文昌司祿之神也，有事詣南岳。與君有緣，故得數日周旋耳。」虞因問之曰：「吾于命理，自謂頗深。嘗推某當大貴，而竟無驗。君司祿籍，當知其由。」士人曰：「是命本貴，以熱中，削減十之七矣。」虞曰：「仕宦熱中，是亦常情，何冥謫若是之重？」士人曰：「仕宦熱中，其強悍者必怙權，怙權者必狠而愎；其孱弱者必固位，固位者必險而深。且怙權固位，是必躁競，躁競相軋，是必排擠。至于排擠，則不問人之賢否，而問黨之異同；不計事之可否，而計己之勝負。流弊不可勝言矣。是其惡在貪酷上，壽且削減，何止于祿乎！」虞陰記其語。越兩歲餘，某果卒。

以狐為妾

張鉉耳先生之族，有以狐女為妾者，別營靜室居之。床帷器具，與人無異，但自有婢媼，不用張之奴隸耳。室無纖塵，惟久坐覺陰氣森然；亦時聞笑語，然不睹其形。

張固巨族，每姻戚宴集，多請一見，皆不許。一日，張固強之。則曰：「某家某娘子猶可，他人斷不可也。」入室相晤，舉止嫻雅，貌似三十許人。詰以室中寒凜之故，曰：「娘子自心悸耳，室故無他也。」後張詰以獨見是人之故。曰：「人陽類，鬼陰類，狐介于人鬼之間，然亦陰類也。故出恆以夜，白晝盛陽之時，不敢輕與人接也。某娘子陽氣已衰，故吾得見。」張惕然曰：「汝日與吾寢處，吾其衰乎？」曰：「此別有故。凡狐之媚人有兩途：一曰蠱惑，一曰夙因。蠱惑者陽為陰蝕，則病，蝕盡則死；夙因則人本有緣，氣息相感，陰陽翕合，故可久而相安。然蠱惑者十之九，夙因者十之一。其蠱惑者亦必自稱夙因，但以傷人不傷人知其真偽耳。」後見之人果不久下世。

異火

羅與賈比屋而居，羅富賈貧。羅欲併賈宅，而勒其值；以售他人，羅又陰撓之。久而益窘，不得已減值售羅。羅經營改造，土木一新。落成之日，盛筵祭神。紙錢甫燃，忽狂風捲起，著樑上，烈焰驟發，煙煤迸散如雨落。彈指間，寸椽不遺，併其舊廬爇焉。方火起時，眾人交救。羅拊膺止之，曰：「頃火光中，吾恍惚見賈之亡父。是其怨毒之所為，救無益也。吾悔無及矣。」急呼賈子至，以腴田二十畝書券贈之。自是改行從善，竟以壽考終。

樊氏扶乩

滄州樊氏扶乩，河工某官在焉。降乩者關帝也，忽大書曰：「某來前！汝具文懺悔，語多回護。對神尚爾，對人可知。夫誤傷人者，過也，回護則惡矣。天道宥過而殛惡，其聽汝巧辯乎？」其人伏地惕息，揮汗如雨。自是怏怏如有失，數日病卒。竟不知所懺悔者何事也。

婦代姑死

褚寺農家有婦姑同寢者，夜雨牆圮，泥土簌簌下。婦聞聲急起，以背負牆，而疾呼姑醒。姑匍匐墮炕下，婦竟壓焉，其屍正當姑臥處。是真孝婦，以微賤無人聞于官，久而並佚其姓氏矣。相傳婦死之後，姑哭之慟。

一日，鄰人告其姑曰：「夜夢汝婦冠帔來曰：『傳語我姑，無哭我。我以代死之故，今已為神矣。』」鄉之父老皆曰：「吾夜所夢亦如是。」或曰：「婦果為神，何不示夢于其姑？此鄉鄰欲緩其慟，造是言也。」余謂忠孝節義，歿必為神。天道昭昭，歷有證驗。此事可以信其有。即曰一人造言，眾人附和，「天視自我民視，天聽自我民聽」。人心以為神，天亦必以為神矣，何必又疑其妄焉。

長山聶松岩

長山聶松岩，以篆刻游京師。嘗館余家，言其鄉有與狐友者，每賓朋宴集，招之同坐。飲食笑語，無異于人，惟聞聲而不睹其形耳。或強使相見，曰：「對面不睹，何以為相交？」狐曰：「相交者交以心，非交以貌也。夫人心叵測，險于山川，機阱萬端，由斯隱伏。諸君不見其心，以貌相交，反以為密；于不見貌者，反以為疏。不亦悖乎？」田白岩曰：「此狐之閱世深矣。」

老儒王德安

肅寧老儒王德安，康熙丙戌進士也，先姚安公從受業焉。嘗夏日過友人家，愛其園亭軒爽，欲下榻于是，友人以夜有鬼物辭。王因舉所見一事曰：「江南岑生，嘗借宿滄州張蝶莊家。壁張鍾馗像，其高如人。前復陳一自鳴鐘。岑沉醉就寢，皆未及見。夜半酒醒，月明如晝，聞機輪格格，已詫甚，忽見畫像，以為奇鬼，取案上之端硯仰擊之。大聲砰然，震動戶牖。僮僕排闥入視，則墨瀋淋漓，頭面俱黑；畫前鐘及玉瓶磁鼎，已碎裂矣。聞者無不絕倒。然則動云見鬼，皆人自膽怯耳，鬼究在何處耶？」語甫脫口，牆隅忽應聲曰：「鬼即在此，夜當拜謁，幸勿以硯見擊。」王默然竟出。後嘗舉以告門人曰：「鬼無白晝對語理，此必狐也。吾德恐不足勝妖，是以避之。」蓋終持無鬼之論也。

紙車紙馬

明器，古之葬禮也，後世復造紙車紙馬。孟雲卿《古挽歌》曰：「冥冥何所須？盡我生人意。」蓋姑以緩慟云耳。

然長兒汝佶病革時，其奴為焚一紙馬，汝佶絕而復蘇，曰：「吾魂出門，茫茫然不知所向。遇老僕王連升牽一馬來，送我歸。恨其足跛，頗顛簸不適。」焚馬之奴泫然曰：「是奴之罪也。舉火時實誤折其足。」

又六從舅母常氏彌留時，喃喃自語曰：「適往看新宅頗佳，但東壁損壞，無奈何？」時侍疾者往視其棺，果左側穿一小孔，匠與督工者尚均未覺也。

文昌祠神

李又聃先生曰：昔有寒士下第者，焚其遺卷，牒訴于文昌祠。夜夢神語曰：「爾讀書半生，尚不知窮達有命耶？」嘗侍先姚安公，偶述是事。先姚安公佛然曰：「又聃應舉之士，傳此語則可。汝輩手掌文衡者，傳此語則不可。聚奎堂柱有熊孝感相國題聯曰：『赫赫科條，袖裡常存惟白簡；明明案牘，簾前何處有朱衣？』汝未見之乎？」

黃裳寓言

海陽李玉典前輩言：有兩生讀書佛寺，夜方媟狎，忽壁上現大圓鏡，徑丈餘，光明如晝，毫髮畢睹。聞檐際語曰：「佛法廣大，固不汝嗔。但汝自視鏡中，是何形狀？」余謂幽期密約，必無人在旁，是誰見之？兩生斷無自言理，又何以聞之？然其事為理所宜有，固不必以子虛烏有視之。

玉典又言：有老儒設帳廢圃中。一夜聞垣外吟哦聲，俄又聞辯論聲，又聞囂爭聲，又聞詬詈聲，久之遂聞毆擊聲。圃後曠無居人，心知為鬼。方戰慄間，已鬥至窗外。其一盛氣大呼曰：「渠評駁吾文，實為冤憤！今同就正于先生。」因朗吟數百言，句句手自擊節。其一且呻吟呼痛，且微哂之。老儒惕息不敢言。其一厲聲曰：「先生究以為如何？」老儒囁嚅久之，以額叩枕曰：「雞肋不足以當尊拳。」其一大笑去，其一往來窗戶，氣咻咻然，至雞鳴乃寂云。聞之膠州法黃裳，余謂此亦黃裳寓言也。

墳院麗女

天津孟生文熺，有雋才，張石粼先生最愛之。一日，掃墓歸，遇孟于路旁酒肆。見其壁上新寫一詩，曰：「東風翦翦漾春衣，信步尋芳信步歸。紅映桃花人一笑，綠遮楊柳燕雙飛。徘徊曲徑憐香草，惆悵喬林掛落暉。記取今朝延佇處，酒樓西畔是柴扉。」詰其所以，諱不言。固詰之，始云：「適于道側見麗女，其容絕代。故坐此冀其再出。」張問其處，孟手指之。張大駭曰：「是某家墳院，荒廢久矣，安得有是？」同往尋之，果馬鬣蓬科，杳無人跡。

女魂

余在烏魯木齊時，一日，報軍校王某差運伊犁軍械，其妻獨處。今日過午，門不啟，呼之不應，當有他故。因檄迪化同知木金泰往勘。破扉而入，則男女二人共枕臥，裸體相抱，皆剖裂其腹死。男子不知何自來，亦無識者。研問鄰里，茫無端緒，擬以疑獄結矣。是夕女屍忽呻吟，守者驚視，已復生。越日能言，自供與是人幼相愛，既嫁猶私會。後隨夫駐防西域，是人念之不釋，復尋訪而來；甫至門，即引入室。故鄰里皆未覺。慮暫會終離，遂相約同死，受刃時痛極昏迷，倏如夢覺，則魂已離體。急覓是人，不知何往，惟獨立沙磧中，白草黃雲，四無邊際。正徬徨間，為一鬼縛去。至一官府，甚見詰辱，云是雖無恥，命尚未終；叱杖一百，驅之返。杖乃鐵鑄，不勝楚毒，復暈絕。及漸蘇，則回生矣。視其股，果杖痕重疊。駐防大臣巴公曰：「是已受冥罰，姦罪可勿重科矣。」余《烏魯木齊雜詩》有曰：「鴛鴦畢竟不雙飛，天上人間舊願違。白草蕭蕭埋旅櫬，一生腸斷華山畿。」即詠此事也。

白日見鬼

朱青雷言：嘗與高西園散步水次，時春冰初泮，淨綠瀛溶。高曰：「憶晚唐有『魚鱗可憐紫，鴨毛自然碧』句，無一字言春色，而晴波滑笏之狀，如在目前。惜不記其姓名矣。」朱沉思未對，聞老柳後有人語曰：「此初唐劉希夷詩，非晚唐也。」趨視無一人。朱悚然曰：「白日見鬼矣。」高微笑曰：「如此鬼，見亦大佳，但恐不肯相見耳。」對樹三揖而行。舊檢劉詩，果有此二語，余偶以告戴東原，東原因言：「有兩生燭下對談，爭《春秋》周正夏正，往復甚苦。窗外忽太息言曰：『左氏周人，不容不知周正朔，二先生何必詞費也？』出視窗外，惟一小童方酣睡。」

觀此二事，儒者日談考證，講「日若稽古」，動至十四萬言。安知冥冥之中，無在旁揶揄者乎？

有驢長嘆

聶松岩言：即墨于生，騎一驢赴京師。中路憩高崗上，繫驢于樹，而倚石假寐。忽見驢昂首四顧，浩然嘆曰：「不至此地數十年，青山如故，村落已非舊徑矣。」于故好奇，聞之躍然起曰：「此宋處宗長鳴雞也，日日乘之共談，不患長途寂寞矣。」揖而與言，驢嚙草不應。反覆開導，約與為忘形交，驢亦若勿聞。怒而痛鞭之，驢跳擲狂吼，終不能言。竟捶折一足，鬻于屠肆，徒步以歸。

此事絕可笑，殆睡夢中誤聽耶？抑此驢夙生冤譴，有物憑之，以激于之怒殺耶？

善射儀南公

三叔父儀南公，有健僕畢四，善弋獵，能挽十石弓。恆捕鶉于野。凡捕鶉者必以夜，先以藁秸插地，如禾隴之狀，而布網于上；以牛角作曲管，肖鶉聲吹之。鶉既集，先微驚之，使漸次避入藁秸中；然後大聲驚之，使群飛突起，則悉觸網矣。吹管時，其聲淒咽，往往誤引鬼物至，故必築團焦自衛，而攜兵仗以備之。

一夜，月明之下，見老叟來作禮曰：「我狐也，兒孫與北村狐構釁，舉族械戰。彼陣擒我一女，每戰必反接驅出以辱我；我陣亦擒彼一妾，如所施報焉。由此仇益結，約今夜決戰于此。聞君義俠，乞助一臂力，則沒齒感恩。持鐵尺者彼，持刀者我也。」畢故好事，忻然隨之，往翳叢薄間。兩陣既交，兩狐血戰不解，至相抱手搏。畢審視既的，控弦一發，射北村狐踣。不虞弓勁矢銛，貫腹而過，併老叟洞腋殪矣。兩陣各遑遽，奪屍棄俘囚而遁。畢解二狐之縛，且告之曰：「傳語爾族，兩家勝敗相當，可以解冤矣。」先是北村每夜聞戰聲，自此遂寂。此與李冰事相類。然冰戰江神為捍災禦患，此狐逞其私憤，兩鬥不已，卒至兩傷。是亦不可以已乎！

樹下之鬼

姚安公在滇時，幕友言署中香橼樹下，月夜有紅裳女子靚妝立，見人則冉冉沒土中。眾議發視之。姚安公攜卮酒澆樹下，自祝之曰：「汝見人則隱，是無意于為祟也。又何必屢現汝形，自取暴骨之禍？」自是不復出。

又有書齋甚軒敞，久無人居。舅氏安公五章，時相從在滇，偶夏日裸寢其內。夢一人揖而言曰：「與君雖幽明異路，然眷屬居此，亦有男女之別。君奈何不以禮自處？」矍然醒，遂不敢再往。姚安公嘗曰：「樹下之鬼可喻之以理，書齋之魅能以理喻人。此郡僻處萬山中，風俗質樸，渾沌未鑿，故異類亦淳良如是也。」

彩衣金釧小兒

余兩三歲時，嘗見四五小兒，彩衣金釧，隨余嬉戲，皆呼余為弟，意似甚相愛。稍長時，乃皆不見。後以告先姚安公，公沉思久之，爽然曰：「汝前母恨無子，每令尼媼以彩絲繫神廟泥孩歸，置于臥內，各命以乳名，日飼果餌，與哺子無異。歿後，吾命人瘞樓後空院中，必是物也。恐後來為妖，擬掘出之，然歲久已迷其處矣。」前母即張太夫人姊。一歲忌辰，家祭後，張太夫人晝寢，夢前母以手推之曰：「三妹太不經事，利刃豈可付兒戲？」愕然驚醒，則余方坐身旁，掣姚安公革帶佩刀出鞘矣。始知魂歸受祭，確有其事，古人所以事死如生也。

兩盜互駭

表叔王碧伯妻喪，術者言某日子刻回煞，全家皆避出。有盜偽為煞神，逾垣入，方開篋攫簪珥。適一盜又偽為煞神來，鬼聲嗚嗚，漸進前。盜遑遽避出，相遇于庭，彼此以為真煞神，皆悸而失魂，對仆于地。黎明，家人哭入，突見之，大駭，諦視乃知為盜。以姜湯灌蘇，即以鬼裝縛送官。沿路聚觀，莫不絕倒。據此一事。回煞之說當妄矣。然回煞形跡，余實屢目睹之。鬼神茫昧，究不知其如何也。

神來之詩

益都朱天門言：甲子夏，與數友夜集明湖側，召妓侑觴。飲方酣，妓素不識字，忽援筆書一絕句曰：「一夜瀟瀟雨，高樓怯曉寒；桃花零落否？呼婢捲簾看。」擲于一友之前。是人觀訖，遽變色仆地。妓亦仆地。頃之妓蘇，而是人不蘇矣。後遍問所親，迄不知其故。

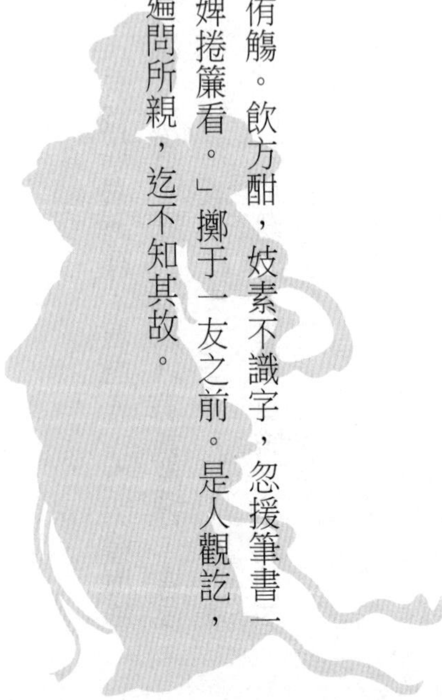

正定扶乩者

癸巳、甲午間，有扶乩者自正定來，不談休咎，惟作書畫。頗疑其偽。詫然見其為曹慕堂作，著色山水長卷及醉鍾馗像，筆墨皆不俗。又見贈董曲江一聯曰：「黃金結客心猶熱，白首還鄉夢更遙。」亦酷肖曲江之為人。

曹二悍婦

佃戶曹二婦悍甚，動輒訶詈風雨，詬誶鬼神；鄉鄰里閭，一語不合，即揎袖露臂，攜二搗衣杵，奮呼跳擲如虓虎。

一日，乘陰雨出竊麥。忽風雷大作，巨雹如鵝卵，已中傷仆地。忽風捲一五斗栲栳墮其前，頂之得不死。豈天亦畏其橫歟？或曰：「是雖暴戾，而善事其姑。每與人鬥，姑叱之，輒弭伏；姑批其頰，亦跪而受。然則遇難不死，有由矣。」孔子曰：「夫孝者，天之經也，地之義也。」豈不然乎！

高川墮龍

癸亥夏，高川之北墮一龍，里人多目睹之。姚安公命駕往視，則已乘風雨去。其蜿蜒攫拿之跡，蹂躪禾稼二畝許，尚分明可見。龍，神物也，何以致墮？或曰：「是行雨有誤，天所謫也。」按世稱龍能致雨，而宋儒謂雨為天地之氣，不由于龍。余謂《禮》稱「天降時雨，山川出雲」，故《公羊傳》謂觸石而出，膚寸而合，不崇朝而雨天下者，惟泰山之雲，是宋儒之說所本也。《易・文言・傳》稱雲從龍，故董仲舒祈雨法召以土龍，此世俗之說所本也。大抵有天雨，有龍雨：油油而雲，瀟瀟而雨者，天雨也；疾風震雷，不久而過者，龍雨也。觀觸犯龍潭者，立致風雨，天地之氣能如是之速合乎？洗鲊答誦梵咒者，亦立致風雨，天地之氣能如是之刻期乎？故必兩義兼陳，其理始備。必規規然膠執一說，毋乃不通其變歟！

白晝遇鬼

里人王驢耕于野，倦而枕塊以臥。忽見肩輿從西來，僕馬甚眾，輿中坐者先叔父儀南公也。怪公方臥疾，何以出行。急近前起居。公與語良久，乃向東北去。歸而聞公已逝矣。計所見僕馬，正符所焚紙器之數。僕人沈崇貴之妻，親聞驢言之。後月餘，驢亦病卒。知白晝遇鬼，終為衰氣矣。

少女神言

余第三女，許婚戈仙舟太僕子。年十歲，以庚戌夏至卒。先一日，病已革。時余以執事在方澤，女忽自語曰：「今日初八，吾當明日辰刻去，猶及見吾父也。」問何以知之，瞑目不言。余初九日禮成歸邸，果及見其卒。卒時壁掛洋鐘恰琤然鳴八聲，是亦異矣。

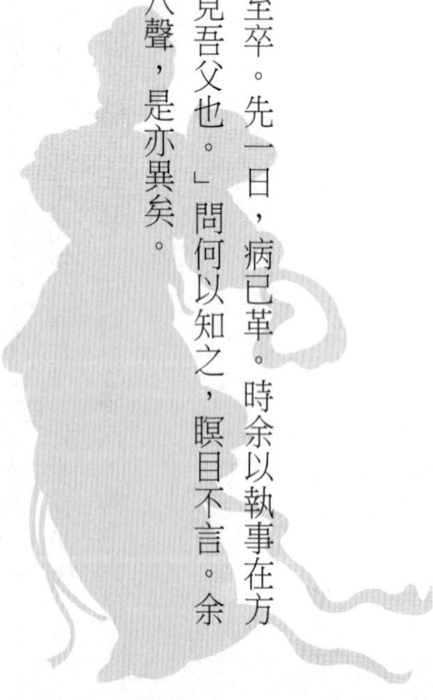

二鬼拘義

膳夫楊義，粗知文字。隨姚安公在滇時，忽夢二鬼持硃票來拘，標名曰楊乂。義爭曰：「我名楊義，不名楊乂，爾定誤拘。」二鬼皆曰：「乂字上尚有一點，是省筆義字。」義又爭曰：「從未見義字如此寫，當仍是乂字誤滴一墨點。」二鬼不能強而去。同寢者聞其囈語，殊甚了了。俄姚安公終養歸，義隨至平彝，又夢二鬼持票來，乃明明楷書楊義字。義仍不服曰：「我已北歸，當屬直隸城隍。爾雲南城隍，何得拘我？」喧詬良久。同寢者呼之乃醒，自云二鬼甚憤，似必不相捨。次日，行至滇南勝境坊下，果馬蹶墮地卒。

義犬四兒

余在烏魯木齊，畜數犬。辛卯賜環東歸，一黑犬曰四兒，戀戀隨行，揮之不去，竟同至京師。途中守行篋甚嚴，非余至前，雖僮僕不能取一物。稍近，輒人立怒嚙。

一日，過闢展七達坂（達坂，譯言山嶺，凡七重，曲折陡峻，稱為天險），車四輛，半在嶺北，半在嶺南，日已曛黑，不能全度。犬乃獨臥嶺巔，左右望而護視之，見人影輒馳視。余為賦詩二首曰：「歸路無煩汝寄書，風餐露宿且隨予。夜深奴子酣眠後，為守東行數輛車。」「空山日日忍饑行，冰雪崎嶇百廿程。我已無官何所戀，可憐汝亦太痴心。」紀其實也。至京歲餘，一日，中毒死。或曰：「奴輩病其司夜嚴，故以計殺之，而托詞于盜。」想當然矣。余收葬其骨，欲為起冢，題曰「義犬四兒墓」；而琢石象出塞四奴之形，跪其墓前，各鐫姓名于胸臆，曰趙長明，曰于祿，曰劉成功，曰齊來旺。或曰：「以此四奴置犬旁，恐犬不屑。」余乃止。僅題額諸奴所居室，曰「師犬堂」而已。

初，翟孝廉贈余此犬時，先一夕夢故僕宋遇叩首曰：「念主人從軍萬里，今來服役。」次日得是犬，了然知為遇轉生也。然遇在時陰險狡黠，為諸僕魁，何以作犬反忠藎？豈自知以惡業墮落，悔而從善歟？亦可謂善補過矣。

狐能化形

狐能化形，故狐之通靈者，可往來于一隙之中，然特自化其形耳。

宋蒙泉言：其家一僕婦為狐所媚，夜輒褫衣無寸縷，自窗櫺舁出，置于廊下，共相戲狎。其夫露刃追之，則門鍵不可啟；或掩扉以待，亦自能堅閉，僅于窗內怒詈而已。一日，陰藏鳥銃，將隔窗擊之。臨期覓銃不可得。次日，乃見在錢櫃中。銃長近五尺，而櫃口僅尺餘，不知何以得入，是並能化他形矣。宋儒動言格物，如此之類，又豈可以理推乎？姚安公嘗言：「狐居墟墓，而幻化室廬；人視之如真，但不知狐自視如何？狐具毛革，而幻化粉黛；人視之如真，不知狐自視又如何？不知此狐所幻化，彼狐視之更當如何？此真無以推究也。」

飛天夜叉

烏魯木齊把總蔡良棟言：此地初定時，嘗巡瞭至南山深處（烏魯木齊在天山北，故呼曰南山）。日色薄暮，似見隔澗有人影，疑為瑪哈沁（額魯特語謂劫盜曰瑪哈沁，營伍中襲其故名），伏叢莽中密偵之。見一人戎裝坐磐石上，數卒侍立，貌皆猙獰；其語稍遠不可辨。惟見指揮一卒，自石洞中呼六女子出，並姣麗白皙。所衣皆繪彩，各反縛其手，觳觫俯首跪。以次引至坐者前，褫下裳伏地，鞭之流血，號呼悽慘，聲徹林谷。鞭訖，徑去，六女戰慄跪送，望不見影，乃嗚咽歸洞。其地一射可及，而澗深崖陡，無路可通。乃使弓力強者，攢射對崖一樹，有兩矢著樹上，用以為識。明日，迂迴數十里尋至其處，則洞口塵封。秉炬而入，曲折約深四丈許，絕無行跡。不知昨所遇者何神，其所鞭者又何物。生平所見奇事，此為第一。考《太平廣記》，載老僧見天人追捕飛天夜叉事，夜叉正是一好女。蔡所見似亦其類歟！

羊假奴之魂

六畜充庖，常理也；然殺之過當，則為惡業。非所應殺之人而殺之，亦能報冤。

烏魯木齊把總茹大業言：吉木薩游擊遣奴入山尋雪蓮，迷不得歸。一夜，夢奴浴血來曰：「在某山遇瑪哈沁為饔食，殘骸猶在橋南第幾松樹下，乞往跡之。」游擊遣軍校尋至樹下，果血污狼籍，然視之皆羊骨。蓋圉卒共盜一官羊，殺于是也。猶疑奴或死他所。越兩日，奴得遇獵者引歸。始知羊假奴之魂，以發圉卒之罪耳。

牛怪

李媼，青縣人。乾隆丁巳、戊午間，在余家司爨。言其鄉有農家，居鄰古墓。所畜二牛，時登墓蹂踐。夜夢有人呵責之。鄉愚粗戇，置弗省。俄而家中怪大作，夜見二物，其巨如牛，蹴踏跳擲，院中盎甕皆破碎。如是數夕，至移碌碡于房上，砰然滾落，火焰飛騰，擊搗衣砧為數段。農家恨甚，乃多借鳥銃，待其至，合手擊之，兩怪並應聲踣。農家大喜，急秉火出視，乃所畜二牛也。自是怪不復作，家亦漸落。憑其牛以為妖，俾自殺之，可謂巧于播弄矣。要亦乘其獷悍之氣，故得以假手也。

枯井四屍

獻縣城東雙塔村，有兩老僧共一庵。一夕，有兩老道士叩門借宿。僧初不允。道士曰：「釋道雖兩教，出家則一。師何所見之不廣？」僧乃留之。

次日至晚，門不啟，呼亦不應。鄰人越牆入視，則四人皆不見；而僧房一物不失，道士行囊中藏數十金，亦俱在。皆大駭，以聞于官。邑令粟公千鍾來驗，一牧童言村南十餘里外枯井中似有死人。馳往視之，則四屍重疊在焉，然皆無傷，粟公曰：「一物不失，則非盜；年皆衰老，則非姦；邂逅留宿，則非仇；身無寸傷，則非殺。四人何以同死？四屍何以並移？門扃不啟，何以能出？距井窵遠，何以能至？事出情理之外，吾能鞫人，不能鞫鬼。人無可鞫，惟當以疑案結耳。」往申上官。上官亦無可駁詰，竟從所議。

應山明公晟，健令也，嘗曰：「吾至獻，即聞是案；思之數年，不能解。遇此等事，當以不解解之。一作聰明，則決裂百出矣。人言粟公憒憒，吾正服其憒憒也。」

大蛇如柱

《左傳》言：「深山大澤，實生龍蛇。」小奴玉保，烏魯木齊流人子也。初隸特納格爾軍屯。嘗入谷追亡羊，見大蛇巨如柱，盤于高崗之頂，向日曬鱗；周身五色爛然，如堆錦繡；頂一角，長尺許。有群雉飛過，張口吸之，相距四五尺，皆翩然而落，如矢投壺。心知羊為所吞矣，乘其未見，循澗逃歸，恐怖幾失魂魄。軍吏鄔圖麟因言：「此蛇至毒，而其角能解毒，即所謂吸毒石也。見此蛇者，攜雄黃數斤，于上風燒之，即委頓不能動。取其角，鋸為塊，癰疽初起時，以一塊著瘡頂，即如磁吸鐵，相粘不可脫。待毒氣吸出，乃自落。置人乳中，浸出其毒，仍可再用。毒輕者乳變綠，稍重者變青黯，極重者變黑紫。乳變黑紫者，吸四五次乃可盡，餘一二次愈矣。」余記從兄懋園家有吸毒石，治癰疽頗驗；其質非木非石，至是乃知為蛇角矣。

正一真人

正一真人，能作催生符，人家多有之。此非禱雨驅妖，何與真人事？殊不可解。或曰：「道書載有二鬼：一曰語忘，一曰敬遺，能使人難產。知其名而書之紙，則去。符或制此二鬼歟？」夫四海內外，登產蓐者，殆恆河沙數，其天下只此語忘、敬遺二鬼耶？抑一處各有二鬼，一家各有二鬼，其名皆曰語忘、敬遺也？如天下只此二鬼，將周游奔走而為厲，鬼何其勞？如一處各有二鬼，一家各有二鬼，則生育之時少，不生育之時多，擾擾千百億萬，鬼無所事事，靜待人生育而為厲，鬼又何其冗閒無用乎？或曰：「難產之故多端，語忘、敬遺其一也。不能必其為語忘、敬遺，亦不能必其非語忘、敬遺，故召將試勘焉。」是亦一解矣。第以萬一或然之事，而日日召將試勘，將至而有鬼，將驅之矣；將至而非鬼，將且空返，不瀆神矣乎？即神不嫌瀆，而一符一將，是煉無數之將，使待幽王之烽火；上帝且以真人一符，增置一神。如諸符共一將，則此將雖千手千目，亦疲于奔命；上帝且以真人諸符，特設以無量化身之神，供捕風捉影之役矣。能乎不能？然趙鹿泉前輩有一符，傳自明代，曰高行真人精煉剛氣之所畫也。試之，其驗如響，鹿泉非妄語者，是則吾無以測之矣。

雷神

俗傳張真人廝役皆鬼神。嘗與客對談，司茶者雷神也。客不敬，歸而震霆隨之，幾不免。此齊東野語也。

憶一日與余同陪祀，將入而遺其朝珠，向余借。余戲曰：「雷部鬼神律令行最疾，何不遣取？」真人為囅然。然余在福州使院時，老僕魏成夜夜為祟擾。一夜，乘醉怒叱曰：「吾主素與天師善，明日，寄一札往，雷部立至矣。」應聲而寂。然則狐怪亦習聞是語也。

大樹阻路

奴子王廷佐，夜自滄州乘馬歸。至常家磚河，馬忽辟易。黑暗中，見大樹阻去路，素所未有也。勒馬旁過，此樹四面旋轉，當其前。盤繞數刻，馬漸疲，人亦漸迷。俄所識木工國姓、韓姓從東來，見廷佐痴立，怪之。廷佐指以告。時二人已醉，齊呼曰：「佛殿少一樑，正覓大樹。今幸得此，不可失也。」各持斧鋸奔赴之。樹倏化旋風去。《陰符經》曰：「禽之制在氣。」木妖畏匠人，正如狐怪畏獵戶，積威所劫，其氣焰足以懾伏之，不必其力之相勝也。

大旋風

寧津蘇子庾言：丁卯夏，張氏姑婦同刈麥。甫收拾成聚，有大旋風從西來，吹之四散。婦怒，以鐮擲之，灑血數滴漬地上。方共檢尋所失，婦倚樹忽似昏醉，魂為人縛至一神祠。神怒叱曰：「悍婦乃敢傷我吏！速受杖。」婦性素剛，抗聲曰：「貧家種麥數畝，資以活命。烈日中婦姑辛苦，刈甫畢，乃為怪風吹散。謂是邪祟，故以鐮擲之。不虞傷大王使者。且使者來往，自有官路；何以橫經民田，敗人麥？以此受杖，實所不甘。」神俯首曰：「其詞直，可遣去。」婦蘇而旋風復至，仍捲其麥為一處。

說是事時，吳橋王仁趾曰：「此不知為何神，不曲庇其私昵，謂之正直可矣。先聽膚受之訴，使婦幾受刑，謂之聰明則未也。」景州戈荔田曰：「婦訴其寃，神即能鑒，是亦聰明矣。倘訴者哀哀，聽者憒憒，君更謂之何？」子庾曰：「仁趾責人無已時。荔田言是。」

巨鱉

四川藩司張公寶南，先祖母從弟也。其太夫人喜鱉臛。一日，庖人得巨鱉，甫斷其首，有小人長四五寸，自頸突出，繞鱉而走。庖人大駭仆地。眾救之蘇，小人已不知所往。及剖鱉，乃仍在鱉腹中，已死矣。先祖母曾取視之，先母時尚幼，亦在旁目睹。裝飾如《職貢圖》回回狀，帽黃色，褶藍色，帶紅色，靴黑色，皆紋理分明如繪；面目手足，亦皆如刻畫。館師岑生識之，曰：「此名鱉寶，生得之，剖臂納肉中，則啖人血以生。人臂有此寶，則地中金銀珠玉之類，隔土皆可見。血盡而死，子孫又剖臂納之，可以世世富。」庖人聞之大懊悔，每一念及，輒自批其頰。外祖母曹太夫人曰：「據岑師所云，是以命博財也。人肯以命博財，則其計多矣，何必剖臂養鱉！」庖人終不悟，竟自悔而卒。

野狐聽經

孤樹上人，不知何許人，亦不知其名。明崇禎末，居景城破寺中。先高祖厚齋公，嘗贈以詩。一夜，燈下誦經，窗外窸窣有聲，似有人來往。呵問是誰。朗應曰：「身為野狐，為聽經來此。」問：「某剎法筵最盛，何不往聽？」曰：「渠是有人處誦經，師是無人處誦經也。」後為厚齋公述之。厚齋公曰：「師以此語告我，亦是有人處誦經矣。」孤樹憮然者久之。

李太白夢筆生花

李太白夢筆生花，特睡鄉幻景耳。福建陸路提督馬公負書，性耽翰墨，稍暇即臨池。一日，所用巨筆懸架上，忽吐焰，光長數尺，自毫端倒注于地，復逆捲而上，蓬蓬然逾刻乃斂。署中弁卒皆見之。馬公畫為小照，余嘗為題詩。然馬公竟卒于官，則亦妖而非瑞矣。

游魂

史少司馬抑堂，相國文靖公次子也。家居時，忽無故眩瞀，覺魂出門外，有人掖之登肩輿。

行數里矣，復有肩輿自後追至，疾呼：「且住。」視之，則文靖公也。抑堂下輿叩謁，文靖公語之曰：「爾尚有子孫未出世，此時詎可前往？」揮舁者送歸。霍然而醒，時年七十四歲。次年舉一子，越兩年又舉一子，果如文靖公之言。此抑堂七十八歲時至京師，親為余言。

卷六　灤陽消夏錄【六】（五十一則）

巨人立墓

烏什回部將叛時，城西有高阜，云其始祖墓也。每日將暮，輒見巨人立墓上，面闊逾一尺，翹首向東，若有所望。叛黨殄滅後，乃不復見。或曰：「是知劫運將臨，待收其子孫之魂也。」或曰：「東望者，示其子孫，有兵自東來，早為備也。」或曰：「回部為西域。向東者，面內也，示其子孫不可叛也。」是皆不可知。其為烏什將滅之妖孽，則無疑也。

天竺老僧

宏恩寺僧明心言：上天竺有老僧，嘗入冥。見猙獰鬼卒，驅數千人在一大公廨外，皆褫衣反縛。有官南面坐，吏執簿唱名，一一選擇精粗，揣量肥瘠，若屠肆之鬻羊豕。意大怪之。見一吏去官稍遠，是舊檀越，因合掌問訊：「是悉何人？」吏曰：「諸天魔眾，皆以人為糧。如來運大神力，攝伏魔王，皈依五戒。而部族繁伙，叛服不常，皆曰自無始以來，魔眾食人，如人食穀。佛能斷人食穀，我即不食人。如是嘵嘵，即彼魔王亦不能制。佛以孽海洪波，沉淪不返，無間地獄，已不能容。乃牒下閻羅，欲移此獄囚，充彼噉噬；彼腹得果，可免荼毒生靈。十王共議，以民命所關，無如守令，造福最易，造禍亦深。惟是種種冤愆，多非自作；冥司業鏡，罪有攸歸。

其最為民害者，一曰吏，一曰役，一曰官之親屬，一曰官之僕隸。是四種人，無官之責，有官之權。官或自顧考成，彼則惟知牟利，依草附木，怙勢作威，足使人敲髓灑膏，吞聲泣血。四大洲內，惟此四種惡業至多。是以清我泥犁，供其湯鼎。以白晳者、柔脆者、膏腴者，充魔王食；以粗材充眾魔食。故先為差別，然後發遣。其間業稍輕者，一經臠割烹炮，即化為烏有。業重者，拋餘殘骨，吹以業風，還其本形，再供刀俎；自二三度至千百度不一。業最重者，乃至一日化形數度，刲剔燔炙，無已時也。」僧額手曰：「誠不如削髮出塵，可無此慮。」吏曰：「不然，其權可以害人，其力即可以濟人。靈山會上，厚有宰官；即此四種人，亦未嘗無逍遙蓮界者也。」語訖忽寤。僧有侄在一縣令署，急馳書促歸，勸使改業。

此事即僧告其侄，而明心在寺得聞之。雖語頗荒誕，似出寓言。然神道設教，使人知畏，亦警世之苦心，未可繩以妄語戒也。

林鬼

滄州瞽者劉君瑞，嘗以弦索來往余家。言其偶有林姓者，一日薄暮，有人登門來喚曰：「某官舟泊河干，聞汝善彈詞，邀往一試，當有厚賚。」即促抱琵琶，牽其竹杖導之往。約四五里，至舟畔。寒溫畢，聞主人指揮曰：「舟中炎熱，坐岸上奏技，吾倚窗聽之可也。」林利其賞，竭力彈唱。約略近三鼓，指痛喉乾，求滴水不可得。側耳聽之，四圍男女雜坐，笑語喧囂，覺不似仕宦家，又覺不似在水次，輟弦欲起。眾怒曰：「何物盲賊，敢不聽使令！」眾手交捶，痛不可忍。乃哀乞再奏。

久之，聞人聲漸散，猶不敢息。忽聞耳畔呼曰：「林先生何故日尚未出，坐亂冢間演技，取樹下早涼耶？」矍然驚問，乃其鄰人早起販鬻過此也。知為鬼弄，狼狽而歸。林姓素多心計，號曰「林鬼」。聞者咸笑曰：「今日鬼遇鬼矣。」

役鬼符咒

先姚安公曰：里有白以忠者，偶買得役鬼符咒一冊，冀借此演搬運法，或可謀生。乃依書置諸法物，月明之夜，作道士裝，至墟墓間試之。據案對書誦咒，果聞四面啾啾聲。俄暴風突起，捲其書落草間，為一鬼躍出攫去。眾鬼嘩然並出，曰：「爾恃符咒拘遣我，今符咒已失，不畏爾矣。」聚而攢擊。以忠踉蹌奔逃，背後瓦礫如驟雨，僅得至家。是夜瘧疾大作，困臥月餘，疑亦鬼為祟也。一日訴于姚安公，且慚且憤。姚安公曰：「幸哉！爾術不成，不過成一笑柄耳。倘不幸術成，安知不以術賈禍？此爾福也，爾又何尤焉！」

二鬼

從侄虞惇所居宅，本村南舊圃也。未築宅時，四面無居人。一夕，灌圃者田大臥井旁小室，聞牆外詬爭聲，疑為村人，隔牆問曰：「爾等為誰？夜深無故來擾我。」其一呼曰：「一事求大哥公論：不知何處客鬼，強入我家調我婦，天下有是理耶？」其一呼曰：「我自攜錢赴聞家廟，此婦見我嬉笑，邀我入室。此人突入奪我錢，天下又有是理耶？」田知是鬼，噤不敢應。二鬼並曰：「此處不能了此事，當訴諸土地耳。」喧喧然向東北去。田次日至土地祠問廟祝，乃寂無所聞。皆疑田妄語。臨清李名儒曰：「是不足怪，想此婦和解之矣。」眾為粲然。

城隍破棺

乾隆己未，余與東光李雲舉、霍養仲同讀書生雲精舍。一夕偶論鬼神，雲舉以為有，養仲以為無。正辯詰間，雲舉之僕卒然曰：「世間原有奇事，倘奴不身經，雖奴亦不信也。嘗過城隍祠前叢冢間，失足踏破一棺。夜夢城隍拘去，云有人訴我毀其室。心知是破棺事，與之辯曰：『汝室自不合當路，非我侵汝。』鬼又辯曰：『路自當我屋，非我屋故當路也。』城隍微笑顧我曰：『人人行此路，不能責汝；人人踏之不破，何汝踏破？亦不能竟釋汝，當償之以冥鏹。』既而曰：『鬼不能自葺棺。汝覆以片板，築土其上可也。』次日如神教，仍焚冥鏹，有旋風捲其灰去。一夜復過其地，聞有人呼我坐。心知為曩鬼，疾馳歸。其鬼大笑，音磔磔如梟鳥。迄今思之，尚毛髮悚立也。」養仲謂雲舉曰：「汝僕助汝，吾一口不勝兩口矣。然吾終不能以人所見為吾所見。」雲舉曰：「使君鞫獄，將事事目睹而後信乎？抑以取證眾口乎？事事目睹無此理，取證眾口，不以人所見為我所見乎？君何以處焉？」相與一笑而罷。

粵東異僧

莆田林教授清標言：鄭成功據台灣時，有粵東異僧泛海至，技擊絕倫，袒臂端坐，斫以刃，如中鐵石；又兼通壬遁風角；與論兵，亦娓娓有條理。成功方招延豪傑，甚禮敬之。稍久，漸驕蹇。成功不能堪，且疑為間諜，欲殺之而懼不克。其大將劉國軒曰：「必欲除之，事在我。」乃詣僧款洽，忽請曰：「師是佛地位人，但不知遇摩登伽藍受攝否？」僧曰：「參寥和尚久心似沾泥絮矣。」劉因戲曰：「欲以劉王大體一驗道力，使眾彌信心可乎？」乃選孌童倡女姣麗善淫者十許人，布茵施枕，恣為媟狎于其側，柔情曼態，極天下之妖惑。僧談笑自若，似無見聞；久忽閉目不視。國軒拔劍一揮，首已欻然落矣。國軒曰：「此術非有鬼神，特煉氣自固耳。心定則氣聚，心一動則氣散矣。此僧心初不動，故敢縱觀。至閉目不窺，知其已動而強制，故刃一下而不能禦也。」所論頗入微。但不知軍中武將，何以能見及此。其縱橫鯨窟十餘年，蓋亦非偶矣。

江南崔寅

朱公晦庵，嘗與五公山人散步城南，因坐樹下談《易》。忽聞背後語曰：「二君所論，乃術家《易》，非儒家《易》也。」怪其適自何來。曰：「已先坐此，二君未見耳。」問其姓名。曰：「江南崔寅。今日宿城外旅舍，天尚未暮，偶散悶閒行。」山人愛其文雅，因與接膝，究術家儒家之說。崔曰：「聖人作《易》，言人事也，非言天道也；為眾人言也，非為聖人言也。聖人從心不逾矩，本無疑惑，何待于占？惟眾人昧于事幾，每兩歧罔決，故聖人以陰陽之消長，示人事之進退，俾知趨避而已。此儒家之本旨也。顧萬物萬事，不出陰陽。後人推而廣之，各明一義。楊簡、王宗傳闡發心學，此禪家之《易》，源出王弼者也。陳摶、邵康節推論先天，此道家之易，源出魏伯陽者也。術家之《易》，衍于管、郭，源于焦、京，即二君所言是矣。《易》道廣大，無所不包，見智見仁，理原一貫。後人忘其本始，反以旁義為正宗。是聖人作《易》，但為一二上智設，非千萬世垂教之書，千萬人共喻之理矣。經者常也，言常道也；經者徑也，言人所共由也。曾是《六經》之首，而詭秘其說，使人不可解乎？」二人喜其詞致，談至月上未已。詰其行蹤，多世外語。二人謝曰：「先生其儒而隱者乎？」崔微哂曰：「果為隱者，方韜光晦跡之不暇，安得知名？果為儒者，方反躬克己之不暇，安得講學？世所稱儒稱隱，皆膠膠擾擾者也。吾方惡此而逃之。先生休矣，毋污吾耳。」劃然長嘯，木葉亂飛，已失所在矣。方知所見非人也。

壁中人面

南皮許南金先生，最有膽。在僧寺讀書，與一友共榻。夜半，見北壁燃雙炬。諦視，乃一人面出壁中，大如箕，雙炬其目光也。友股慄欲死。先生披衣徐起曰：「正欲讀書，苦燭盡。君來甚善。」乃攜一冊背之坐，誦聲琅琅。未數頁，目光漸隱，拊壁呼之，不出矣。

又一夕如廁，一小童持燭隨。此面突自地湧出，對之而笑。童擲燭仆地。先生即拾置怪頂，曰：「燭正無台，君來又甚善。」怪仰視不動。先生曰：「君何處不可往，乃在此耶？海上有逐臭之夫，君其是乎？不可辜君來意。」即以穢紙拭其口。怪大嘔吐，狂吼數聲，滅燭而沒。自是不復見。先生嘗曰：「鬼魅皆真有之，亦時或見之。惟檢點生平，無不可對鬼魅者，則此心自不動耳。」

鬼隱

戴東原言：明季有宋某者，卜葬地，至歙縣深山中。日薄暮，風雨欲來，見岩下有洞，投之暫避。聞洞內人語曰：「此中有鬼，君勿入。」問：「汝何以入？」曰：「身即鬼也。」宋請一見。曰：「與君相見，則陰陽氣戰，君必寒熱小不安。不如君爇火自衛，遙作隔座談也。」宋問：「君必有墓，何以居此？」曰：「吾神宗時為縣令，惡仕宦者貨利相攘，進取相軋，乃棄職歸田。歿而祈于閻羅，勿輪迴人世。遂以來生祿秩，改注陰官。不虞幽冥之中，相攘相軋，亦復如此，又棄職歸墓。墓居群鬼之間，往來囂雜，不勝其煩，不得已避居于此。雖凄風苦雨，蕭索難堪，較諸宦海風波，世途機阱，則如生忉利天矣。寂歷空山，都忘甲子。與鬼相隔者，更不知幾年；與人相隔者，更不知幾年。自喜解脫萬緣，冥心造化。不意又通人跡，明朝當即移居。武陵漁人，

于洞口而歸。勿再訪桃花源也。」語訖不復酬對。問其姓名，亦不答，宋攜有筆硯，因濡墨大書「鬼隱」兩字

喬車二幕友

陽曲王近光言：冀寧道趙公孫英有兩幕友，一姓喬，一姓車，合雇一騾轎回籍。趙公戲以其姓作對曰：「喬、車二幕友，各乘半轎而行。」恰皆轎之半字也。時署中召仙，即舉以請對。乩判曰：「此是實人實事，非可強湊而成。」越半載，又召仙，乩忽判曰：「前對吾已得之矣：盧、馬兩書生，共引一驢而走。」又判曰：「四日後，辰巳之間，往南門外候之。」至期遣役偵視，果有盧、馬兩生，以一驢負新科墨卷，赴會城出售。趙公笑曰：「巧則誠巧，然兩生之受侮深矣。」此所謂箭在弦上，不得不發，雖仙人亦忍俊不禁也。

狐之報

先祖有莊，曰廠裡，今分屬從弟東白家。聞未析箸時，場中一柴垛，有年矣，云狐居其中，人不敢犯。偶佃戶某醉臥其側，同輩戒勿觸仙家怒。某不聽，反肆詈。忽聞人語曰：「汝醉，吾不較。且歸家睡可也。」

次日，詣園守瓜，其婦擔飯來餘，遙望團焦中，一紅衫女子與夫坐，見婦驚起，倉卒逾垣去。婦固妒悍，以為夫有外遇也，憤不可忍，遽以擔痛擊。某百口不能自明，大受捶楚。婦手倦稍息，猶喃喃毒詈。忽聞樹杪大笑聲，方知狐戲報之也。

取子償冤

吳惠叔言：其鄉有巨室，惟一子，嬰疾甚劇。葉天士診之，曰：「脈現鬼證，非藥石所能療也。」乃請上方山道士建醮。至半夜，陰風颯然，壇上燭火俱暗碧。道士橫劍瞑目，若有所睹。既而拂衣竟出，曰：「妖魅為厲，吾法能祛。至夙世冤愆，雖有解釋之法，其肯否解釋，仍在本人。若倫紀所關，事干天律，雖籙章拜奏，亦不能上達神霄。此祟乃汝父遺一幼弟，汝兄遺二孤侄，汝蠶食鯨吞，幾無餘瀝。又煢煢孩稚，視若路人，至饑飽寒溫，無可告語；疾痛痾癢，任其呼號。汝父茹痛九原，訴于地府。冥官給牒，俾取汝子以償冤。吾雖有術，只能為人驅鬼，不能為子驅父也。」果其子不久即逝。後終無子，竟以侄為嗣。

俠牛

護持寺在河間東四十里。有農夫于某，家小康。一夕，于外出。劫盜數人從屋檐躍下，揮巨斧破扉，聲丁丁然。家惟婦女弱小，伏枕戰慄，聽所為而已。

忽所畜二牛，怒吼躍入，奮角與盜鬥。挺刃交下，鬥愈力。盜竟受傷，狼狽去。蓋乾隆癸亥，河間大饑，畜牛者不能芻秣，多鬻于屠市。是二牛至屠者門，哀鳴伏地，不肯前。于見而心惻，解衣質錢贖之，忍凍而歸。牛之效死固宜；惟盜在內室，牛在外廄，牛何以知有警？且牛非矯捷之物，外扉堅閉，何以能一躍逾牆？此必有使之者矣，非鬼神之為而誰為之？此乙丑冬在河間歲試，劉東堂為余言。東堂即護持寺人，云親見二牛，各身被數刃也。

瑞　草

芝稱瑞草，然亦不必定為瑞。靜海元中丞在甘肅時，署中生九芝，因以自號。然不久即罷官。舅氏安公五占，停柩在室，忽柩上生一芝。自是子孫式微，今已無齠齔。蓋禍福將萌，氣機先動；非常之兆，理不虛來。第為休為咎，則不能預測耳。先兄晴湖則曰：「人知兆發于鬼神，而人事應之。不知實兆發于人事，而鬼神應之。亦未始不可預測也。」

天生梵字大悲咒

大學士伍公彌泰言：向在西藏，見懸崖無路處，石上有天生梵字大悲咒。字字分明，非人力所能，亦非人跡所到。當時曾舉其山名，梵音難記，今忘之矣。公一生無妄語，知確非虛構。天地之大，無所不有。宋儒每于理所無者，即斷其必無，不知無所不有，即理也。

喇　嘛

喇嘛有兩種：一曰黃教，一曰紅教，各以其衣別之也。黃教講道德，明因果，與禪家派別而源同。紅教則惟工幻術。理藩院尚書留公保住，言駐西藏時，曾忤一紅教喇嘛。成言登山時必相報。公使肩輿鳴騶先行，而陰乘馬隨其後。至半山，果一馬躍起壓肩輿上，碎為虀粉。此留公自言之。曩從軍烏魯木齊時，有失馬者，一紅教喇嘛取小木橙咒良久，橙忽反覆折轉，如翻桔槔。

使失馬者隨行，至一山谷，其馬在焉。此余親睹之。考西域吞刀吞火之幻人，自前漢已有。此蓋其相傳遺術，非佛氏本法也。故黃教謂紅教曰魔。或曰：「是即波羅門，佛經所謂邪師外道者也。」似為近之。

黑影撲人

巴里坤、闢展、烏魯木齊諸山，皆多狐，然未聞有祟人者。惟根克忒有小兒夜捕狐，為一黑影所撲，墮崖傷足，皆曰狐為妖。此或膽怯目眩，非狐為妖也。大抵自突厥、回鶻以來，即以弋獵為事。今日則投荒者、屯戍者、開墾者、出塞覓食者，搜岩剔穴，採捕尤多；狐恆見傷夷，不能老壽，故不能久而為魅歟！抑僻在荒郊，人已不知導引鍊形術，故狐亦不知歟！此可見風俗必有所開，不開則不習；人情沿于所習，不習則不能。道家化性起偽之說，要不為無見。姚安公謂滇南僻郡，鬼亦淳良。即此理也。

燕國公張說

副都統劉公鑒言：曩在伊犂，有善扶乩者，其神自稱唐燕國公張說。與人唱和詩文，錄之成帙。性嗜飲，每降壇，必焚紙錢，而奠以大白。不知龍沙蔥雪之間，燕公何故而至是？劉公誦其數章，詞皆淺陋。殆打油、釘鉸之流，客死冰天，游魂不返，托名以求食歟！

禿項馬

里人張某，深險詭譎，雖至親骨肉，不能得其一實語。而口舌巧捷，多為所欺。人號曰「禿項馬」。馬禿項為無鬃，鬃蹤同音，言其恍惚閃鑠，無蹤可覓也。

一日，與其父夜行迷路，隔隴見數人團坐，呼問當何向。數人皆應曰：「向北。」因陷深淖中。又遙呼問之，皆應曰：「轉東。」乃幾至滅頂，蹩躠泥塗，困不能出。聞數人拊掌笑曰：「禿項馬，爾今知妄語之誤人否？」近在耳畔，而不睹其形。方知為鬼所紿也。

真縊鬼

妖由人興，往往有焉。李雲舉言：一人膽至怯，一人欲戲之。其奴手黑如墨，使藏于室中，密約曰：「我與某坐月下，我驚呼有鬼，爾即從窗隙伸一手。」屆期呼之，突一手探出，其大如箕，五指挺然如春杵。賓主俱驚，僕眾嘩曰：「奴其真鬼耶？」秉炬持仗入，則奴昏臥于壁角。救之蘇，言暗中似有物以氣噓我，我即迷悶。

族叔楘庵言：二人同讀書佛寺，一人燈下作縊鬼狀，立于前；見是人驚怖欲絕，急呼：「是我，爾勿畏。」是人曰：「固知是爾，爾背後何物也？」回顧乃一真縊鬼。蓋機械一萌，鬼遂以機械之心從而應之。斯亦可為螳螂黃雀之喻矣。

善惡之報

余八九歲時，在從舅實齋安公家，聞蘇丈東皋言：交河某令，蝕官帑數千，使其奴賚還。奴半途以黃河覆舟報，而陰遣其重台攜歸。重台又竊以北上，行至兗州，為盜所劫殺。從舅咋舌曰：「可畏哉！此非人之所為，而鬼神之所為也。夫鬼神豈必白晝現形，左懸業鏡，右持冥籍，指揮眾生，輪迴六道，而後見善惡之報哉？此足當森羅鐵榜矣。」蘇丈曰：「令不竊資，何至為奴乾沒？奴不乾沒，何至為重台效尤？重台不效尤，何至為盜屠掠？此仍人之所為，非鬼神之所為也。如公所言，是令當受報，故遣奴竊資。奴當受報，故遣重台效尤。重台當受報，故遣盜屠掠。鬼神既遣之報，人又從而報之，不已顛乎？」從舅曰：「此公無礙之辯才，非正理也。然存公之說，亦足于相隨波靡之中，勸人以自立。」

劉乙齋

劉乙齋廷尉為御史時，嘗租西河沿一宅。每夜有數人擊柝，聲琅琅徹曉；其轉更攢點，一一與譙鼓相應。視之則無形，聒耳至不得片刻睡。乙齋故強項，乃自撰一文，指陳其罪，大書粘壁以驅之。是夕遂寂。乙齋自詡不減昌黎之驅鱷也。余謂：「君文章道德似尚未敵昌黎，然性剛氣盛，平生尚不作曖昧事，故敢悍然不畏鬼。又拮据遷此宅，力竭不能再徙，計無復之，惟有與鬼以死相持。此在君為困獸猶鬥，在鬼為窮寇勿追耳。君不記《太平廣記》載周書記與鬼爭宅，鬼憚其木強而去乎？」乙齋笑擊余背曰：「魏收輕薄哉！然君知我者。」

筆捧樓

余督學福建時，署中有「筆捧樓」，以左右挾兩浮圖也。使者居下層，其上層則複壁曲折，非正午不甚睹物。舊為山魈所據，雖不睹獨足反踵之狀，而夜每聞聲。偶憶杜工部「山精白日藏」句，悟鬼魅皆避明而就晦，當由曲房幽隱，故此輩潛蹤。因盡撤牆垣，使四面明窗洞啟，三山翠靄，宛在目前。題額曰「浮青閣」，題聯曰：「地迥不遮雙眼闊，窗虛只許萬峰窺。」自此山魈遷于署東南隅會經堂。堂故久廢，既于人無害，亦聽其匿跡，不為已甚矣。

徐公景熹

徐公景熹，官福建鹽道時，署中篋笥每火自內發，而扃鑰如故。又一夕，竊剪其侍姬髮，為祟殊甚。既而徐公罷歸，未及行而卒。山鬼能知一歲事，故乘其將去肆侮也。徐公盛時，銷聲匿跡；衰氣一至，無故侵陵。此邪魅所以為邪魅歟！

青苗神

余鄉青苗被野時，每夜田隴間有物，不辨頭足，倒擲而行，築地登登如杵聲。農家習見不怪，謂之青苗神。云常為田家驅鬼，此神出，則諸鬼各歸其所，不敢散游于野矣。此神不載于古書，然確非邪魅。從兄懋園嘗于李家洼見之，月下諦視，形如一布囊，每一翻折，則一頭著地，行頗遲重云。

陳太夫人

先祖寵予公，原配陳太夫人，早卒。繼配張太夫人，于歸日，獨坐室中，見少婦揭簾入，徑坐床畔，著玄帔黃衫，淡綠裙，舉止有大家風。新婦不便通寒溫，意謂是群從娣姒，或姑姊妹耳。其人絮絮言家務得失、媼婢善惡，皆委曲周至。久之，僕婦捧茶入，乃徑出。

後閱數日，怪家中無是人；細詰其衣飾，即陳太夫人斂時服也。死生相妒，見載籍者多矣。陳太夫人已掩黃壚，猶慮新夫人未諳料理，現身指示，無間幽明，此何等居心乎？今子孫登科第、歷仕宦者，皆陳太夫人所出也。

道士神符

伯高祖愛堂公，明季有聲黌序間。刻意鄭、孔之學，無間冬夏，讀書恆至夜半。一夕，夢到一公廨，榜額曰「文儀」，班內十許人治案牘，一一恍惚如舊識。見公皆訝曰：「君尚遲七年乃當歸，今猶早也。」霍然驚寤，自知不永，乃日與方外游。偶遇道士，論頗洽，留與共飲。道士別後，途遇奴子胡門德，曰：「頃一書忘付汝主，汝可攜歸。」公視之，皆驅神役鬼符咒也。閉戶肄習，盡通其術，時時用為戲劇，以消遣歲月。越七年，至崇禎丁丑，果病卒。半日復蘇，曰：「我以褻用五雷法，獲陰譴。冥司追還此書，可急焚之。」焚訖復卒。半日又蘇曰：「冥司查檢，缺三頁，飭歸取。」視灰中，果三頁未燼；重焚之，乃卒。此事姚安公附載家譜中。公聞之先曾祖，曾祖聞之先高祖，先高祖即手焚是書者也。孰謂竟無鬼神乎？

蜃氣城影

余族所居，曰景城，宋故縣也。城址尚依稀可辨。或偶于昧爽時遙望煙靄中，現一城影，樓堞宛然，類乎蜃氣。此事他書多載之，然莫明其理。余謂凡有形者，必有精氣。土之厚處，即地之精氣所聚處，如人之有魂魄也。此城周回數里，其形巨矣。自漢至宋千餘年，為精氣所聚已久，如人之取多用宏，其魂魄獨強矣。故其形雖化，而精氣之盤結者，非一日之所蓄，即非一日所能散。偶然現像，仍作城形，正如人死鬼存，鬼仍作人形耳。然古城郭不盡現形，現形者又不常見，其故何歟？人之死也，或有鬼，或無鬼；鬼之存也，或見，或不見，亦如是而已矣。

夢神訶責陳生

南宮鮑敬之先生言：其鄉有陳生，讀書神祠。夏夜袒裼睡廡下，夢神召至座前，訶責甚厲。陳辯曰：「殿上先有販夫數人睡，某避于廡下，何反獲愆？」神曰：「販夫則可，汝則不可。彼蠢蠢如鹿豕何足與較？汝讀書而不知禮乎？」蓋《春秋》責備賢者，理如是矣。故君子之于世也，可隨俗者隨，不必苟異；不可隨俗者不隨，亦不必苟同。世于違禮之事，動曰某某曾為之。夫不論事之是非，但論事之有無，自古以來，何事不曾有人為之，可一一據以藉口乎？

張巡妾轉世索命

漁洋山人記張巡妾轉世索命事，余不謂然。其言曰：「君為忠臣，我則何罪，而殺以饗士？夫孤城將破，巡已決志捐生。巡當殉國，妾不當殉主乎！古來忠臣仗節，覆宗族靡妻子者，不知凡幾。使人人索命，天地間無綱常矣。使容其索命，天地間亦無神理矣。王經之母含笑受刃，彼何人乎！此或妖鬼為祟，托一古事求祭饗，未可知也。或明季諸臣，顧惜身家，偷生視息，造作是言以自解，亦未可知也。儒者著書，當存風化，雖《齊諧》志怪，亦不當收悖理之言。」

風怪

族叔楘庵言：景城之南，恆于日欲出時，見一物，御旋風東馳。不見其身，惟昂首高丈餘，長鬣鬖鬖，不知何怪。或曰：「馮道墓前石馬，歲久為妖也。」馮道所居，今曰相國莊；其妻家，今曰夫人莊；皆與景城相近。故先高祖詩曰：「青史空留字數行，書生終是讓侯王。劉光伯墓無尋處，相國夫人各有莊。」其墓則縣志已不能確指。北村之南，有地曰石人窪。殘缺翁仲，猶有存者。土人指為道墓，意或有所傳歟。董空如嘗乘醉夜行，便旋其側。倏陰風橫捲，沙礫亂飛，似隱隱有怒聲。空如叱曰：「長樂老頑鈍無恥！七八百年後豈尚有神靈？此定邪鬼依托耳。敢再披猖，且日日來溺汝。」語訖而風止。

南村董天士

南村董天士，不知其名，明末諸生，先高祖老友也。《花王閣剩稿》中，有哭天士詩四首，曰：「事事知心自古難，平生二老對相看。飛來遺札驚投箸，哭到荒村欲蓋棺。殘稿未收新畫冊（原注：天士以畫自給），餘資惟賣破儒冠。布衾兩幅無妨斂，在日黔婁不畏寒。」「五岳填胸氣不平，談鋒一觸便縱橫。不逢黃祖真天幸，曾怪嵇康太世情。開牖有時邀月入，杖藜到處避人行。料應塵海無堪語，且試驂鸞向紫清。」「百結懸鶉兩鬢霜，自餐冰雪潤空腸。一生惟得秋冬氣，到死不知羅綺香（原注：天士不娶）。寒賞村醪才破戒，老棲僧舍是還鄉。只今一瞑無餘事，未要青繩作弔忙。」「廿年相約謝風塵，天地無情殞此人。亂世逃禪聊解脫，衰年哭友倍酸辛。關河泱漭連兵氣，齒髮滄浪寄病身。泉下有靈應念我，白楊孤冢亦傷神。」天士之生平，可以想見。縣志不為立傳，蓋未見先高祖詩也。

相傳天士歿後，有人見其騎驢上泰山，呼之不應。俄為老樹所遮，遂不見。意或屍解登仙歟！抑貌偶似歟！跡其孤僻之性，似于仙為近也。

快哉行

先高祖集有《快哉行》一篇，曰：「一笑天地驚，此樂古未有。平生不解飲，滿引亦一斗。老革昔媚璫，正士皆碎首。寧知時勢移，人事反覆手。當年金谷花，今日章台柳。巧哉造化心，此罰勝枷杻。酒酣談舊事，因果信非偶。淋漓揮醉墨，神鬼運吾肘。姓名諱不書，聊以存忠厚。時皇帝十載，太歲在丁丑，恢台仲夏月，其日二十九，同觀者六人，題者河間叟。」蓋為許顯純諸姬流落青樓作也。

初，諸姬隸樂籍時，有以死自誓者。夜夢顯純浴血來曰：「我死不蔽辜，故天以汝等示身後之罰。汝若不從，吾罪益重。」諸姬每舉以告客，故有「因果信非偶」句云。

墮馬者

先四叔父栗甫公，一日往河城探友。見一騎飛馳向東北，突掛柳枝而墮。眾趨視之，氣絕矣。食頃，一婦號泣來，曰：「姑病無藥餌，步行一晝夜，向母家借得衣飾數事，不料為騎馬賊所奪。」眾引視墮馬者，時已復蘇。婦呼曰：「正是人也。」其袱擲于道旁，問袱中衣飾之數，墮馬者不能答。婦所言，啟視一一合。墮馬者乃伏罪。眾以白晝劫奪，罪當繯首，將執送官。墮馬者叩首乞命，願以懷中數十金，予婦自贖。婦以姑病危急，亦不願涉訟庭，乃取其金而縱之去。叔父曰：「果報之速，無速于此事者矣。每一念及，覺在在處處有鬼神。」

巨盜齊舜庭

齊舜庭，前所記巨盜齊大之族也。最剽悍，能以繩繫刀柄，擲傷人于兩三丈外。其黨號之曰「飛刀」。其鄰曰張七，舜庭故奴視之，強售其住屋廣馬廄，且使其黨恐之曰：「不速遷，禍立至矣。」張不得已，攜妻女倉皇出，莫知所適，乃詣神祠禱曰：「小人不幸為巨盜逼，窮迫無路。敬植杖神前，視所向而往。」杖仆向東北。乃迤邐行乞至天津，以女嫁灶丁，助之晒鹽，粗能自給。三四載後，舜庭劫餉事發，官兵圍捕，黑夜乘風雨脫免。念其黨有在商船者，將投之泛海去。晝伏夜行，竊瓜果為糧，幸無覺者。

一夕，饑渴交迫，遙望一燈熒然，試叩門。一少婦凝視久之，忽呼曰：「齊舜庭在此。」蓋追緝之牒，已急遞至天津，立賞格募捕矣。眾丁聞聲畢集。舜庭手無寸刃，乃弭首就擒。少婦即張七之女也。使不迫逐七至是，則舜庭已變服，人無識者。地距海口僅數里，竟揚帆去矣。

變童

王蘭洲嘗于舟次買一童，年十三四，甚秀雅，亦粗知字義。云父歿，家中落，與母兄投親不遇，附舟南還，行李典賣盡，故鬻身為道路費。與之語，羞澀如新婦，固已怪之。比就寢，竟馳服橫陳。王本買供使令，無他念；然宛轉相就，亦意不自持。已而童伏枕暗泣。問：「汝不願乎？」曰：「不願。」問：「不願何以先就我？」曰：「吾父在時，所畜小奴數人，無不薦枕席。有初來愧拒者，輒加鞭笞曰：『思買汝何為？憒憒乃爾！』知奴事主人，分當如是；不如是則當捶楚。故不敢不自獻也。」王蹶起推枕曰：「可畏哉！」急呼舟人鼓楫，一夜追及其母兄，以童還之，且贈以五十金。意不自安，復于憫忠寺禮佛懺悔。夢伽藍語曰：「汝作過改過在頃刻間，冥司尚未注籍，可無庸瀆世尊也。」

慘綠袍

戈東長前輩官翰林時，其太翁傅齋先生市上買一慘綠袍。一日鐍戶出，歸失其鑰。恐誤遺于床上，隔窗視之，乃見此袍挺然如人立，聞驚呼聲乃仆。眾議焚之。劉嘯谷前輩時同寓，曰：「此必亡人衣，魂附之耳。鬼為陰氣，見陽光則散。」置烈日中反覆曝數日，再置室中，密覘之，不復為祟矣。又東長頭早童，恆以假髮續辮。將罷官時，假髮忽舒展蜿蜒，如蛇掉尾。不久即歸田。是亦亡人之髮，感衰氣而變幻也。

夜讀少年

德清徐編修開厚，亦壬戌前輩。初入館時，每夜讀書，則宅後空屋中有讀書聲，與琅琅相答。細聽所誦，亦館閣律賦也。啟戶則無睹。

一夕，躡足屏息窺之，見一少年，著青半臂，藍綾衫，攜一卷背月坐，搖首吟哦，若有餘味，殊不似為祟者。後亦無休咎。唐小說載天狐超異科，策二道，皆四言韻語，文頗古奧。或此狐亦應舉者歟！此戈東長前輩說。戈，徐同年進士也。

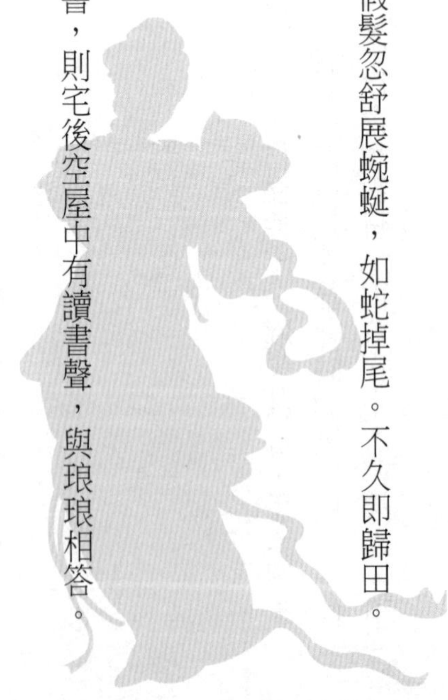

八蠟祠道士

烏魯木齊八蠟祠道士，年八十餘。一夕，以錢七千布薦下，臥其上而死。眾議以是錢營葬。夜見夢于工房吏鄔玉麟曰：「我守官廟，棺應官給。錢我辛苦所積，乞納棺中，俟來生我自取。」玉麟憫而從之。葬訖，太息曰：「以錢貯棺，埋于壙野，是以璠璵斂也，必暴骨。」余曰：「以錢買棺，尚能見夢；發棺攘奪，其為厲必矣。誰能為七千錢以性命與鬼爭？必無恙。」眾皆囅然。然玉麟正論也。

亂山歸途

辛卯春，余自烏魯木齊歸。至巴里坤，老僕咸寧據鞍睡，大霧中與眾相失。誤循野馬蹄跡，入亂山中，迷不得出，自分必死。偶見崖下伏屍，蓋流人逃竄凍死者；背束布櫜，有糇糧。寧藉以療饑，因拜祝曰：「我埋君骨，君有靈，其導我馬行。」乃移屍岩竇中，運亂石堅窒。惘惘然信馬行。越十餘日，忽得路，出山，則哈密境矣。

哈密游擊徐君，在烏魯木齊舊相識。因投其署以待余。余遲兩日始至，相見如隔世。此不知鬼果有靈，導之以出；或神以一念之善，佑之使出；抑偶然僥倖而得出。徐君曰：「吾寧歸功于鬼神，為掩胔埋骼者勸也。」

好名之鬼

董曲江前輩言：顧俠君刻《元詩選》成，家有五六歲童子，忽舉手外指曰：「有衣冠者數百人，望門跪拜。」磋乎，鬼尚好名哉！余謂剔抉幽沈，搜羅放佚，以表章之力，發冥漠之光，其銜感九泉，固理所宜有。至于交通聲氣，號召生徒，禍棗災梨，遞相神聖，不但有明末造，標榜多誣。即月泉吟社諸人，亦病未離乎客氣，蓋植黨者多私，爭名者相軋。即蓋棺以後，論定猶難。況乎文酒流連，唱予和汝之日哉。《昭明文選》以何遜見存，遂不登一字。古人之所見遠矣。

黑驢精

余次女適長山袁氏，所居曰焦家橋。今歲歸寧，言距所居二三里許，有農家女歸寧，其父送之還夫家。中途入墓林便旋，良久乃出。眾怪其形神稍異，聽其語音亦不同，心竊有疑，然無以發也。至家後，其夫私告父母曰：「新婦相安久矣，今見之心悸，何也？」父母斥其妄，強使歸寢。所居與父母隔一牆。夜忽聞顛撲膈膈聲，驚起竊聽，乃聞子大號呼。家眾破扉入，則一物如黑驢，衝人出，火光爆射，一躍而逝。視其子，惟餘殘血。天曙，往覓其婦，竟不可得。疑亦為所啖矣。此與《太平廣記》所載羅剎鬼事全相似，殆亦是鬼歟！觀此知佛典不全誣。小說稗官，亦不全出虛構。

河間婦

河間一婦，性佚蕩。然貌至陋，日靚妝倚門，人無顧者。後其夫隨高葉飛官天長，甚見委任；豪奪巧取，歲以多金寄婦。婦藉其財，以招誘少年，門遂如市。迨葉飛獲譴，其夫遁歸，則囊篋全空，器物斥賣亦略盡，惟存一醜婦，淫瘡遍體而已。人謂其不擁厚貲，此婦萬無墮節理。豈非天道哉！

不寐術

伯祖湛元公、從伯君章公、從兄旭升，三世皆以心悸不寐卒。旭升子汝允，亦患是疾。一日治宅，匠睨樓角而笑曰：「此中有物。」破之，則甃磚如小龕，一故燈檠在焉。云此物能使人不寐，當時圬者之魘術也。汝允自是遂愈。丁未春，從侄汝倫為余言之。此何理哉？然觀此一物藏壁中，即能操主人之生死。則宅有吉凶，其說當信矣。

夢冥司吏

戴戶曹臨，以工書供奉內廷。嘗夢至冥司，遇一吏，故友也，留與談。偶揭其簿，正見己名，名下朱筆草書，似一犀字。吏奪而掩之，意似薄怒，問之亦不答。忽遑遽而醒，莫測其故。偶告裘文達公，文達沉思曰：「此殆陰曹簡便之籍，如部院之略節。戶中二字，連寫頗似犀字。君其終于戶部郎中乎？」後竟如文達之言。

夢神示詩

東光霍易書先生，雍正甲辰舉于鄉。留滯京師，未有所就。祈夢呂仙祠中，夢神示以詩曰：「六瓣梅花插滿頭，誰人肯向死前休？君看矯矯雲中鶴，飛上三台閱九秋。」至雍正五年，初定帽頂之制，其銅盤六瓣如梅花，始悟首句之意。竊謂仙鶴為一品服，三台為宰相位，此句既驗，末二句亦必驗矣。後由中書舍人官至奉天府尹，坐譴謫軍台，其地曰葵蘇圖，實第三台也。官牒省筆，皆書臺為台，適符詩語，果九載乃歸。

在塞外日，自署別號曰「雲中鶴」，用詩中語也。後為姚安公述之。姚安公曰：「霍字上為雲字頭，下為鶴字之半，正隱君姓，亦非泛語。」先生喟然曰：「豈但是哉！早年氣盛，銳于進取，自謂卿相可立致，卒致顛蹶。職是之由，第二句神戒我矣，惜是時未思也。」

龜卜

古以龜卜。孔子繫《易》，極言蓍德，而龜漸廢。《火珠林》始以錢代蓍，然猶煩六擲。《靈棋經》始一擲成卦，然猶煩排列。至神祠之簽，則一掣而得，更簡易矣。神祠率有簽，而莫靈于關帝；關帝之簽，莫靈于正陽門側之祠。蓋一歲中，自元旦至除夕，一日中，自昧爽至黃昏，搖筒者恆琅琅然。一筒不給，置數筒焉。雜遝紛紜，倏忽萬狀，非惟無暇于檢核，亦並不容于思議。雖千手千目，亦不能遍應也。然所得之簽，皆驗如面語，是何故歟？

其最奇者，乾隆壬申鄉試，一南士于三月朔日齋沐以禱，乞示試題。得一簽曰：「陰裡相看怪爾曹，舟中敵國笑中刀。藩籬剖破渾無事，一種天生惜羽毛。」是科《孟子》題為「曹交問曰：『人皆可以為堯舜』」至「湯九尺」，應首句也。《論語》題為「夫子莞爾而笑曰：『割雞焉用牛刀』」，應第二句也。《中庸》題為「故天之生物，必因其材而篤焉」，應第四句也。是真不可測矣。

魂飛冥府

孫虛傳先生言：其友嘗患寒疾，昏憒中覺魂氣飛越，隨風飄蕩，至一官署，諦視門內皆鬼神，知為冥府。見有人自側門入，試隨之行，無呵禁者。又隨眾坐廡下，亦無詰問者。竊睨堂上，訟者如織。冥王左檢籍，右執筆，有一兩言決者，有數十言數百言乃決者，與人世刑曹無少異。琅瑲引下，皆帖伏無後言。忽見前輩某公盛服入，冥王延坐，問訟何事。則訴門生故吏之辜恩，所舉凡數十人，意頗恨恨。冥王顏色似不謂然，俟其語竟，拱手曰：「此輩奔競排擠，機械萬端，天道昭昭，終罹冥謫。然神殛之則可，公責之則不可。種桃李者得其實，種蒺藜者得其刺，公不聞乎？公所賞鑒，大抵附勢之流；勢去之後，乃責之以道義，是鑿冰而求火也。公則左矣，何暇尤人？」某公憮然久之，逡巡竟退。友故與相識，欲近前問訊。忽聞背後叱叱聲，一回顧間，悚然已醒。

餓鬼

董文恪公老僕王某，性謙謹，善應門，數十年未忤一人，所謂「王和尚」者是也。言嘗隨文恪公宿傅將軍廢園，月夜據石納涼。遙見一人倉皇隱避，一人邀遮而止之，捉其臂共坐樹下，曰：「以為汝升天久矣，乃在此相遇耶？」因先述相交之契厚，次責任事之負心，曰：「某事乘我急需，故難其詞以勒我，中飽幾何。某事欺我不諳，虛張其數以紿我，乾沒又幾何？」如是數十事。每一事一批其頰，怒氣坌湧，似欲相吞噬。俄一老叟自草間出，曰：「渠今已墮餓鬼道，君何必相凌？且負債必還，又何必太遽？」其一人彌怒曰：「既已餓鬼，何從還債？」老叟曰：「業有滿時，則債有還日。冥司定律，凡稱貸子母之錢，來生有祿則償，無祿則免，為其限于力也。若脅取誘取之財，雖歷萬劫，亦須填補。其或無祿可抵，則為六畜以償；或一世不足抵，則分數世以償。今夕董公所食之豚，非其幹僕某之十一世身耶？」其一人怒似略平，乃釋手各散。老叟意其土神也。所言幹僕，王某猶及見之，果最有心計云。

小兒見奇鬼

福建曹藩司繩柱言：一歲司道會議臬署，上食未畢。一僕攜小兒過堂下，小兒驚怖不前，曰：「有無數奇鬼，皆身長丈餘，肩承樑柱。」眾聞號叫，方出問，則承塵上落土簌簌，聲如撒豆；忽躍而出，已棟摧仆地矣。咸額手謂鬼神護持也。湖廣定制府長，時為巡撫，聞話是事，喟然曰：「既在在處處有鬼神護持，自必在在處處有鬼神鑒察。」

卷七 如是我聞【一】（六十三則）

曩撰《灤陽消夏錄》，屬草未定，遽為書肆所竊刊，非所願也。然博雅君子，或不以為紕繆，且有以新事續告者。因補綴舊聞，又成四卷。歐陽公曰：「物嘗聚于所好。」豈不信哉！緣是知一有偏嗜，必有浸淫而不自已者，天下事往往如斯，亦可以深長思也。辛亥七月二十一日題。

柿園敗將

太原折生遇蘭言：其鄉有扶乩者，降壇大書一詩曰：「一代英雄付逝波，壯懷空握魯陽戈。廟堂有策軍書急，天地無情戰骨多。故壘春滋新草木，游魂夜覽舊山河。陳濤十郡良家子，杜老酸吟意若何？」署名曰「柿園敗將」。皆悚然，知為白谷孫公也。柿園之役，敗于中旨之促戰，罪不在公。詩乃以房琯車戰自比，引為己過。正人君子之用心，視王化貞輩僨轅誤國，猶百計卸責于人者，真三光之于九泉矣。大同杜生宜滋，亦錄有此詩，「空握」作「辜負」，「春滋」作「春添」，「意若何」作「竟若何」，凡四字不同。蓋傳寫偶異，大旨則無殊也。

烈婦英靈

許南金先生言：康熙乙未，過阜城之漫河。夏雨泥濘，馬疲不進；息路旁樹下，坐而假寐。

恍惚見女子拜，言曰：「妾黃保寧妻湯氏也，在此為強暴所逼，以死捍拒，卒被數刃而死，官雖捕賊駢誅，然以妾已被污，竟不旌表。冥官哀其貞烈，俾居此地，為橫死諸魂長，今四十餘年矣。夫異鄉丐婦，踽踽獨行，猝遇三健男子，執縛于樹，肆行淫毒；除罵賊求死，別無他術。其嚙齒受玷，由力不敵，非節之不固也。司讞者訶責無已。不亦冤乎？公狀貌似儒者，當必明理，乞為白之。」夢中欲詢其里居，霍然已醒。後問阜城士大夫，無知其事者；問諸老吏，亦不得其案牘。蓋當時不以為烈婦，湮沒久矣。

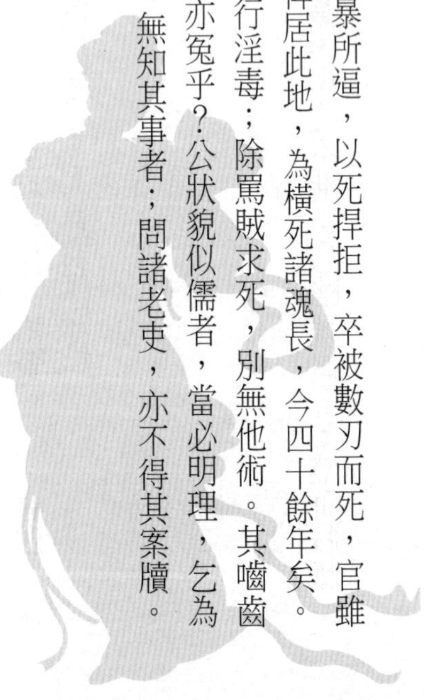

京師某觀

京師某觀，故有狐。道士建醮。醵多金。蕆事後，與其徒在神座燈前，會計出入。尚闕數金，師謂徒乾沒，徒謂師誤算，盤珠格格，至三鼓未休。忽樑上語曰：「新秋涼爽，我倦欲眠，汝何必在此相聒？此數金，非汝欲買媚藥，置懷中，過後巷劉二姐家，二姐索金指環，汝乘醉探付彼耶？何竟忘也？」徒轉面掩口。道士乃默然斂簿出。剃工魏福，時寓觀內，親聞之。言其聲咿咿呦呦，如小兒女云。

旱魃為虐

旱魃為虐，見《雲漢》之詩，是事出經典矣。《山海經》實以女魃，似因詩語而附會。然據其所言，特一妖神耳。近世所云旱魃，則皆僵屍。掘而焚之，亦往往致雨。夫雨為天地之訢合，一僵屍之氣焰，竟能彌塞乾坤，使隔絕不通乎？雨亦有龍所作者，一僵屍之技倆，竟能驅逐神物，使畏避不前乎，是何說以解之？又狐避雷劫，自宋以來，見于雜說者不一。

夫狐無罪歟，雷霆克期而擊之，是淫刑也，天道不如是也。狐有罪歟，何時不可以誅，而必限以某日某刻，使先知早避？即一時暫免，又何時不可以誅，乃過此一時，竟不復追理？是佚罰也，天道亦不如是也。是又何說以解之？偶閱近人《夜談叢錄》，見所載焚旱魃一事、狐避劫二事，因存記所疑，俟格物窮理者詳之。

奇井

虎坊橋西一宅，南皮張公子畏故居也，今劉雲房副憲居之。中有一井，子午二時汲則甘，餘時則否，其理莫明。或曰：「陰起午中，陽生子半，與地氣應也。」然元氣氤氳，充滿天地，何他井不與地氣應，此井獨應乎？西士最講格物學，《職方外紀》載：「其地有水，一日十二潮，與晷漏不差杪忽。有欲窮其理者，構廬水側，晝夜測之，迄不能喻，至恚而自沉。」此井抑亦是類耳！

柩中巨禽

張讀《宣室志》曰：俗傳人死數日，當有禽自柩中出，曰煞。太和中，有鄭生者，網得一巨鳥，色蒼，高五尺餘，忽無所見。訪里中民訊之，有對者曰：「里中有人死，且數日。卜者言，今日煞當去。其家伺而視之，有巨鳥色蒼，自柩中出。君所獲果是乎？」此即今所謂煞神也。

徐鉉《稽神錄》曰：彭虎子少壯，有膂力。嘗謂無鬼神。母死，俗巫誡之曰：「某日殃煞當還，重有所殺，宜出避之。」合家細弱，悉出逃隱。虎子獨留不去。夜中有人推門入，虎子遑遽無計，先有一甕，便入其中，以板蓋頭。覺母在板上，有人問：「板下無人耶？」母曰：「無。」此即今所謂回煞也。俗云殤子未生齒者，死無煞；有齒者即有煞。巫覡能預克其期。家奴孫文舉、宋文皆通是術。余嘗索視其書，特以年月日時干支推算，別無奇奧。其某日逢某凶煞，當用某符禳解，則詭詞取財而已。或有室廬逼仄，無地避煞者，又有壓制之法，使伏而不出，謂之斬殃，尤為荒誕。然家奴宋遇婦死，遇召巫斬殃。迄今所居室中，夜恆作響，小兒女亦多見其形。似又不盡誣矣。天地之大，何所不有；幽明之理，莫得而窮。不必曲為之詞，亦不必力攻其說。

魂錄冥籍

人死者，魂錄冥籍矣。然地球圓九萬里，徑三萬里，國土不可以數計，其人當百倍中土，鬼亦當百倍中土。何游冥司者，所見皆中土之鬼，無一徼外之鬼耶？其在在各有閻羅王耶？顧郎中德懋，攝陰官者也。嘗以問之，弗能答。人不死者，名列仙籍矣。然赤松、廣成，聞于上古；何後代所遇之仙，皆出近世？劉向以下之所記，悉無聞耶？豈終歸于盡，如朱子之論魏伯陽耶？婁真人近垣，領道教者也。嘗以問之，亦弗能答。

里人閻勛

里人閻勛，疑其妻與表弟通，遂攜銃擊殺其表弟。復歸而殺妻，剚刃于胸，格格然如中鐵石，迄不能傷。或曰：「是鬼神愍其枉死，陰相之也。」然枉死者多，鬼神何不盡陰相歟？當由別有善行，故默邀護佑耳。

夢神高論

景州申君學坤，謙居先生子也。純厚樸拙，不墜家風，信道學甚篤。嘗謂從兄懋園曰：「曩在某寺，見僧以福田誘財物，供酒肉資，因著一論，戒勿施捨。夜夢一神，似彼教所謂伽藍者，與余侃侃爭曰：『君勿爾也，以佛法論，廣大慈悲，萬物平等。彼僧尼非萬物之一耶？施食及于鳥鳶，受惜及于蟲鼠，欲其生也。此輩藉施捨以生，君必使之饑而死，曾視之不若鳥鳶蟲鼠耶？其間破壞戒律，自墮泥犁者，誠比比皆是。然因有梟鳥，而盡戕羽族；因有破獍，而盡戕獸類，有是理耶？以世法論，田不足授，不能不使百姓自謀食。彼僧尼亦百姓之一種，募化亦謀食之一道耳。必以其不耕不織為蠹國耗民，彼不耕不織而蠹國耗民者，獨僧尼耶？君何不一一著論禁之也？且天下之大，此輩豈止數十萬。一旦絕其衣食來源，羸弱者轉乎溝壑，姑勿具論；桀黠者鋌而走險，君何以善其後耶？昌黎闢佛，尚曰鰥寡孤獨廢疾者有養。君無策以養，而徒朘其生，豈但非佛意，恐亦非孔孟意也。駟不及舌，君其圖之。』余夢中欲與辯，倏然已覺。其語歷歷可憶。公以所論為何如？」懋園沉思良久曰：「君所持者正，彼所見者大。然人情所向，『匪今斯今』，豈君一論所能遏？此神刺刺不休，殊多此一爭耳。」

夜見二叟

同年金門高，吳縣人。嘗夜泊淮陽之間，見岸上二叟相遇，就坐水次草亭上。一叟曰：「君近何事？」一叟曰：「主人避暑園林，吾日日入其水閣，觀活秘戲圖；百媚橫生，亦殊可玩。其第五姬尤妖艷。見其與主人剪髮為誓，約他年燕子樓中作關盼盼；又約似玉簫再世，重侍韋皋。主人為之感泣。然偶聞其與母竊議，則謂主人已老，宜早儲金帛，為琵琶別抱計也。君謂此輩可信乎？」相與太息久之。一叟又曰：「聞其嫡甚賢，信乎？」一叟掉頭曰：「天下之善妒人也，何賢之云！夫妒而囂爭，是為淵驅魚者也。此婦于妾媵之來，弱者撫之以恩，縱其出入冶游，不復防制，使流于淫佚。其夫自愧而去之。強者待之以禮，陽尊之與己匹，而陰導之與夫抗，使養成驕悍，其夫不堪而去之。有二術所不能餌者，則密相煽構，務使參商兩敗者，又多有之。幸不即敗，而一門之內，詬誶時聞，使其夫入妾之室則怨語愁顏，入妻之室乃柔聲怡色。其去就不問而知矣。此天下之善妒人也，何賢之云！」門高竊聽所言，服其中理，而不解其日入水閣語。方凝思間，有官舫鳴鉦來，收帆欲泊。二叟轉瞬已不見。乃悟其非人也。

鬼方靈驗

先兄晴湖曰：「飲滷汁者，血凝而死，無藥可醫。里有婦人飲此者，方張皇莫措。忽一媼排闥入，曰：『可急取隔壁賣腐家所磨豆漿灌之。滷得豆漿，則凝漿為腐而不凝血。我是前村老狐，曾聞仙人言此方也。』語訖不見。試之果得蘇。劉涓子有鬼遺方，此可稱狐遺方也。」

二鬼求食

客作秦爾嚴，嘗御車自李家窪往淮鎮。遇持銃擊鵲者，馬皆驚逸。爾嚴倉皇墮車下，橫臥轍中，自分無生理。而馬忽不行。抵暮歸家，沽酒自慶，燈下與儕輩話其異。聞窗外人語曰：「爾謂馬自不行耶？是我二人掣其轡也。」開戶出視，寂無人跡。明日，因賚酒脯，至墮處祭之。先姚安公聞之，曰：「鬼如此求食，亦何惡于鬼！」

狐窟教子

里人王五賢（幼時聞呼其字是此二音，不知即此二字否也），老塾師也。嘗夜過古墓，聞鞭扑聲，並聞責數曰：「爾不讀書識字，不能明理，將來何事不可為？至上干天律時，爾悔遲矣。」謂深更曠野，誰人在此教子弟。諦聽，乃出狐窟中。五賢喟然曰：「不圖此語聞之此間。」

惡作劇

先叔儀南公，有質庫在西城。客作陳忠，主買菜蔬。儕輩皆謂其近多餘潤，宜饗眾。忠諱無有。

次日，篋鑰不啟，而所蓄錢數千，惟存九百。樓上故有狐，恆隔窗與人語，疑所為。試往叩之，果朗然應曰：「九百錢是汝雇值，分所應得，吾不敢取。其餘皆日日所乾沒，原非汝物。今日端陽，已為汝買粽若干，買酒若干，買肉若干，買雞魚及瓜菜果實各若干，並泛酒雄黃，亦為買得，皆在樓下空屋中。汝宜早烹炮，遲則天暑，恐腐敗。」啟戶視之，累累具在。無可消納，竟與眾共餐。此狐可謂惡作劇，然亦頗快人意也。

拆字術

亥有二首六身，是拆字之權輿矣。漢代圖讖，多離合點畫。至宋謝石輩，始以是術專門，然亦往往有奇驗。

乾隆甲戌，余殿試後，尚未傳臚，在董文恪公家，偶遇一浙士，能拆字。余書一「墨」字。浙士曰：「龍頭竟不屬君矣。里字拆之為二甲，下作四點，其二甲第四乎？然必入翰林。四點庶字腳，土吉字頭，是庶吉士矣。」後果然。

又戊子秋，余以漏言獲譴，獄頗急，日以一軍官伴守。一董姓軍官云能拆字。余書「董」字使拆。董曰：「公遠戍矣。是千里萬里也。」余又書「名」字。董曰：「下為口字，上為外字偏旁，是口外矣。日在西為夕，其西域乎？」問：「將來得歸否？」曰：「字形類君，亦類召，必賜還也。」問：「在何年？」曰：「口為四字之外圍，而中缺兩筆，其不足四年乎？今年戊子，至四年為辛卯，夕字卯字偏旁，亦相合也。」果從軍烏魯木齊，以辛卯六月還京。蓋精神所動，鬼神通之；氣機所萌，形象兆之。與揲蓍灼龜，事同一理，似神異而非神異也。

醫者胡宮山

醫者胡宮山，不知何許人。或曰：「本姓金，實吳三桂之間諜。三桂敗，乃變易姓名。」事無左證，莫之詳也。余六七歲時及見之，年八十餘矣，輕捷如猿猱，技擊絕倫。嘗舟行，夜遇盜，手無寸刃，惟倒持一煙筒，揮霍如風，七八人並刺中鼻孔仆。然最畏鬼，一生不敢獨睡。言少年嘗遇一僵屍，揮拳擊之，如中木石，幾為所搏，幸躍上高樹之頂。屍繞樹踴距，至曉乃抱木不動。有鈴馱群過，始敢下視。白毛遍體，目赤如丹砂，指如曲鉤，齒露脣外如利刃。怖幾失魂。又嘗宿山店，夜覺被中蠕蠕動，疑為蛇鼠；俄枝梧撐拄，漸長漸巨，突出並枕，乃一裸婦人。雙臂抱持，如巨絙束縛，接吻噓氣，血腥貫鼻，不覺暈絕。次日得灌救，乃蘇。自是膽裂，黃昏以後，遇風聲月影，即惴惴卻步云。

蓬首垢面人

南皮令居公鋐，在州縣幕二十年，練習案牘，聘幣無虛歲。擁資既厚，乃援例得官，以為駕輕車就熟路也。比蒞任，乃憒憒如木雞；兩造爭辯，輒面赬語澀，不能出一字。見上官，進退應對，無不顛倒。越歲餘，遂以才力不及劾。解組之日，夢蓬首垢面人長揖曰：「君已罷官，吾從此別矣。」霍然驚醒，覺心境頓開。貧無歸計，復理舊業，則精明果決，又判斷如流矣。所見者其夙冤耶？抑即昌黎所送之窮鬼耶？

縊鬼變形求代

裘文達公言：官詹事時，遇值日，五鼓赴圓明園。中途見路旁高柳下，燈火圍繞，似有他故，至則一護軍縊于樹，眾解而救之。良久得蘇，自言過此暫憩，見路旁小室中有燈光，一少婦坐圓窗中招我。逾窗入，甫一俯首，項已被掛矣。蓋縊鬼變形求代也。此事所在多有，此鬼乃能幻屋宇，設繩索，為可異耳。

又先農壇西北文昌閣之南（**文昌閣俗曰高廟**），匯有積水，亦往往有溺鬼誘人。余十三四時，見一人無故入水，已沒半身。眾譟而挽之，始強回，痴坐良久，漸有醒意。問：「何所苦而自沉？」曰：「實無所苦。但渴甚，見一茶肆，趨往求飲，猶記其門懸匾額，粉板青字，曰『對瀛館』也。」命名頗有文義，誰題之、誰書之乎？此鬼更奇矣。

劉鬼谷

山東劉君善謨，余丁卯同年也。以其黠巧，皆戲呼曰「劉鬼谷」。劉故詼諧，亦時以自稱。于是鬼谷名大著，而其字若別號，人轉不知。

乾隆辛未，僦校尉營一小宅。田白岩偶過閒話，四顧慨然曰：「此鳳眼張三舊居也，門庭如故，埋香黃土已二十餘年矣。」劉駭然曰：「自卜此居，吾數夢艷婦來往堂廡間，其若人乎？」白岩問其狀，良是。劉沉思久之，撫几曰：「何物淫鬼，敢魅劉鬼谷！果現形，必痛抶之。」白岩曰：「此婦在時，真鬼谷子，捭闔百變，為所顛倒者多矣。假鬼谷子何足云？京師大矣，何必定與鬼同往？」力勸之別徙。余亦嘗訪劉于此，憶斜對戈芥舟宅約六七家。今不能指其處矣。

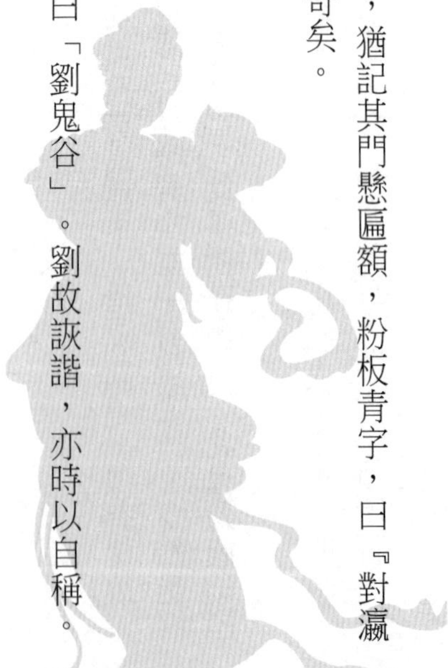

事奇理真

史太常松濤言：初官戶部主事時，居安南營，與一孀婦鄰。一夕盜入孀婦家，穴壁已穿矣。忽大呼曰：「有鬼！」狼狽越牆去。迄不知其何所見也。豈神或哀其煢獨，陰相之歟！

又戈東長前輩一日飯罷，坐階下看菊，忽聞大聲曰：「有賊！」其聲喑嗚，如牛鳴盎中。舉家駭異，俄連呼不已，諦聽乃在廡下爐坑內。急邀邏者來，啟視，則儽然一餓夫，昂首長跪。自言前兩夕乘暗闌入，伏匿此坑，冀夜深出竊。不虞二更微雨，夫人命移腌齏兩甕置坑板上，遂不能出。尚冀雨霽移下，乃兩日不移，饑不可忍，自思出而被執，罪不過杖，不出則終為餓鬼。故反作聲自呼耳。其事極奇，而實為情理所必至。錄之亦足資一粲也。

梟鳥與破獍

河間府吏劉啟新，粗知文義。一日問人曰：「梟鳥、破獍是何物？」或對曰：「梟鳥食母，破獍食父，均不孝之物也。」劉拊掌曰：「是矣。吾患寒疾，昏憒中魂至冥司，見二官連几坐。一吏持牘請曰：『某處狐為其孫嚙殺，禽獸無知，難責以人理。今惟議抵，不科不孝之罪。』左一官曰：『狐與他獸有別。已煉形成人者，宜斷以人律；未煉形成人者，自宜仍斷以獸律。』右一官曰：『不然。禽獸他事與人殊，至親屬天性，則與人一理。先王誅梟鳥、破獍，不以禽獸而貸也。宜仍科不孝，付地獄。』左一官首肯曰：『公言是。』俄吏抱牘下，以掌摑吾，悸而蘇。所言歷歷皆記，惟不解梟鳥、破獍語。竊以為不孝之鳥獸，今果然也。」案此事新奇，故陰府亦煩商酌。知獄情萬變，難執一端。

據余所見，事出律例之外者：一人外出，訛傳已死。其父母因鬻婦為人妾。夫歸，迫于父母，弗能訟也。潛至娶婦者家，伺隙一見，竟攜以逃。越歲緝獲，以為非姦，則已別嫁；以為姦，則本其故夫。官無律可引也。又劫盜之中，別有一類，曰趕蛋。不為盜，而為盜之盜。每伺盜外出，或襲其巢，或要諸路，奪所劫之財。一日互相格鬥，並執至官。以為非盜，則實強掠；以為盜，則所掠乃盜贓。官亦無律可引也。又有姦而懷孕者，決罰後，官依律判生子還姦夫。後生子，本夫恨而殺之。姦夫控故殺其子。雖有律可引，而終覺姦夫所訴，有理無情；本夫所為，有情無理。無以持其平也。不知彼地下冥官，遇此等事，又作何判斷耶？

老魅吟歌

豐宜門外風氏園古松，前輩多有題詠。錢香樹先生尚見之，今已薪矣。何華峰云：「相傳松未枯時，每風靜月明，或聞絲竹。一巨公偶游其地，偕賓友夜往聽之。二鼓後，有琵琶聲，似出樹腹，似在樹杪。久之，小聲緩唱曰：『人道冬夜寒，我道冬夜好。繡被暖如春，不愁天不曉。』巨公叱曰：『何物老魅，敢對我作此淫詞！』戛然而止。俄登登復作，又唱曰：『郎似桃李花，妾似松柏樹；桃李花易殘，松柏常如故。』巨公點首曰：『此乃差近風雅。』餘音搖曳之際，微聞樹外悄語曰：『此老殊易與，但作此等語言，便生歡喜。』撥剌一響，有如弦斷。再聽之，寂然矣。」

空中人語

佃戶卞晉寶，息耕隴畔，枕塊暫眠。朦朧中聞人語曰：「昨官中有何事？」一人答曰：「昨勘某人繼妻，斷予鐵杖百。雖是病容，尚眉目如畫，肌肉如凝脂。每受一杖，哀呼宛轉，如風引洞簫，使人心碎。吾手顫不得下，幾反受鞭。」問者太息曰：「惟其如是之妖媚，故蠱惑其夫，荼毒前妻兒女，造種種惡業也。」晉寶私念：「是何官府，乃用鐵杖？」欲起問之。欠伸拭目，乃荒煙蔓草，四顧闃然。

張氏兄弟

故城賈漢恆言：張二酉、張三辰，兄弟也。二酉先卒，三辰撫侄如己出，理田產，謀婚娶，皆殫竭心力。侄病瘵，經營醫藥，殆廢寢食。侄歿後，恆忽忽如有失。人皆稱其友愛。越數歲，病革，昏瞀中自語曰：「咄咄怪事！頃到冥司，二兄訴我殺其子，斬其祀，豈不冤哉？」自是口中時喃喃，不甚可辨。一日稍蘇，曰：「吾之過矣。兄對閻羅數我曰：『此子非不可化誨者，汝為叔父，去父一間耳。乃知養而不知教，縱所欲為，恐拂其意。使恣情花柳，得惡疾以終。非汝殺之而誰乎？』吾茫然無以應也，吾悔晚矣。」反手自椎而歿。三辰所為，亦未俗之所難。坐以殺侄，《春秋》責備賢者耳；然要不得謂二酉苛也。平定王執信，余己卯所取士也。乞余誌其繼母墓，稱母生一弟，曰執蒲；庶出一弟，曰執璧。平時飲食衣服，三子無所異；遇有過，責詈捶楚，亦三子無所異也。賢哉，數語盡之矣。

千古痴魂

錢遵王《讀書敏求記》載：趙清常歿，子孫鬻其遺書，武康山中，白晝鬼哭，聚必有散，何所見之不達耶？明壽寧侯故第在興濟，斥賣略盡，惟廳事僅存。後鬻其木于先祖。拆卸之日，匠亦聞柱中有泣聲。千古痴魂，殆同一轍。余嘗與董曲江言：「大地山河，佛氏尚以為泡影，區區者復何足云。我百年後，倘圖書器玩，散落人間，使賞鑒家指點摩挲曰：『此紀曉嵐故物。』是亦佳話，何所恨哉！」曲江曰：「君作是言，名心尚在。余則謂消閒遣日，不能不借此自娛。至我已弗存，其他何有？任其飽蠹鼠，委泥沙耳。故我書無印記，硯無銘識，正如好花朗月，勝水名山，偶與我逢，便為我有。迨雲煙過眼，不復問為誰家物矣。何必鐫號題名，為後人作計哉！」所見尤灑脫也。

尤物復仇

職官姦僕婦，罪止奪俸，以家庭暱近，幽眇難明，律法深微，防誣蔑反噬之漸也。然橫干強迫，陰譴實嚴。

戴遂堂先生言：康熙末，有世家子挾污僕婦。僕氣結成噎膈。時婦已孕，僕臨歿，以手摩腹曰：「男耶？女耶？能為我復仇耶？」後生一女，稍長，極慧豔。世家子又納為妾，生一子。文園消渴，俄夭天年。女帷薄不修，竟公庭涉訟，大損家聲。十許年中，婦縞袂扶棺，女青衫對簿，先生皆目見之，如相距數日耳。豈非怨毒所鍾，生此尤物以報哉。

自縊貞女

遂堂先生又言：有調其僕婦者，婦不答。主人怒曰：「敢再拒，捶汝死。」泣告其夫，方沉醉，又怒曰：「敢失志，且剸刃汝胸。」婦憤曰：「從不從皆死，無寧先死矣。」竟自縊。官來勘驗，屍無傷，語無證，又死于夫側，無所歸咎，弗能究也。然自是所縊之室，雖天氣晴明，亦陰陰如薄霧。夜輒有聲如裂帛。燈前月下，每見黑氣，搖漾似人影，即之則無。如是十餘年，主人歿，乃已。未歿以前，晝夜使人環病榻，疑其有所見矣。

怨鬼投訴

烏魯木齊軍吏鄔圖麟言：其表兄某，嘗詣涇縣訪友。遇雨，夜投一廢寺。頹垣荒草，四無居人，惟山門尚可棲止，姑留待霽。時雲黑如墨，暗中聞女子聲曰：「怨鬼叩頭，求賜紙衣一襲，白骨銜恩。」某怖不能動，然度無可避，強起問之。鬼泣曰：「妾本村女，偶獨經此寺，為僧所遮留。妾哭詈不從，怒而見殺。時衣已盡褫，遂被裸埋。今百餘年矣。雖在冥途，情有廉恥。身無寸縷，愧見神明。故寧抱沉冤，潛形不出。今幸逢君子，倘取數翻彩楮，剪作裙襦，焚之寺門，使幽魂蔽體，便可愬諸地府，再入轉輪。惟君哀而垂拯焉。」某戰慄諾之，泣聲遂寂。後不能再至其地，竟不果焚。嘗自謂負此一諾，使此鬼茹恨黃泉，恆耿耿不自安也。

觀心

于道光言：有士人夜過岳廟，朱扉嚴閉，而有人自廟中出。知是神靈，膜拜呼上聖。其人引手掖之曰：「我非貴神，右台司鏡之吏，賚文簿到此也。」問：「司鏡何義？其業鏡也耶？」曰：「近之，而又一事也。業鏡所照，行事之善惡耳。至方寸微曖，情偽萬端，起滅無恆，包藏不測，幽深邃密，無跡可窺，往往外貌麟鸞，中韜鬼蜮，隱匿未形，業鏡不能照也。南北宋後，此術滋工，塗飾彌縫，或終身不敗。故諸天合議，移業鏡于左台，照真小人；增心鏡于右台，照偽君子。圓光對映，靈府洞然：有拗捩者，有偏倚者；有黑如漆者，有曲如鉤者；有拉雜如糞壤者，有混濁如泥滓者；有城府險阻千重萬掩者，有脈絡屈盤左穿右貫者；有如荊棘者，有如刀劍者，有如蜂蠆者，有如狼虎者；有現冠蓋影者，有現金銀氣者。甚有隱隱躍躍，現秘戲圖者；而回顧其形，則皆岸然道貌也。其圓瑩如明珠，清澈如水晶者，千百之一二耳。如是者，吾立鏡側，籍而記之，三月一達于岳帝，定罪福焉。大抵名愈高則責愈嚴，術愈巧則罰愈重。《春秋》二百四十年，癉惡不一，惟震伯夷之廟，天特示譴于展氏，隱匿故也。子其識之。」士人拜受教，歸而乞道光書額，名其室曰「觀心」。

盜句

有歌童扇上畫雞冠，于筵上求李露園題。露園戲書絕句曰：「紫紫紅紅勝晚霞，臨風亦自弄夭斜。枉教蝴蝶飛千遍，此種原來不是花。」皆嘆其運意雙關之巧。露園赴任湖南後，有扶乩者，或以雞冠請題，即大書此詩。余駭曰：「此非李露園作耶？」乩忽不動，扶乩者狼狽去。顏介子嘆曰：「仙亦盜句。」或曰：「是扶乩者本偽托，已屢以盜句敗矣。」

狐妖報德怨

從兄坦居言：昔聞劉馨亭談二事。其一，有農家子為狐媚，延術士劾治。狐就擒，將烹諸油釜。農家子叩額乞免，乃縱去。後思之成疾，醫不能療。狐一日復來，相見悲喜。狐意殊落落，謂農家子曰：「君苦相憶，止為悅我色耳，不知是我幻相也。見我本形，則駭避不遑矣。」欻然撲地，蒼毛修尾，鼻息咻咻，目睒睒如炬，跳擲上屋，長嗥數聲而去。農家子自是病痊。此狐可謂能報德。

其一，亦農家子為狐媚，延術士劾治。法不驗，符籙皆為狐所裂，將上壇毆擊。一老媼似是狐母，止之曰：「物惜其群，人庇其黨。此術士道雖淺，創之過甚，恐他術士來報復。不如且就爾婿眠，聽其逃避。」此狐可謂能遠慮。

仙杏

康熙癸巳，先姚安公讀書于廠裡（前明上貢澄槳磚，此地磚廠故址也），偶折杏花插水中。後花落，結二杏如豆，漸長漸巨，至于紅熟，與在樹無異。是年逢萬壽恩科，遂舉于鄉。王德安先生時同住，為題額曰「瑞杏軒」。此莊後分屬從弟東白。乾隆甲申，余自福建歸，問此匾，已不存矣。擬請劉石庵補書，而代葺此屋，作記刻石龕于壁，以存先世之跡，因循未果，不識何日償此願也。

病牛思主

先姚安公言：雍正初，李家窪佃戶董某，父死，遺一牛，老且跛，將鬻于屠肆。牛逸，至其父墓前，伏地僵臥，牽挽鞭捶皆不起，惟掉尾長鳴。村人聞是事，絡繹來視。忽鄰叟劉某憤然至，以杖擊牛曰：「渠父墮河，何預于汝？使隨波漂沒，充魚鱉食，豈不大善？汝無故多事，引之使出，多活十餘年。致渠生奉養，病醫藥，死棺斂，且留此一墳，歲需祭掃，為董氏子孫無窮累，汝罪大矣，就死汝分，牟牟者何為？」蓋其父嘗墮深水中，牛隨之躍入，牽其尾得出也。董初不知此事，聞之大慚，自批其頰曰：「我乃非人！」急引歸。數月後，病死，泣而埋之。此叟殊有滑稽風，與東方朔救漢武帝乳母事，竟暗合也。

不祥之物

姨丈王公紫府，文安舊族也。家未落時，屠肆架上一豕首，忽脫鉤落地，跳擲而行。市人噪而逐之，直入其門而止。自是日漸衰謝，至饘粥不供。今子孫無孑遺矣。此王氏姨母自言之。又姚安公言：親表某氏家（歲久忘其姓氏，惟記姚安公言此事時，稱曰汝表伯），清曉啟戶，有一兔緩步而入，絕不畏人，直至內寢床上臥。因烹食之。數年中死亡略盡，宅亦拆為平地矣。是皆衰氣所召也。

鬼者說鬼

王菊莊言：有書生夜泊鄱陽湖，步月納涼。至一酒肆，遇數人，各道姓名，云皆鄉里。因沽酒小飲，笑言既洽，相與說鬼。搜異抽新，多出意表。一人曰：「是固皆奇，然莫奇于吾所見矣。曩在京師，避囂寓豐台花匠家，邂逅一士共談。吾言此地花事殊勝，惟墟墓間多鬼可憎。士曰：『鬼亦有雅俗，未可概論。吾曩游西山，遇一人論詩，殊多精詣，自誦所作，有曰：深山遲見日，古寺早生秋。又曰：鐘聲散墟落，燈火見人家。又曰：猿聲臨水斷，人語入煙深。又曰：林梢明遠水，樓角掛斜陽。又曰：苔痕侵病榻，雨氣入昏燈。又曰：鵂鶹歲久能人語，魍魎山深每晝行。又曰：空江照影芙蓉淚，廢苑尋春蛺蝶魂。皆楚楚有致。方擬問其居停，忽有鈴馱琅琅，欻然滅跡。此鬼寧復可憎耶？』吾愛其灑脫，欲留共飲。其人振衣起曰：『得免君憎，已為大幸，寧敢再入郇廚？』一笑而隱。方知說鬼者即鬼也。」書生因戲曰：「此稱奇絕，古所未聞。然陽羨鵝籠，幻中出幻，乃輾轉相生，安知說此鬼者，不又即鬼耶？」數人一時色變，微風颯起，燈光黯然，並化為薄霧輕煙，濛濛四散。

地下眷屬

庚午四月，先太夫人病革時，語子孫曰：「舊聞地下眷屬，臨終時一一相見。今日果然。幸我平生尚無愧色。汝等在世，家庭骨肉，當處處留將來相見地也。」姚安公曰：「聰明絕特之士，事事皆能知，而獨不知人有死；經綸開濟之才，事事皆能計，而獨不能為死時計。使知人有死，一切作為，必有索然自返者；使能為死時計，一切作為，必有悚然自止者。惜求諸六合之外，失諸眉睫之前也。」

青面羅剎鬼

一南士以文章游公卿間。偶得一漢玉璜，質理瑩白，而血斑徹骨，嘗用以鎮紙。一日，借寓某公家。方燈下構一文，聞窗隙有聲，忽一手探入。疑為盜，取鐵如意欲擊。見其纖削如春蔥，瑟縮而止。穴紙竊窺，乃一青面羅剎鬼。怖而仆地。比蘇，則此璜已失矣。疑為狐魅幻形，不復追詰。後于市上偶見，詢所從來。輾轉經數主，竟不能得其端緒。久乃知為某公家奴偽作鬼裝所取。董曲江戲曰：「渠知君是惜花御史，故敢露此柔荑。使遇我輩粗材，斷不敢自取斷腕。」余謂此奴偽作鬼裝，一以使不敢攬執，一以使不復追求。又燈下一掌破窗，恐遭捶擊，故偽作女手，使知非盜；且引之窺見惡狀，使知非人，其運意亦殊周密。蓋此輩為主人執役，即其鈍如椎；至作奸犯科，則奇計環生，如鬼如蜮。大抵皆然，不獨此一人一事也。

狐戲人

朱竹坪御史嘗小集閻梨村尚書家，酒次，竹坪慨然曰：「清介是君子分內事。若恃其清介以凌物，則殊嫌客氣不除。昔某公為御史時，居此宅，坐間或言及狐魅，某公痛詈之。數日後，月下見一盜踰垣入。內外搜捕，皆無跡。擾攘徹夜。比曉，忽見廳事上臥一老人，欠伸而起曰：『長夏溽暑（長夏字出黃帝《素問》，謂六月也。王太僕注：「讀上聲。」杜工部「長夏江村事事幽」句，皆讀平聲，蓋注家偶未考也），偶投此納涼，致主人竟夕不安，殊深慚愧。』一笑而逝。蓋無故侵狐，狐以是戲之也。豈非自取侮哉！」

狂士

朱天門家扶乩，好事者多往看。一狂士自負書畫，意氣傲睨，旁若無人，至對客脫襪搔足垢，向乩哂曰：「且請示下壇詩。」乩即題曰：「回頭歲月去駸駸，幾度滄桑又到今。曾見會稽王內史，親攜賓客到山陰。」眾曰：「然則仙及見右軍耶？」乩書曰：「豈但右軍，並見虎頭。」狂生聞之，起立曰：「二老風流，既曾親睹；此時群賢畢至，古今人相去幾何？」又書曰：「二公雖絕藝入神，然意存衝挹，雅人深致，使見者意消；與罵座灌夫，自別是一流人物。離之雙美，何必合之兩傷？」眾知有所指，相顧目笑。回視狂生，已著襪欲遁矣。此不識是何靈鬼，作此虐謔。惠安陳舍人雲亭，嘗題此生《寒山老木圖》，曰：「憔悴人間老畫師，平生有恨似徐熙。無端自寫荒寒景，皴出秋山鬢已絲。使酒淋漓禮數疏，誰知俠氣屬狂奴。他年倘續宣和譜，畫史如今有灌夫。」乩所云罵座灌夫，當即指此。又不識此鬼何以知此詩也？

滄州太學生

舅氏張公夢徵言：兒時聞滄州有太學生，居河干。一夜，有吏持名刺叩門，言新太守過此，聞為此地巨室，邀至舟中相見。適主人以會葬宿姻家，相距十餘里。閽者持刺奔告，亟命駕返，則舟已行。乃飭車馬，具贄幣，沿岸急追。晝夜馳二百餘里，已至山東德州界。逢人詢問，非惟無此官，並無此舟。乃狼狽而歸，惘惘如夢者數日。或疑其家多資，劫盜欲誘而執之，以他出幸免。又疑其視貧親友如仇，而不惜多金結權貴，近村故有狐魅，特惡而戲之。皆無左證。然鄉黨喧傳，咸曰：「某太學遇鬼。」先外祖雪峰公曰：「是非狐非鬼亦非盜，即貧親友所為也。」斯言近之矣。

龍鳳地

俗傳鵲蛇鬥處為吉壤，就鬥處點穴，當大富貴，謂之龍鳳地。余十一二歲時，淮鎮孔氏田中，嘗有是事，舅氏安公實齋親見之。孔用以為墳，亦無他驗。余謂鵲以蟲蟻為食，或見小蛇啄取；蛇蜿蜒拒爭，有似乎鬥。此亦物態之常。諒必當日曾有地師為人卜葬，指鵲蛇鬥處是穴，如陶侃葬母，仙人指牛眠處是穴耳。後人見其有驗，遂傳聞失實，謂鵲蛇鬥處必吉。然則因陶侃事，謂凡牛眠處必吉乎？

群狐懸人

慶雲、鹽山間，有夜過墟墓者，為群狐所遮。裸體反接，倒懸樹杪。天曉人始見之，掇梯解下，視背上大書三字，曰「繩還繩」，莫喻其意。久乃悟二十年前，曾捕一狐倒懸之，今修怨也。胡厚庵先生仿《西涯新樂府》，中有〈繩還繩〉一篇曰：「斜柯三丈不可登，誰躡其杪如猱升？諦而視之兒倒繃，背題字曰繩還繩。問何以故心懵騰，恍然忽省蹶然興，束縛阿紫當年曾。舊事過眼如風燈，誰期狹路遭其朋。吁嗟乎！人妖異路炭與冰，爾胡肆暴先侵陵？使銜怨毒伺隙乘。吁嗟乎！無為禍首茲可懲。」即此事也。

淫狐

劉香畹言：滄州近海處，有牧童年十四五，雖農家子，頗白皙。一日，陂畔午睡醒，覺背上似負一物。然視之無形，捫之無質，問之亦無聲。怖而返，以告父母，無如之何。數日後，漸似擁抱，漸似撫摩，即而漸似夢魘，遂為所污。自是媟狎無時。而無形無質無聲，則仍如故。時或得錢物果餌，亦不甚多。鄰塾師語其父曰：「此恐是狐，宜藏獵犬，俟聞媚聲時排闥嗾攫之。」父如所教。狐噭然破窗出，在屋上跳擲，罵童負心。塾師呼與語曰：「君幻化通靈，定知世事。夫男女相悅，感以情也。然朝盟同穴，夕過別船者，尚不知其幾。至若孌童，本非女質，抱衾薦枕，不過以色為市耳。當其傅粉薰香，含嬌流盼，纏頭萬錦，買笑千金，非不似碧玉多情，回身就抱。迨富者資盡，貴者權移，或掉臂長辭，或倒戈反噬，翻雲覆雨，自古皆然。蕭韶之于庾信，慕容沖之于符堅，載在史冊，其尤著者也。其所施者如彼，其所報者尚如此。然則與此輩論交，如摶沙作飯矣。況君所贈，曾不及五陵豪貴之萬一，而欲此童心堅金石，不亦顛乎？」語訖寂然。

良久，忽聞頓足曰：「先生休矣。吾今乃始知吾痴。」浩嘆數聲而去。

山神

田白岩言：有士人行桐柏山中，遇鹵簿前導，衣冠形狀，似是鬼神，暫避林內。輿中貴官已見之，呼出與語，意殊親洽。因拜問封秩。曰：「吾即此山之神。」又拜問：「神生何代？冀傳諸人世，以廣見聞。」曰：「子所問者人鬼，吾則地祇也。夫玄黃剖判，融結萬形。形成聚氣，氣聚藏精，精凝孕質，質立含靈。故神祇與天地並生，惟聖人通造化之厚，故燔柴、瘞玉，載在《六經》。自稗官瑣記，創造鄙詞，曰劉，曰張，謂天帝有廢興；曰呂、曰馮，謂河伯有夫婦。儒者病焉。紫陽崛起，乃以理詰天，並皇矣之下臨，亦斥為烏有。而鬼神之德，遂歸諸二氣之屈伸矣。夫木石之精，尚生夔罔；兩土之精，尚生羵羊。豈有乾坤斡運，元氣鴻洞，反不能聚而上升，成至尊之主宰哉。覩子衣冠，當為文士。試傳吾語，使儒者知聖人饗報之由。」士人再拜而退。然每以告人，輒疑以為妄。余謂此言推鬼神之末始，植義甚精。然是白岩寓言，托諸神語耳。赫赫靈祇，豈屑與講學家爭是非哉？

狐化幼婦

裘編修超然言：豐宜門內玉皇廟街，有破屋數間，鎖閉已久，云中有狐魅。適江西一孝廉與數友過夏（唐舉子下第後，讀書待再試，謂之過夏），取其地幽僻，僦舍于旁。

一日，見幼婦立檐下，態殊嫵媚，心知為狐。少年豪宕，意殊不懼。黃昏後，詣門作禮，祝以媟詞。夜中聞床前窸窣有聲，心知狐至，暗中舉手引之。縱體入懷，遽相狎昵，冶蕩萬狀，奔命殆疲。比月上窗明，諦視乃一白髮媼，黑陋可憎。驚問：「汝誰？」殊不愧赧，自云：「本城樓上老狐，娘子怪我饕餮而慵作，斥居此屋，寂寞已數載。感君垂愛，故冒恥自獻耳。」孝廉怒，搏其頰，欲縛捶之。撐拄擺撥間，同舍聞聲，皆來助捉。忽一脫手，已琤然破窗遁。次夕，自坐屋檐，作軟語相喚。孝廉詬詈，忽為飛瓦所擊。又一夕，揭帷欲寢，乃裸臥床上，笑而招手。抽刃向擊，始泣罵去。懼其復至，移寓避之。登車頃，突見前幼婦自內走出。密譴小奴訪問，始知居停主人之甥女，昨偶到街買花粉也。

選人遇狐

琴工錢生（**以鼓琴客裘文達公家，滑稽善諧戲。因面有瘢風，皆呼曰「錢花臉」。來往數年，竟不能舉其里居名字也**）言：一選人居會館，于館後牆缺見一婦，甚有姿色，衣裳故敝，而修飾甚整潔。意頗悅之。館人有母年五十餘，故大家婢女，進退語言，均尚有矩度，每代其子應門。料其有幹才，賂以金，祈謀一晤。對曰：「向未見此，似是新來。姑試偵探，作萬一想耳。」越十許日，始報曰：「已得之矣。渠本良家，以貧故，忍恥出此。然畏人知，俟夜深月黑，乃可來。切勿秉燭，勿言勿笑，勿使僮僕及同館聞聲息，聞鐘聲即勿留。每夕贈以二金足矣。」選人如約，已往來月餘。一夜，鄰弗戒于火。選人惶遽起。僮僕皆入室救囊篋；一人急搴帳曳茵褥，訇然有聲，一裸婦墮榻下，乃館人母也。莫不絕倒。蓋京師媒妁最奸黠，遇選人納媵，多以好女引視，而臨期陰易以下材，覺而涉訟者有之。幕首入門，背燈障扇，俟定情厲始覺，委曲遷就者亦有之。此媼狃于鄉風，竟以身代也。然事後訪問四鄰，牆缺外實無此婦。或曰：「魅也。」裘文達公曰：「是此媼引致一妓，炫誘選人耳。」

神兔

安氏從舅善鳥銃，郊原逐兔，信手可發，無得脫者，所殺殆以千百計。一日，遇一兔，人立而拱，目炯炯如怒。舉銃欲發，忽炸而傷指，兔已無跡。心知為兔鬼報冤，遂輟其事。又嘗從禽晚歸，漸已昏黑。見小旋風裹一物，火光熒熒，旋轉如輪。舉銃中之，乃禿筆一枝，管上微有血漬。明人小說載劉天錫供狀事，言凡物以庚申日得人血，皆能成魅。是或然歟？

賣花者

奴子王廷佑之母言：青縣一民家，歲除日，有賣通草花者，叩門呼曰：「佇立久矣，何花錢尚不送出耶？」詰問家中，實無人買花。而賣者堅執一垂髫女子持入。正紛擾間，聞一媪急呼曰：「真大怪事，廁中敝帚柄上，竟插花數朵也。」取驗，果適所持入。乃銼而焚之，呦呦有聲，血出如縷。此魅即解化形，即應潛養靈氣，何乃作此變異，使人知而殲除，豈非自取其敗耶？天下未有所成，先自炫耀；甫有所得，不自韜晦者，類此帚也夫！

黑狐

外祖雪峰張公家奴子王玉善射。嘗自新河攜鹽租返，遇三盜，三矢仆之，各唾面縱去。一日，攜弓矢夜行，見黑狐人立向月拜。引滿一發，應弦飲羽。歸而寒熱大作。是夕，繞屋有哭聲曰：「我自拜月煉形，何害于汝？汝無故見殺，必相報恨。汝未衰，當訴諸司命耳。」數日後，窗稜上鏗然有聲，愕眙驚問。聞窗外語曰：「王玉我告汝：我昨訴汝于地府，冥官檢籍，乃知汝過去生中，負冤訟辯。我為刑官，陰庇私黨，使汝理直不得申，抑鬱憤恚，自刺而死。我墮身為狐，此一矢所以報也。因果分明，我不怨汝。惟當時違心枉拷，尚負汝笞掠百餘。汝肯發願免償，則陰曹銷籍，來生拜賜多矣。」語訖，似聞叩額聲。王叱曰：「今生債尚不了了，誰能索前生債耶？妖鬼速去，無擾我眠。」遂寂然。世見作惡無報，動疑神理之無據。烏知冥冥之中，有如是之委曲哉？

某公多疑

雍正甲寅，余初隨姚安公至京師。聞御史某公性多疑，初典永光寺一宅，其地空曠。慮有盜，使遣家奴數人，更番司鈴柝；猶防其懈，雖嚴寒溽暑，必秉燭自巡視。不勝其勞，別典西河沿一宅，其地市廛櫛比。又慮有火，每屋儲水甕。至夜鈴柝巡視，如在永光寺時，不勝其勞。更典虎坊橋東一宅，與余邸隔數家。見屋宇幽邃，又疑有魅。先延僧誦經，放焰口，鈸鼓琤琤數日，云以度鬼。復延道士設壇，召將懸符持咒，鈸鼓琤琤者又數日，云以驅狐。宅本無他，自是以後，魅乃大作，拋擲磚瓦，攘竊器物，夜夜無寧居。婢媼僕隸，因緣為奸，所損失者無算，論者皆謂妖由人興。居未一載又典繩匠胡同一宅，去後不通聞問，不知其作何設施矣。姚安公嘗曰：「天下本無事，庸人自召之。」其此公之謂乎？

二鬼爭墓

錢塘陳乾緯言：昔與數友泛舟至西湖深處，秋雨初晴，登寺樓遠眺。一友偶吟「舉世盡從忙裡老，誰人肯向死前休」句，相與慨嘆。寺僧微哂曰：「據所聞見，蓋死尚不休也。數年前，秋月澄明，坐此樓上。聞橋畔有詬爭聲，良久愈厲。此地無人居，心知為鬼，諦聽其語，急遽攙奪，不甚可辨，似是爭墓田地界。俄聞一人呼曰：『二君勿喧，聽老僧一言可乎？夫人在世途，膠膠擾擾，緣不知此生如夢耳。今二君夢已醒矣，經營百計，以求富貴，富貴今安在乎？機械萬端，以酬恩怨，恩怨今又安在乎？青山未改，白骨已枯，孑然惟剩一魂。彼幻化黃粱，尚能省悟；何身親閱歷，反不知萬事皆空？且真仙真佛以外，自古無不死之人；大聖大賢以外，自古亦無不消之鬼。並此孑然一魂，久亦不免于澌滅。顧乃于電光石火之內，更興蠻觸之兵戈，不夢中夢乎？』語訖，聞嗚嗚飲泣聲，又聞浩嘆聲曰：『哀樂未忘，宜乎其未齊得喪。如斯掛礙，老僧亦不能解脫矣。』遂不復再語，疑其難未已也。」乾緯曰：「此自僧粲花之舌耳。然默驗人情，實亦為理之所有。」

狐具人心

陳竹吟嘗館一富室。有小女奴，聞其母行乞于道，餓垂斃，陰盜錢三千與之。為儕輩所發，鞭捶甚苦。富室一樓，有狐借居，數十年未嘗為祟。是日女奴受鞭時，忽樓上哭聲鼎沸。怪而仰問。聞聲應曰：「吾輩雖異類，亦具人心。悲此女年未十歲，而為母受捶，不覺失聲。非敢相擾也。」主人投鞭于地，面無人色者數日。

丐者

竹吟與朱青雷游長椿寺，于鬻書畫處，見一卷擘窠書曰：「梅子流酸濺齒牙，芭蕉分綠上窗紗。日長睡起無情思，閒看兒童捉柳花。」款題「山谷道人」。方擬議真偽，一丐者在旁睨視，微笑曰：「黃魯直乃書楊誠齋詩，大是異聞。」掉臂竟去。青雷訝曰：「能作此語，安得乞食？」竹吟太息曰：「能作此語，又安得不乞食！」余謂此竹吟憤激之談，所謂名士習氣也。聰明穎雋之士，或恃才兀傲，久而悖謬乖張，使人不敢向邇者，其勢可以乞食。或有文無行，久而穢跡惡聲，使人不屑齒錄者，其勢亦可以乞食。是豈可賦感士不遇哉！

宦家子

一宦家子，資巨萬。諸無賴偽相親昵，誘以冶游，飲博歌舞。不數載，炊煙竟絕，顑頷以終。病革時，語其妻曰：「吾為人蠱惑以至此，必訟諸地下。」越半載，見夢于妻曰：「訟不勝也。冥官謂妖童倡女，本捐棄廉恥，借聲色以養生。其媚人取財，如虎豹之食人，鯨鯢之吞舟也。然人不入山，虎豹烏能食？舟不航海，鯨鯢烏能吞？汝自就彼，彼何尤焉？惟淫朋狎客，如設阱以待獸，不入不止；懸餌以釣魚，不得不休。是宜陽有明刑，陰有業報耳。」

又聞有書生昵一狐女，病瘵死。家人清明上冢，見少婦奠酒焚楮錢，伏哭甚哀。其妻識是狐女，遙罵曰：「死魅害人，雷行且誅，汝尚假慈悲耶？」狐女斂衽徐對曰：「凡我輩女求男者，是為採補；殺人過多，天律不容也。男求女者，是為情感；耽玩過度，以致傷生。正如夫婦相悅，成疾夭折，事由自取，鬼神不追理其衽席也。姊何責耶？」此二事足相發明也。

傭媼語冥司

干寶《搜神記》載馬勢妻蔣氏事，即今所謂走無常也。武清王慶垞曹氏，有傭媼充此役。先太夫人嘗問以冥司追攝，豈乏鬼卒，何故須汝輩。曰：「病榻必有人環守，陽光熾盛，鬼卒難近也。又或有真貴人，其氣旺；有真君子，其氣剛。尤不敢近。又或兵刑之官，有肅殺之氣；強悍之徒，有凶戾之氣。亦不能近。惟生魂體陰而氣陽，無慮此數事，故必攜之以為備。」語頗近理，似非村媼所能臆撰也。

鳥鳴「可惜」

河間一舊家，宅上忽有鳥十餘，哀鳴旋繞，其音甚悲，若曰：「可惜！可惜！」知非佳兆，而莫測兆何事。數日後，乃知其子鬻宅償博負。鳥啼之時，即書券之時也。豈其祖父之靈所憑歟！為人子孫者，聞此宜愴然思矣。

萬柳堂

有游士借居萬柳堂。夏日，湘簾棐几，列古硯七八，古玉器、銅器、磁器十許，古書冊畫卷又十許，筆床、水注、酒琖、茶甌、紙扇、棕拂之類，皆極精緻。壁上所粘，亦皆名士筆跡。焚香宴坐，琴聲鏗然，人望之若神仙。非高軒駟馬，不能登其堂也。

一日，有道士二人，相攜游覽，偶過所居，且行且言曰：「前輩有及見杜工部者，形狀殆如村翁。吾曩在汴京，見山谷、東坡，亦都似措大風味。不及近日名流，有許多家事。」朱導江時偶同行，聞之怪訝，竊隨其後。至車馬叢雜處，紅塵漲合，倏已不見。竟不知是鬼是仙。

萬里索命

烏魯木齊遣犯劉剛，驍健絕倫。不耐耕作，伺隙潛逃。至根克忒，將出境矣。夜遇一叟，曰：「汝逋亡者耶？前有卡倫（卡倫者，戍守瞭望者，克之之地也），恐不得過。不如暫匿我屋中，俟黎明耕者畢出，可雜其中以脫也。」剛從之。比稍辨色，覺恍如夢醒，身坐老樹腹中。再視叟，亦非昨貌；諦審之，乃夙所手刃棄屍深澗者也。錯愕欲起，邏騎已至，乃弭首就擒。軍屯法：遣犯私逃，二十日內自歸者，尚可貸死。剛就擒在二十日將曙，介在兩歧，屯官欲遷就活之。剛自述所見，知必不免，願早伏法，乃送轅行刑。殺人于七八年前，久無覺者；而游魂為厲，終索命于二萬里外，其可畏也哉！

追攝之鬼

日南坊守柵兵王十，姚安公舊僕夫也。言乾隆辛酉，夏夜坐高廟納涼，暗中見二人坐閣下，疑為盜，靜伺所往。時紹興會館西商放債者演劇賽神，金鼓聲未息。一人曰：「此輩殊快樂；但巧算剝削，恐造業亦深。」一人曰：「其間亦有差等。昔聞判司論此事，凡選人或需次多年，旅食匱乏；或赴官遠地，資斧艱難，此不得已而舉債。其中苦況，不可殫陳。如或乘其急迫，抑勒多端，使進退觸藩，茹酸書券。此其罪與劫盜等。陽律不過笞杖，陰律則當墮泥犁。至于冶蕩性成，驕奢習慣，預期到官之日，可取諸百姓以償補。遂指以稱貸，肆意繁華。已經負債如山，尚復揮金似土。致漸形竭蹶，日見追呼。銓授有官，逋逃無路，不得不吞聲飲恨，為几上之肉，任若輩之宰割。積數既多，取償難必。故先求重息，以冀得失之相當。在彼為勢所必然，在此為事由自取。陽官科斷，雖有明條，鬼神固不甚責之也。」王聞是語，疑不類生人。俄歌吹已停，二人並起，不待啟鑰，已過柵門，旋聞道路喧傳，酒闌客散，有一人中暑暴卒。乃知二人為追攝之鬼也。

閩中縣令

莆田林生霈言：閩中一縣令，罷官居館舍。夜有群盜破扉入。一媼驚呼，刃中腦仆地。僮僕莫敢出。巷有邏者，素弗善所為，亦坐視。盜遂肆意搜掠。其幼子年十四五，以錦衾蒙首臥。盜掣取衾，見姣麗如好女，嘻笑撫摩，似欲為無禮。中刃媼突然躍起，奪取盜刀，徑負是子奪門出。追者皆被傷，乃僅捆載所劫去。縣令怪媼已六旬，素不聞其能技擊，何勇鷙乃爾。急往尋視，則媼挺立大言曰：「我某都某甲也，曾蒙公再生恩。歿後執役土神祠，聞公被劫，特來視。宦資是公刑求所得，冥官判飽盜橐，我不敢救。至侵及公子，則盜罪當誅。故附此媼與之戰。公努力為善。我去矣。」遂昏昏如醉臥。救蘇問之，懵然不憶。蓋此令遇貧人與貧人訟，剖斷亦頗公明，故卒食其報云。

山東朱文

州縣官長隨，姓名籍貫皆無一定，蓋預防奸贓敗露，使無可蹤跡追捕也。姚安公嘗見房師石窗陳公一長隨，自稱山東朱文；後再見于高淳令梁公潤堂家，則自稱河南李定。梁公頗倚任之。臨啟程時，此人忽得異疾，乃托姚安公暫留于家，約痊時續往。其疾自兩足趾寸寸潰腐，以漸而上，至胸膈穿漏而死。死後檢其囊篋，有小冊作蠅頭字，記所閱凡十七官，每官皆疏其陰事，詳載某時某地，某人與聞，某人旁睹，以及往來書札、讞斷案牘，無一不備錄。其同類有知之者，曰：「是嘗挾制數官矣。其妻亦某官之侍婢，盜之竊逃，留一函于几上。官竟弗敢追也。今得是疾，豈非天道哉！」霍丈易書曰：「此輩依人門戶，本為舞弊而來。譬彼養鷹，斷不能責以食穀，在主人善駕馭耳。如喜其便捷，委以耳目腹心，未有不倒持干戈，授人以柄者。此人不足責，吾責彼十七官也。」姚安公曰：「此言猶未揣其本。使十七官者絕無陰事之可書，雖此人日日秉筆，亦何能為哉？」

獻縣二奇事

理所必無者，事或竟有；然究亦理之所有也，執理者自泥古耳。獻縣近歲有二事：一為韓守立妻俞氏，事祖姑至孝。乾隆庚辰，祖姑失明，百計醫禱，皆無驗。有黠者紿以刲肉燃燈，祈神佑，則可速愈。婦不知其紿也，竟刲肉燃之。越十餘日，祖姑目竟復明。夫受紿亦愚矣，然惟愚故誠，惟誠故鬼神為之格。此無理而有至理也。

一為丐者王希聖，足雙攣，以股代足，以肘撐之行。一日，于路得遺金二百，移稾匿草間，坐守以待覓者。俄商家主人張際飛倉皇尋至，叩之，語相符，舉以還之。際飛請分取，不受。延至家，議養贍終其身。希聖曰：「吾形殘廢，天所罰也。違天坐食，將必有大咎。」毅然竟去。後困臥裴聖公祠下（裴聖公不知何時人，志乘亦不能詳。士人云，祈雨時有驗），忽有醉人曳其足，痛不可忍。醉人去後，足已伸矣。由是遂能行。至乾隆己卯乃卒。際飛，故先祖門客，余猶及見，自述此事甚詳。蓋希聖為善宜受報，而以命自安，不受人報，故神代報焉。非似無理而亦有至理乎！戈芥舟前輩嘗載此二事于縣志，講學家頗病其語怪。

余謂芥舟此志，惟乩仙聯句及王生殤子二條，偶不割愛耳。全書皆體例謹嚴，具有史法。其載此二事，正以見匹夫匹婦，足感神明，用以激發善心，砥礪薄俗，非以小說家言濫登輿記也。漢建安中，河間太守劉照妻葳蕤鎖事，載《錄異傳》；晉武帝時，河間女子剖棺再活事，載《搜神記》。皆獻邑故實，何嘗不刪薙其文哉！

泄雲洞

外叔祖張公紫衡，家有小圃，中築假山，有洞曰：「泄雲」。洞前為蓺菊地，山後養數鶴。有王昊廬先生集歐陽永叔、唐彥謙句，題聯曰：「秋花不比春花落，塵夢那如鶴夢長。」頗為工切。

一日，洞中筆硯移動，滿壁皆摹仿此十四字，拗捩欹斜，不成點畫；用筆或自下而上，自右而左，或應連者斷，應斷者連，似不識字人所書。疑為童稚游戲，重扃而鐍其戶。

越數日，啟視復然，乃知為魅。一夕，聞格格磨墨聲，持刃突入掩之。一老猴躍起衝人去。自是不復見矣。不知其學書何意也？

余嘗謂小說載異物能文翰者，惟鬼與狐差可信，鬼本人，狐近于人也。其他草木鳥獸，何自知聲韻。至于渾家門客並蒼蠅草帚亦俱能詩，即屬寓言，亦不應荒誕于此。此猴歲久通靈，學人塗抹，正其頑劣之本色，固不必有所取義耳。

卷八　如是我聞【二】（六十則）

王某解冤

先叔儀南公言：有王某、曾某，素相善。王豔曾之婦，乘曾為盜所誣引，陰賄吏斃于獄。方營求媒妁，意忽自悔，遂輟其謀。擬為作功德解冤，既而念佛法有無未可知，乃迎曾父母妻子于家，奉養備至。如是者數年，耗其家資之半。曾父母意不自安，欲以婦歸王。王固辭，奉養益謹。又數年，曾母病。王侍湯藥，衣不解帶。曾母臨歿，曰：「久荷厚恩，來世何以為報乎？」王乃叩首流血，具陳其實，乞冥府見曾為解釋。母慨諾。曾父亦手作一札，納曾母袖中曰：「死果見兒，以此付之。如再修怨，黃泉下無相見也。」後王為曾母營葬，督工勞倦，假寐壙側，忽聞耳畔大聲曰：「冤則解矣。爾有一女，忘之乎？」愓然而寤，遂以女許嫁其子。後竟得善終。以必不可解之冤，而感以不能不解之情，真狡黠人哉！然如是之冤猶可解，知無不可解之冤矣。亦足為悔罪者勸也。

丐婦孝姑

從兄旭升言：有丐婦甚孝其姑，嘗饑踣于路，而手一盂飯不肯釋，曰：「姑未食也。」自云初僅隨姑乞食，聽指揮而已。

一日，同棲古廟，夜聞殿上厲聲曰：「爾何不避孝婦，使受陰氣發寒熱？」一人稱手捧急檄，倉卒未及睹。又聞叱責曰：「忠臣孝子，頂上神光照數尺。爾豈盲耶？」俄聞鞭捶呼號聲，久之乃寂。次日至村中，果聞一婦饁田，為旋風所撲，患頭痛。問其行事，果以孝稱。自是感動，事姑恆恐不至云。

神靈斷案

旭升又言：縣吏李懋華，嘗以事詣張家口。于居庸關外，夜失道，暫憩山畔神祠。俄燈火晃耀，遙見車騎雜遝，將至祠門。意是神靈，伏匿廡下。見數貴官並入祠坐，左側似是城隍，中四五座則不識何神。數吏抱簿陳案上，一一檢視。竊聽其語，則勘驗一郡善惡也。一神曰：「某婦事親無失禮，然文至而情不至。其婦亦能得姑舅歡，然退與其夫有怨言。」一神曰：「風俗日偷，神道亦與人為善。陰律孝婦延一紀。此二婦減半可也。」僉曰：「善。」俄一神又曰：「某婦至孝而至淫，何以處之？」一神曰：「陽律犯淫罪止杖，而不孝則當誅。是不孝之罪，重于淫也。不孝之罪重，則能孝者福亦重。輕罪不可削重福，宜舍淫而論其孝。」一神曰：「服勞奉養，孝之小者；虧行辱親，不孝之大者。小孝難贖大孝，宜舍孝而科其淫。」一神曰：「孝，大德也，非他惡所能掩。淫，大罰也，非他善所能贖。宜罪福各受其報。」側坐者磬折請曰：「罪福相抵可乎？」神掉首曰：「以淫而削孝之福，是使人疑孝無福也；以孝而免淫之罪，是使人疑淫無罪也。相抵恐不可。」一神隔坐言曰：「以孝之故，雖至淫而不加罪，不使人愈知孝乎？以淫之故，雖至孝而不獲福，不使人愈戒淫乎？相抵是。」一神沉思良久曰：「此事出入頗大，請命于天曹可矣。」語訖俱起，各命駕而散。李故老吏，嫻案牘，陰記其語；反復思之，不能決。不知天曹作何判斷也。

雷震李十

董曲江言：陵縣一嫠婦，夏夜為盜撬窗入，乘其睡污之。醒而驚呼，則逸矣。憤恚病卒，竟不得賊之主名。越四載餘，忽村民李十雷震死。一媼合掌誦佛曰：「某婦之冤雪矣。當其呼救之時，吾親見李十躍牆出。畏其悍而不敢言也。」

教場狐宅

西城將軍教場一宅，周蘭坡學士嘗居之。夜或聞樓上吟哦聲，知為狐，弗訝也。及蘭坡移家，狐亦他徙。後田白岩僦居，數月狐乃復歸。白岩祭以酒脯，並陳祝詞于几上曰：「聞此蝸廬，曾停鶴馭。復聞飄然遠引，似桑下浮圖。鄙人匏繫一官，萍飄十載，拮据稱貸，卜此一廛。數夕來咳笑微聞，似仙輿復返。豈鄙人德薄，故爾見侵？抑夙有因緣，來茲聚處歟？既承惠顧，敢拒嘉賓！惟冀各守門庭，使幽明異路，庶均歸寧謐，異苔不害于同岑。敬布腹心，伏惟鑒燭。」次日樓前飄墮一帖云：「僕雖異類，頗悅詩書，雅不欲與俗客伍。此宅數十年皆詞人棲息，愜所素好，故挈族安居。自蘭坡先生翛然捨我，後來居者，目不勝駔儈之容，耳不勝歌吹之音，鼻不勝酒肉之氣。迫于無奈，竄跡山林。今聞先生山薩之季子，文章必有淵源，故望影來歸，非期相擾。自今以往，或檢書獺祭，偶動芸簽；借筆鴉塗，暫磨鸜眼。此外如一毫陵犯，任先生訴諸明神。願廓清襟，勿相疑貳。」「末題康默頓首頓首」。從此聲息不聞矣。

白岩嘗以此帖示客，斜行淡墨，似匆匆所書。或曰：「白岩托跡微官，滑稽玩世，故作此以寄詼嘲。寓言十九，是或然歟！」然此與李慶子遇狐叟事大旨相類，不應俗人雅魅，疊見一時，又同出于山左。或李因田事而附會，或田因李事而推演，均未可知。傳聞異詞，姑存其砭世之意而已。

故家子

一故家子，以奢縱攖法網。歿後數年，親串中有召仙者，忽附乩自道姓名，且陳愧悔；既而復書曰：「僕家法本嚴。僕之罹禍，以太夫人過于溺愛，養成驕恣之性，故蹈陷阱而不知耳。雖然，僕不怨太夫人。僕于過去生中，負太夫人命，故今以愛之者殺之，隱償其冤。因果牽纏，非偶然也。」觀者皆為太息。

夫償冤為逆子，古有之矣。償冤而為慈母，載籍之所未睹也。然據其所言，乃鑿然中理。

宛平何華峰

宛平何華峰，官寶慶同知時，山行疲困，望水際一草庵，投之暫憩。榜曰「孤松庵」，門聯曰：「白鳥多情留我住，青山無語看人忙。」有老僧應門，延入具茗，頗香潔；而落落無賓主意。室之楹，亦甚樸雅。中懸畫佛一軸，有八分書題曰：「半夜鐘磬寂，滿庭風露清。琉璃青黯黯，靜對古先生。」不署姓名，印章亦模糊不辨。旁一聯曰：「花幽防引蝶，雲懶怯隨風。」亦不題款。指問：「此師自題耶？」漠然不應，以手指耳而已。歸途再過其地，則波光嵐影，四顧蕭然，不見向庵所在。從人記遺煙筒一枝，尋之，尚在老柏下。竟不知是佛祖是鬼魅也。華峰畫有《佛光示現卷》，並自記始末甚悉。華峰歿後，想已雲煙過眼矣。

學道飛狐

族兄次辰言：其同年康熙甲午孝廉某，嘗游嵩山，見女子汲溪水。試求飲，欣然與一瓢；試問路，亦欣然指示。因共坐樹下語，似頗涉翰墨，不類田家婦。疑為狐魅，愛其娟秀，且相款洽。女子忽振衣起曰：「危乎哉！吾幾敗。」怪而詰之。赧然曰：「吾從師學道百餘年，自謂此心如止水。師曰：『汝能不起妄念耳，妄念故在也。不見可欲故不亂，見則亂矣。平沙萬頃中，留一粒草子，見雨即芽。汝魔障將至，明日試之，當自知。』今果遇君，問答留連，已微動一念；再片刻則不自持矣。危乎哉！吾幾敗。」踴身一躍，直上木杪，瞥如飛鳥而去。

上堵吟

次辰又言：族祖徵君公諱炅，康熙己未舉博學鴻詞。以天性疏放，恐妨游覽，稱疾不預試。嘗至登州觀海市，過一村塾小憩。見案上一舊端硯，背刻狂草十六字，曰：「萬木蕭森，路古山深；我坐其間，寫《上堵吟》。」側書「惜哉此叟」四字，蓋其號也。問所自來。塾師云：「村南林中有厲鬼，夜行者遇之輒病。一日，眾伺其出，持兵仗擊之，追至一墓而滅。因共發掘，于墓中得此硯。吾以粟一斗易之也。」案《上堵吟》乃孟達作。是必勝國舊臣，降而復叛，敗竄入山以死者。生既進退無據，歿又不自潛藏，取暴骨之禍。真頑梗不靈之鬼哉！

夜叉

海之有夜叉，猶山之有山魈，非鬼非魅，乃自一種類，介乎人物之間者也。劉石庵參知言：諸城濱海處，有結寮捕魚者。一日，眾皆棹舟出，有夜叉入其寮中，盜飲其酒，盡一罌，醉而臥。為眾所執，束縛捶擊，毫無靈異，竟困踣而死。

潼關驛夜

族侄貽孫言：昔在潼關，宿一驛。月色滿窗，見兩人影在窗上，疑為盜；諦視，則腰肢纖弱，鬟髻宛然，似一女子將一婢。穴紙潛覷，乃不睹其形。知為妖魅，以佩刀隔櫺斫之。有黑煙兩道，聲如鳴鏑，越屋脊而去。慮其次夜復來，戒僕借鳥銃以俟。夜半果復見影，乃二虎對蹲。與僕發銃並擊，應聲而滅。自是不復至。疑本游魂，故無形質；陽光震爍，消散不能聚矣。

獻縣王生

獻縣王生相御，生一子，有抱之者，輒空中擲與數十錢，知縣楊某自往視，乃擲下白金五星。此子旋夭亡，亦無他異。或曰：「王生倩作戲術者搬運之，將托以箕斂。」或曰：「狐所為也。」是皆不可知。然居官者遇此等事，即確有鬼憑，亦當禁治，使勿熒民聽，正不必論其真妄也。

鵝鴨凶兆

李又聃先生言：雍正末年，東光城內忽一夜家家犬吠，聲若潮湧。皆相驚出視，月下見一人披髮至腰，簑衣麻帶，手執巨袋，袋內有千百鵝鴨聲，挺立人家屋脊上，良久又移過別家。次日，凡所立之處，均有鵝鴨二三隻，自檐擲下。或烹而食，與常畜者味無異，莫知何怪。後凡得鵝鴨之家，皆有死喪，乃知為凶煞偶現也。先外舅馬公周籙家，是夜亦得二鴨。是歲，其弟靖逆同知庚長公卒。信又聃先生語不謬。

顧自古至今，遭喪者恆河沙數，何以獨示兆于是夜？是夜之中，何以獨示兆于是地？是地之中，何以獨示兆于數家？其示兆皆擲以鵝鴨，又義何所取？鬼神之故，有可知有不可知，存而不論可矣。

宦家廢圃

道士王昆霞言：昔游嘉禾，新秋爽朗，散步湖濱。去人稍遠，偶遇宦家廢圃，叢篁老木，寂無人蹤。徙倚其間，不覺晝寢。夢古衣冠人長揖曰：「岑寂荒林，罕逢嘉賓；既見君子，實慰素心。幸勿以異物見擯。」心知是鬼，姑詰所從來。曰：「僕耒陽張湜，元季流寓此邦，歿而旋葬。愛其風土，無復歸思。園林凡易十餘主，棲遲未能去也。」問：「人皆畏死而樂生，何獨耽鬼趣？」曰：「死生雖殊，性靈不改，境界亦不改。山川風月，人見之，鬼亦見之；登臨吟詠，人有之，鬼亦有之。鬼何不如人？且幽深險阻之勝，人所不至，鬼得以魂游；蕭寥清絕之景，人所不睹，鬼得以夜賞。人且有時不如鬼。彼夫畏死而樂生者，由嗜欲攖心，妻孥結戀，一旦捨之入冥漠，如高官解組，息跡林泉，勢不能不戚戚。不知本住林泉者，耕田鑿井，恬熙相安，原無所戚戚于中也。」問：「六道輪迴，事有主者，何以竟得自由？」曰：「求生者如求官，惟人所命。不求生者如逃名，惟己所為。苟不求生，神不強也。」又問：「寄懷既遠，吟詠必多。」曰：「興之所至，或得一聯一句，率不成篇。境過即忘，亦不復追索。偶然記憶，可質高賢者，才三五章耳。」因朗吟曰：「殘照下空山，溟色蒼然合。」昆霞擊節。又吟曰：「黃葉……」甫得二字，忽聞噪叫聲，霍然而寤，則漁艇打槳相呼也。再倚柱瞑坐，不復成夢矣。

昆霞之師

昆霞又言：其師精曉六壬，而不為人占。昆霞為童子時，一日早起，以小札付之，曰：「持此往某家借書。定出申刻至，先期後期皆笞汝。」相去七八十里，竭蹶僅至，則某家兄弟方鬩牆。啟視其札，惟小字一行曰：「借《晉書・王祥傳》一閱。」兄弟相顧默然，鬥遂解，蓋其弟正繼母所生云。

天生墩

嘉峪關外有戈壁，徑一百二十里，皆積沙無寸土。惟居中一巨阜，名「天生墩」，戍卒守之。冬積冰，夏儲水，以供驛使之往來。初，威信公岳公鍾琪西征時，疑此墩本一土山，為飛沙所沒，僅露其頂。既有山，必有水。發卒鑿之，穿至數十丈，忽持鍤者皆墮下。在穴上者俯聽之，聞風聲如雷吼，乃輟役。穴今已圮。余出塞時，彷彿尚見其遺跡。

案佛氏有地水風火之說。余聞陝西有遷葬者，啟穴時，棺已半焦。茹千總大業親見之，蓋地火所灼。又獻縣劉氏，母卒合葬，啟穴不得其父棺。跡之，乃在七八步外，倒植土中，先姚安公親見之。彭芸楣參知亦云，其鄉有遷葬者，棺中骨攢聚于一角，如積薪然。蓋地風所吹也。是知大氣斡運于地中，陰氣化水，陽氣則化風化火。水土同為陰類，一氣相生，故無處不有。陽氣則包于陰中，其微者，爍動之性為陰所解；其稍壯者，聚而成硫磺、丹砂、礬石之屬；其最盛者，鬱而為風為火。故恆聚于一所，不處處皆見耳。

伊犁鑿井事

伊犁城中無井，皆出汲于河。一佐領曰：「戈壁皆積沙無水，故草木不生。今城中多老樹，苟其下無水，樹安得活？」乃拔木就根下鑿井，果皆得泉，特汲須修綆耳。知古稱雍州土厚水深，灼然不謬。徐舍人蒸遠曾預斯役，嘗為余言。此佐領可云格物。蒸遠能舉其名，惜忘之矣。

後烏魯木齊築城時，鑒伊犁之無水，乃卜地通津以就流水。余作是地雜詩，有曰：「半城高阜半城低，城內請泉盡向西。金井銀床無用處，隨心引取到花畦。」記其實也。然或雪消水漲，則南門為之不開。又北山支麓，逼近譙樓，登岡頂關帝祠戲樓，則城中纖微皆見。故余詩又曰：「山圍芳草翠煙平，迢遞新城接舊城。行到叢祠歌舞處，綠氍毹上看棋枰。」巴公彥弼鎮守時，參將海起云：「請于山麓堅築小堡，為犄角之勢。」巴公曰：「汝但能野戰，殊不知兵。北山雖俯瞰城中，然敵或結柵，可築炮台仰擊。火性炎上，勢便而利，地勢逼近，取準亦不難。彼決不能屯聚也。如築小堡于上，兵多則地狹不能容，兵少則力弱不能守，為敵所據，反資以保障矣。」諸將莫不嘆服。因記伊犁鑿井事，並附錄之于後。

虞美人花

烏魯木齊，泉甘土沃，雖花草亦皆繁盛。江西蠟五色畢備，朵若巨杯，瓣葳蕤如洋菊。虞美人花大如芍藥。大學士溫公以倉場侍郎出鎮時，階前虞美人一叢，忽變異色，瓣深紅如丹砂，心則濃綠如鸚鵡，映日灼灼有光；似金星隱耀，雖畫工設色不能及。公旋擢福建巡撫去。余以彩線繫花梗，秋收其子，次歲種之，仍常花耳。乃知此花為瑞兆，如揚州芍藥偶開金帶圍也。

貨郎

辛彤甫先生記異詩曰：「六道誰言事杳冥，人羊轉轂迅無停。三弦彈出邊關調，親見青騾側耳聽。」康熙辛丑，館余家日作也。

初，里人某貨郎，逋先祖多金不償，且出負心語。先祖性豁達，一笑而已。一日午睡起，謂姚安公曰：「某貨郎死已久，頃忽夢之，何也？」俄圉人報馬生一青騾，咸曰：「某貨郎償夙逋也。」先祖曰：「負我償者多矣，何獨某貨郎來償？某貨郎負人亦多矣，何獨來償我？事有偶合，勿神其說，使人子孫蒙恥也。」然圉人每戲呼某貨郎，輒昂首作怒狀。平生好彈三弦，唱邊關調，或對之作此曲，輒聳耳以聽云。

筆中異事

古書字以竹簡，誤則以刀削改之，故曰刀筆。黃山谷名其尺牘曰刀筆，已非本義。今寫訟牒者稱刀筆，則謂筆如刀耳，又一義矣。

余督學閩中時，一生以導人誣告戍邊。聞其將敗前，方為人構詞，手中筆爆然一聲，中裂如劈；恬不知警，卒及禍。

又文安王岳芳言：其鄉有構陷善類者，方具草，訝字皆赤色。視之，乃血自毫端出。投筆而起，遂輟是業，竟得令終。余亦見一善訟者，為人畫策，誣富人誘藏其妻。富民幾破家，案尚未結；而善訟者之妻，真為人所誘逃，不得主名，竟無所用其訟。

善惡之報

天道乘除，不能盡測。善惡之報，有時應，有時不應，有時即應，有時緩應，亦有時示以巧應。余在烏魯木齊時，吉木薩報遣犯劉允成，為逋負過多，迫而自縊。余飭吏銷除其名籍，見原案注語云：「為重利盤剝，逼死人命事。」

呼圖壁

烏魯木齊巡檢所駐，曰呼圖壁。呼圖譯言鬼，呼圖壁譯言有鬼也。

嘗有商人夜行，暗中見樹下有人影，疑為鬼，呼問之。曰：「吾日暮抵此，畏鬼不敢前，待結伴耳。」因相趁共行，漸相款洽。其人問：「有何急事，冒凍夜行？」商人曰：「吾夙負一友錢四千，聞其夫婦俱病，飲食藥餌恐不給，故往送還。」是人卻立樹背，曰：「本欲祟公，求小祭祀。今聞公言，乃真長者。吾不敢犯公，願為公前導可乎？」不得已，姑隨之。凡道路險阻，皆預告。俄缺月微升，稍能辨物。諦視，乃一無首人，慄然卻立，鬼亦奄然而滅。

赤城山老翁

馮巨源官赤城教諭時，言赤城山中一老翁，相傳元代人也。巨源往見之，呼為仙人。曰：「我非仙，但吐納導引，得不死耳。」叩其術。曰：「不離乎《丹經》，而非《丹經》所能盡，其分寸節度，妙極微芒。苟無口訣真傳，但依法運用，如檢譜對弈，弈必敗；如拘方治病，病必殆。緩急先後，稍一失調，或結為癰疽，或滯為拘攣；甚或精氣瞀亂，神不歸舍，竟至于顛癇。是非徒無益已也。」問：「容成、彭祖之術，可延年乎？」曰：「此邪道也，不得法者，禍不旋踵；真得法者，亦僅使人壯盛。壯盛之極，必有決裂橫潰之患。譬如悖理聚財，非不驟富，而斷無終享之理。公毋為所惑也。」又問：「服食延年，其法如何？」曰：「藥所以攻伐疾病，調補氣血，而非所以養生。方士所餌，不過草木金石。草木不能不朽腐，金石不能不消化。彼且不能自存，而謂借其餘氣，反長存乎？」又問：「得仙者，果不死歟？」曰：「神仙可不死，而亦時時可死。夫生必有死，物理之常。煉氣存神，皆逆而制之者也。逆制之力不懈，則氣聚而神亦聚；逆制之力或疏，則氣消而神亦消。消則死矣。如多財之家，勤儉則長富，不勤不儉則漸貧；再加以奢蕩，則貧立至。彼神仙者，固亦兢兢然恐不自保，非內丹一成，即萬劫不壞也。」巨源請執弟子禮。曰：「公于此道無緣，何必徒荒其本業？不如其已。」巨源悵然而返。景州戈魯齋為余述之，稱

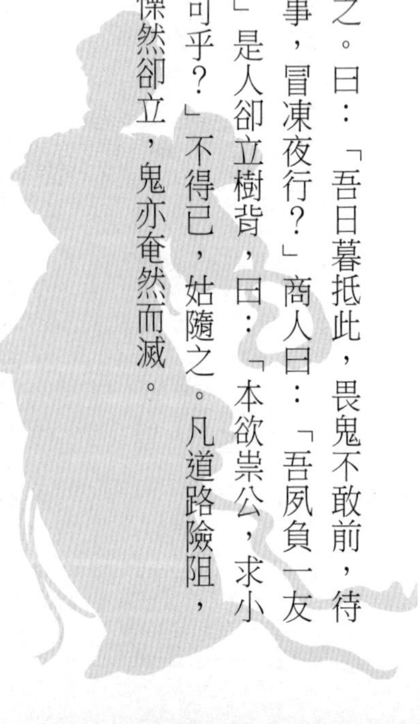

其言皆篤實，不類方士之炫惑云。

乞虛損方者

先姚安公言：有扶乩治病者，仙自稱蘆中人。問：「豈伍相國耶？」曰：「彼自隱語，吾真以此為號也。」其方時效時不效，曰：「吾能治病，不能治命。」

一日，降牛丈希英（**姚安公稱牛丈字作此二字音，未知是此二字否。牛丈諱瑍，娶前母安太夫人**）家，有乞虛損方者。仙判曰：「君病非藥所能治，但遏除嗜欲，遠勝于草根樹皮。」又有乞種子方者。仙判曰：「種子有方，並能神效。然有方與無方同，神效亦與不效同。夫精血化生，中含欲火，尚毒發為痘，十中必損其一二。況助以熱藥，摶結成胎，其蘊毒必加數倍。故每逢生痘，百不一全。人徒于夭折之時，惜其不壽；而不知未生之日，已先伏必死之機。生如不生，亦何貴乎種耶？此理甚明，而昔賢未悟。山人志存濟物，不忍以此術欺人也。」其說其理，皆醫家所不肯言，或真有靈鬼憑之歟！又聞劉季箴先生嘗與論醫。乩仙曰：「公補虛好用參。夫虛證種種不同，而參之性則專有所主，不通治各證。以臟腑而論，參推至上焦中焦，而下焦不至焉。以榮衛而論，參惟至氣分，而血分不至焉。腎肝虛與陰虛，而補以參，庸有濟乎？豈但無濟，亢陽不更煎鑠乎？且古方有生參熟參之分，今採參者得即蒸之，何處得有生參乎？古者參出于上黨，秉中央土氣，故其性溫厚，先入中宮。今上黨氣竭，惟用遼參，秉東方春氣，故其性發生，先升上部。即以藥論，亦各有運用之權。願公審之。」季箴極不以為然。余不知醫，並附錄之，待精此事者論定焉。

歙人蔣紫垣

歙人蔣紫垣，流寓獻縣程家莊，以醫為業。有解砒毒方，用之即痊。然必邀取重資，不滿所欲，則坐視其死。一日暴卒，見夢于居亭主人曰：「吾以耽利之故，誤人九命矣。死者訴于冥司，冥司判我九世服砒死，今將轉輪，賂鬼卒得來見君，特以此方奉授。君能持以活一人，則我少受一世業報也。」言訖，涕泣而去曰：「吾悔晚矣！」其方以防風一兩研為末，水調服之而已，無他秘藥也。又聞諸沈丈豐功曰：「冷水調石青，解砒毒如神。」沈丈平生不妄語，其方當亦驗。

東城獵者

老儒劉挺生言：東城有獵者，夜半睡醒，聞窗紙淅淅作響，俄又聞窗下窸窣聲，披衣叱問。忽答曰：「我鬼也。有事求君，君勿怖。」問其何事。曰：「狐與鬼自古不並居，狐所窟穴之墓，皆無鬼之墓也。我墓在村北三里許，狐乘我他往，聚族據之，反驅我不得入。欲與鬥，則我本文士，必不勝。欲訟諸土神，即幸而得申，彼終亦報復，又必不勝。惟得君等行獵時，或繞道半里，數過其地，則彼必恐怖而他徙矣。然倘有所遇，勿遽殪獲，恐事機或泄，彼又修怨于我也。」獵者如是言。後夢其來謝。

夫鵲巢鳩據，事理本直。然力不足以勝之，則避而不爭；力足以勝之，又長慮深思而不盡其力。不求幸勝，不求過勝，此其所以終勝歟！孱弱者遇強暴，如此鬼可矣。

滄州牧王某

舅氏張公健亭言：滄州牧王某，有愛女嬰疾沉困。家人夜入書齋，忽見其對月獨立花陰下，悚然而返。疑為狐魅托形，嗾犬撲之，倏然滅跡。俄室中病者曰：「頃夢至書齋看月，意殊爽適。不虞有犬突至，幾不得免。至今猶悸汗。」知所見乃其生魂也。醫者聞之，曰：「是形神已離，雖盧扁莫措矣。」不久果卒。

異　菊

閩有方竹，燕山之柿形微方，此各一種也。山東益都有方柏，蓋一株偶見，他柏樹則皆不方。余八九歲時，見外祖家介祉堂中有菊四盎，開花皆正方，瓣瓣整齊如裁剪。云得之天津查氏，名黃金印。先姚安公乞其根歸，次歲花漸圓，再一歲則全圓矣。或曰：「花原常菊，特種者別有法。如靛浸蓮子，則花青；墨揉玉簪之根，則花黑也。」是或一說歟！

篤信程朱

家奴宋遇病革時，忽張目曰：「汝兄弟輩來耶？限在何日？」既而自語曰：「十八日亦可。」時一講學者館余家，聞之哂曰：「譫語也。」屆期果死。又哂曰：「偶然耳。」申鐵蟾方與共食，投箸太息曰：「公可謂篤信程朱矣！」

奇節異烈

奇節異烈，湮沒無傳者，可勝道哉。姚安公聞諸雲台公曰：「明季避亂時，見夫婦同逃者，其夫似有腰纏。一賊露刃追之急。婦急回身屹立，待賊至，突抱其腰。賊以刃擊之，血流如注，堅不釋手。比氣絕而仆，則其夫脫去久矣。惜不得其名姓。」又聞諸鎮番公曰：「明季，河北五省皆大饑，至屠人鬻肉，官弗能禁。有客在德州景州間，入逆旅午餐，見少婦裸體伏俎上，綳其手足，方汲水洗滌。恐怖戰慄之狀，不可忍視。客心惻惻，倍價贖之；釋其縛，助之著衣，手觸其乳。少婦艴然曰：『荷君再生，終身賤役無所悔。然為婢媼則可，為妾媵則必不可。吾惟不肯事二夫，故鬻諸此也。君何遽相輕薄耶？』解衣擲地，仍裸體伏俎上，瞑目受屠。屠者恨之，生割其股肉一臠。哀號而已，終無悔意。惜亦不得其姓名。」

鄉有嫠婦

肅寧王太夫人，姚安公姨母也。言其鄉有嫠婦，與老姑撫孤子，七八歲矣。婦故有色，媒妁屢至，不肯嫁。會子患痘甚危，延某醫診視。某醫與鄰媼密語曰：「是症吾能治。然非婦薦枕，決不往。」婦與姑皆怒誶。既而病將殆，婦姑皆牽于溺愛，私議者徹夜，竟飲泣曲從。不意施治已遲，迄不能救，婦悔恨投繯殞。人但以為痛子之故，不疑有他。姑亦深諱其事，不敢顯言。俄而某醫死，俄而其子亦死，室弗戒于火，不遺寸縷。其婦流落入青樓，乃偶以告所歡云。

士人宿會稽山

余布衣蕭客言：有士人宿會稽山中，夜聞隔澗有講誦聲。側耳諦聽，似談古訓詁。次日，越澗尋訪，杳無蹤跡。徘徊數日，冀有所逢。忽聞木杪人語曰：「君嗜古乃爾，請此相見。」回顧之頃，石室洞開，室中列坐數十人，皆掩卷振衣，出相揖讓。士人視其案上，皆諸經注疏。居首坐者拱手曰：「昔尼山奧旨，傳在經師；雖舊本猶存，斯文未喪；而新說疊出，嗜古者稀。先聖恐久而漸絕，乃搜羅鬼籙，徵召幽靈。凡歷代通儒，精魂尚在者，集于此地，考證遺文；以此轉輪，生于人世。冀遞修古學，延杳壇一線之傳。子其記所見聞，告諸同志，知孔孟所式憑，在此不在彼也。」士人欲有叩，倏已夢醒，乃倚坐老松之下。蕭客聞之，裹糧而往。攀蘿捫葛，一月有餘，無所睹而返。此與朱子穎所述經香閣事，大旨相類。或曰：「蕭客喜談古義，嘗撰《古經解鉤沈》，故士人投其所好以戲之。」是未可知。或曰：「蕭客造作此言，以自托降生之一。」亦未可知也。

浴血人入夢

姚安公官刑部日，同官王公守坤曰：「吾夜夢人浴血立，而不識其人，胡為乎來耶？」陳公作梅曰：「此君恆恐誤殺人，惴惴然如有所歉，故緣心造象耳。本無是鬼，何由識其為誰？且七八人同定一讞牘，何獨見夢于君？君勿自疑。」佛公倫曰：「不然。同事則一體，見夢于一人，即見夢于人人也。我輩治天下之獄，而不能慮天下之囚。據紙上之供詞，以斷生死，何自識其人哉？君宜自儆，我輩皆宜自儆。」姚安公曰：「吾以佛公之論為然。」

何故而縊

呂太常含輝言：京師有富室娶婦者，男女並韶秀，親串皆望若神仙。窺其意態，夫婦亦甚相悅。次日天曉，門不啟。呼之不應，穴窗窺之，則左右相對縊。視其衾，已合歡矣。婢媼皆曰：「是昨夕已卸妝，何又著盛服而死耶？」異哉，此獄雖皋陶不能聽矣。

里胥宋某

里胥宋某，所謂東鄉太歲者也。愛鄰童秀麗，百計誘與狎。為童父所覺，迫童自縊。其事隱密，竟無人知。

一夕，夢被拘至冥府，云為童所訴。宋辯曰：「本出相憐，無相害意。死由爾父，實出不虞。」童言：「爾不相誘，何緣受淫？我不受淫，何緣得死？推原禍本，非爾其誰？」宋又辯曰：「誘雖由我，從則由爾。回眸一笑，縱體相就者誰乎？本未強干，理難歸過。」冥官怒叱曰：「稚子無知，陷爾機阱。餌魚充饌，乃反罪魚耶？」拍案一呼，慄然驚悟。

後官以賄敗，宋名列案中，禍且不測。自知業報，因以夢備告所親。逮及獄成，乃僅擬城旦。竊謂夢境無憑也。比三載釋歸，則鄰叟恨子之被污，乘其婦獨居，餌以重幣，已見金夫，不有躬矣。宋畏人多言，竟慚而自縊。然則前之倖免，豈非留以有待，示所作所受，如影隨形哉！

空屋男女

舊僕鄒明言：昔在丹陽縣署，夜半如廁。過一空屋，聞中有男女媟狎聲，以為內衙僮婢，幽會于斯。懼為累，潛蹤而返。後月夜復聞之，從窗隙竊窺，則內衙無此人。又時方冱凍，乃裸無寸縷。疑為妖魅，于窗外輕嗽。倏然滅跡。偶與同伴語及，一火夫曰：「此前官幕友某所居。幕友有雕牙秘戲像一盒，腹有機輪，自能運動。恆置枕函中，時出以戲玩。一日失去，疑為同事者所藏。後終無跡。豈此物為祟耶？」遍索室中，迄不可得。以不為人害，亦不復追求。殆常在茵席之間，得人精氣，久而幻化歟！

此狐不俗

外祖雪峰張公家，牡丹盛開。家奴李桂，夜見二女憑闌立。其一曰：「月色殊佳。」其一曰：「此間絕少此花，惟佟氏園與此數株耳。」桂知是狐，擲片瓦擊之，忽不見。俄而磚石亂飛，窗櫺皆損。雪峰公自往視之，拱手曰：「賞花韻事，步月雅人，奈何與小人較量，致殺風景？」語訖寂然。公嘆曰：「此狐不俗。」

赤練飛狐

佃戶張九寶言：嘗夏日鋤禾畢，天已欲暝，與眾同坐田塍上。見火光一道如赤練，自西南飛來。突墮于地，乃一狐，蒼白色，被創流血，臥而喘息。急舉鋤擊之。復努力躍起，化火光投東北去。後牽車販鬻至棗強，聞人言某家婦為狐所媚，延道士劾治，已捕得封罌中。兒童輩私揭其符，欲視狐何狀。竟破罌飛去。問其月日，正見狐墮之時也。此道士咒術可云有驗，然無奈騃稚之竊窺。古來竭力垂成，而敗于無知者之手，類如斯也。

長臂鬼

老僕劉琪言：其婦弟某，嘗獨臥一室，榻在北牖。夜半覺有手捫搎，疑為盜。驚起諦視，其臂乃從南牖探入，長殆丈許。某故有膽，遽捉執之。忽一臂又破櫺而入，徑批其頰，痛不可忍。方回手支拒，所捉臂已掣去矣。聞窗外大聲曰：「爾今畏否？」方憶昨夕林下納涼，與同輩自稱不畏鬼也。鬼何必欲人畏？能使人畏，鬼亦復何榮？以一語之故，尋釁求勝，此鬼可謂多事矣。裘文達公嘗曰：「使人畏我，不如使人敬我。敬發乎人之本心，不可強求。」惜此鬼不聞此語也。

狐著紅鞋

宗室瑤華道人言：蒙古某額駙嘗射得一狐，其後兩足著紅鞋，弓彎與女子無異。又沈少宰雲椒言：李太僕敬堂，少與一狐女往來。其太翁疑為鄰女，布灰于所經之路。院中足印作獸跡，至書室門外，則足印作纖纖樣矣。某額駙所射之狐，了無他異。敬堂所眷之狐，居數歲別去。敬堂問：「何時當再晤？」曰：「君官至三品，當來迎。」此語人多知之。後果驗。

唐代劍客

外叔祖張公雪堂言：十七八歲時，與數友月夜小集。時霜蟹初肥，新篘亦熟，酣洽之際，忽一人立席前，著草笠，衣石藍衫，躡鑲去履，拱手曰：「僕雖鄙陋，然頗愛把酒持螯，請附末坐可乎？」眾錯愕不測，姑揖之坐。問姓名，笑不答。但痛飲大嚼，都無一語。醉飽後，蹶然起曰：「今朝相遇，亦是前緣。後會茫茫，不知何日得酬高誼？」語訖，聳身一躍，屋瓦無聲，已莫知所在。視椅上有物粲然，乃白金一餅，約略敵是日之所費。或曰：「仙也。」或曰：「術士也。」或曰：「巨盜也。」余謂巨盜之說為近之。小時見李金梁輩，其技可以至此。又聞竇二東之黨（二東，獻縣巨盜。其兄曰大東，皆逸其名，而以乳名傳。他書記載，或作竇爾敦，音之轉耳），每能夜入人家，伺婦女就寢，脅以刃，禁勿語，並衾褥捲之，挾以越屋數十重。曉鐘將動，仍捲之送還。被盜者惘惘如夢。一夕失婦家伏人于室，俟其送還，突出搏擊。乃一手揮刀格鬥，一手擲婦于床上，如風旋電掣，倏已無蹤。殆唐代劍客之支流乎！

奇門遁甲之術

奇門遁甲之書，所在多有，然皆非真傳。真傳不過口訣數語，不著諸紙墨也。德州宋清遠先生言：曾訪一友（清遠曾舉其姓名，歲久忘之。清遠稱雨後泥濘，借某人一騾騎往。則所居不遠矣），友留之宿，曰：「良夜月明，觀一戲劇可乎？」因取凳十餘，縱橫布院中，與清遠明燭飲堂上。二鼓後，見一人逾垣入，環轉階前，每遇一凳，輒蹣跚，努力良久乃跨過。始而順行，曲踴一二百度；轉而逆行，又曲踴一二百度。疲極踣臥，天已向曙矣。友引至堂上，詰問何來。叩首曰：「吾實偷兒，入宅以後，惟見層層皆短垣，愈越愈不能盡，窘而退出，又愈越愈不能盡，故困頓見擒，死生惟命。」友笑遣之，謂清遠曰：「昨卜有此偷兒來，故戲以小術。」問：「此何術？」曰：「奇門法也。他人得之恐召禍，君真端謹，如願學，當授君。」清遠謝不願。友人太息曰：「願學者不可傳，可傳者不願學，此術其終絕矣乎！」意若有失，悵悵送之返。

其命大貴

有故家子，日者推其命大貴，相者亦云大貴，然垂老官僅至六品。一日扶乩，問仕路崎嶇之故。仙判曰：「日者不謬，相者亦不謬。以太夫人偏愛之故，削減官祿至此耳。」拜問：「偏愛誠不免，然何至削減官祿？」仙又判曰：「《禮》云繼母如母，則視前妻之子當如子；庶子為嫡母服三年，則視庶子亦當如子。而人情險惡，自設町畦，所生與非所生，釐然如水火不相入。私心一起，機械萬端。小而飲食起居，大而貨財田宅，無一不所生居于厚，非所生者居于薄，斯已干造物之忌矣。甚或離間讒構，密運陰謀，詬誶囂陵，罔循禮法，使羅毒者吞聲，旁觀者切齒，猶嘵嘵稱所生者之受抑。鬼神怒視，祖考怨恫，不禍譴其子，何以見天道之公哉？且人之受享，只有此數，此贏彼縮，理之自然。既于家庭之內，強有所增；至于仕宦之途，陰有所減。子獲利于兄弟多矣，物不兩大，亦何憾于坎坷乎？」其人悚然而退。

後親串中一婦聞之，曰：「悖哉此仙！前妻之子，恃其年長，無不吞噬其弟者；庶出之子，恃其母寵，無不凌轢其兄者。非有母為之撐拄，不盡為魚肉乎？」姚安公曰：「是雖妒口，然不可謂無此事也。世情萬變，治家者平心處之可矣。」

某甲

族祖黃圖公言：順治康熙間，天下初定，人心未一。某甲陰為吳三桂諜，以某乙驍健有心計，引與同謀。既而梟獍伏誅，鯨鯢就築，亦既洗心悔禍，無復逆萌。而來往秘札，多在乙處。書中故無乙名，乙脅以訐發，罪且族滅。不得已以女歸乙，贅于家。乙得志益驕，無復人理，迫淫其婦女殆遍，乃至女之母不免；女之幼弟才十三四，亦不免。皆飲泣受污，惴惴然恐失其意。甲抑鬱不自聊，恆避于外。

一日，散步田間，遇老父對話，怪附近村落無此人。老父曰：「不相欺，我天狐也。君固有罪，然乙逼君亦太甚，吾竊不平。今盜君秘札奉還。彼無所挾，不驅自去矣。」因出十餘紙付甲，甲驗之良是，即毀裂吞之，歸而以實告乙。乙防甲女竊取，密以鐵瓶瘞他處。潛往檢視，果已無存。乃踉蹌引女去。女日與詬誶，旋亦仳離。後其事漸露，兩家皆不齒于鄉黨，各攜家遠遁。

夫明季之亂極矣，聖朝蕩滌洪爐，拯民水火。甲食毛踐土已三十餘年，當吳三桂拒命之時，彼已手戮桂王，斷不得稱楚之三戶。則甲陰通三桂，亦不能稱殷之頑民。即闔門駢戮，亦不為冤。乙從而污其閨幃，較諸荼毒善良，其罪似應末減，然乙初本同謀，罪原相埒；又操戈挾制，肆厥凶淫，罪實當加甲一等。雖後來食報，無可證明，天道昭昭，諒必無幸免之理也。

巨人

姚安公讀書舅氏陳公德音家。一日早起，聞人語喧闐，曰客作張珉，昨夜村外守瓜田，今早已失魂不語矣。灌救百端，至夕乃蘇。曰：「二更以後，遙見林外有火光，漸移漸近。比至瓜田，乃一巨人，高十餘丈，手執竹籠，大如一間屋，立團焦前，俯視良久。吾駭極暈絕，不知其何時去也。」或曰：「魍魎。」或曰：「當是主夜神。」案《博物志》載主夜神咒曰：「婆珊婆演底」，誦之可以辟惡夢，止恐怖。不應反現異狀，使人恐怖。疑魍魎為近之。

鼓妖

姚安公又曰：一夕，與親友數人，同宿舅氏齋中。已滅燭就寢矣，忽大聲如巨炮，發于床前，屋瓦皆震。滿堂戰慄，噤不能語，有耳聾數日者。時冬十月，不應有雷霆；又無焰光衝擊，亦不似雷霆。公同年高丈爾炤曰：「此為鼓妖，非吉徵也。主人宜修德以禳之。」德音公亦終日慄慄，無一事不謹慎。是歲家有縊死者，別無他故。殆戒懼之力歟！

景城姜三莽

姚安公聞先曾祖潤生公言：景城有姜三莽者，勇而戇。一日，聞人說宋定伯賣鬼得錢事，大喜曰：「吾今乃知鬼可縛。如每夜縛一鬼，唾使變羊，曉而牽賣于屠市，足供一日酒肉資矣。」于是夜夜荷梃執繩，潛行墟墓間，如獵者之伺狐兔，竟不能遇。即素稱有鬼之處，佯醉寢以誘致之，亦寂然無睹。一夕，隔林見數燐火，踴躍奔赴；未至間，已星散去。懊恨而返。如是月餘，無所得，乃止。蓋鬼之侮人，恆乘人之畏。三莽確信鬼可縛，意中已視鬼蔑如矣，其氣焰足以懾鬼，故鬼反避之也。

杏花精

益都朱天門言：有書生僦住京師雲居寺，見小童年十四五，時來往寺中。書生故蕩子，誘與狎，因留共宿。天曉，有客排闥入。書生窘愧，而客若無睹。俄僧送茶入，亦若無睹。書生疑有異，客去，擁而固問之。童曰：「公勿怖，我實杏花之精也。」書生駭曰：「子其魅我乎？」童曰：「精與魅不同：山魈厲鬼，依草附木而為祟，是之謂魅。老樹千年，英華內聚，積久而成形，如道家之結聖胎，是之謂精。魅為人害，精則不為人害也。」問：「花妖多女子，子何獨男？」曰：「杏有雌雄，吾故雄杏也。」又問：「何為而雌伏？」曰：「前緣也。」又問：「人與草木安有緣？」漸沮良久，曰：「非借人精氣，不能煉形故也。」書生曰：「然則子仍魅我耳。」推枕遽起。童亦艴然去。此書生懸崖勒馬，可謂大智慧矣。其人蓋天門弟子，天門不肯舉其名云。

申鐵蟾

申鐵蟾，名兆定，陽曲人。以庚辰舉人官知縣，主余家最久。庚戌秋，在陝西試用，忽寄一札與余訣。其詞恍惚迷離，抑鬱幽咽，都不省為何語。而鐵蟾固非不得志者，疑不能明也。未幾，訃音果至。既而見邵二雲贊善，始知鐵蟾在西安，病數月。病愈後，入山射獵，歸而目前見二圓物如球，旋轉如風輪，雖瞑目亦見之。如是數日，忽爆然裂，二小婢從中出，稱仙女奉邀，魂不覺隨之往。至則瓊樓貝闕，一女子色絕代，通詞自媒。鐵蟾固謝，托以不慣居此宅。女子薄怒，揮之出，霍然而醒。越月餘，目中見二圓物如前，爆出二小婢如前，仍邀之往。已別構一宅，幽折窈窕頗可愛。問：「此何地？」曰：「佛桑。請題堂額。」因為八分書「佛桑香界」字。女子再申前請。意不自持，遂定情。自是恆夢游。久而女子亦晝至，禁鐵蟾勿與所親通。遂漸病。病劇時，方士李某以赤丸餌之，嘔逆而卒。

其事甚怪，始知前札乃得心疾時作也。鐵蟾聰明絕特，善詩歌，又工八分，馳騁名揚。然以風流自命，與人交，意氣如雲，郵筒走天下。中年忽慕神仙，遂生是魔障，迷罔以終。妖以人興，象由心造。才高意廣，翻以好異隕生，可惜也夫。

奴子張雲會

崔莊舊宅廳事西有南北屋各三楹，花竹翳如，頗為幽僻。先祖在時，奴子張雲會夜往取茶具，見垂鬟女子，潛匿樹下，背立向牆隅。意為宅中小婢于此幽期，遽捉其臂，欲有所挾。女子突轉其面，白如傅粉，而無耳目口鼻。絕叫仆地。眾持燭至，則無睹矣。或曰：「舊有此怪。」或曰：「張雲會一時目眩。」或曰：「實一黠婢，猝為人阻，弗能遁，以素巾幕面，偽為鬼狀以自脫也。」均未知審。然自此群疑不釋，宿是院者恆凜凜，夜中亦往往有聲。蓋人避弗居，斯狐鬼入之耳。

又宅東一樓，明隆慶初所建。右側一小屋，亦云有魅。雖不為害，然婢媼或見之。姚安公一日檢視廢書，于篋下捉得二貛。僉曰：「是魅矣。」姚安公曰：「貛弭首為童子縛，必不能為魅。然室無人跡，至使野獸為巢穴，則有魅也亦宜。斯皆空穴來風之義也。」後西廳析屬從兄坦居，今歸從侄汝侗。樓析屬先兄晴湖，今歸侄汝份。子侄日繁，家無隙地，魅皆不驅自去矣。

甲乙相善

甲與乙相善，甲延乙理家政。及官撫軍，並使佐官政，惟其言是從。久而資財皆為所乾沒，始悟其奸，稍稍譙責之。乙挾甲陰事，遽反噬。甲不勝憤，乃投牒訴城隍。夜夢城隍語之曰：「乙險惡如是，公何以信任不疑？」甲曰：「為某事事如我意也。」神喟然曰：「人能事事如我意，可畏甚矣。公不畏之反喜之，不公之紿而紿誰耶？渠惡貫將盈，終必食報。若公則自貽伊戚，可無庸訴也。」此甲親告姚安公者。事在雍正末年。甲滇人，乙越人也。

香玉

《杜陽雜編》記李輔國香玉辟邪事，殊怪異，多疑為小說荒唐。然世間實有香玉。先外祖母有蒼玉扇墜，云是曹化淳故物，自明內府竊出。製作樸略，隨其形為雙螭糾結狀。有血斑數點，色如熔蠟。以手摩熱，嗅之，作沉香氣；如不摩熱，則不香。疑李輔國玉，亦不過如是，記事者點綴其詞耳。先太夫人嘗密乞之，外祖母曰：「我死則傳汝。」後外祖母歿，舅氏疑在太夫人處，太夫人又疑在舅氏處。衛氏姨母曰：「母在時佩此不去身。殆攜歸黃壤矣。」侍疾諸婢皆言殮時未見。因此又疑在衛氏姨母處。今姨母久亡，衛氏式微已甚，家藏玩好，典賣絕盡，終未見此物出鬻，竟不知其何往也。

柴窯片磁

有客攜柴窯片磁，索數百金，云嵌于胄，臨陣可以辟火器。然無由知確否。余曰：「何不繩懸此物，以銃發鉛丸擊之。如果辟火，必不碎，價數百金不為多；如碎，則辟火之說不確，理不能索價數百金也。」鬻者不肯，曰：「公于賞鑒非當行，殊殺風景。」即懷之去。後聞鬻于貴家，竟得百金。

夫君子可欺以其方，難罔以非其道。炮火橫衝，如雷霆下擊，豈區區片瓦所能禦？且雨過天晴，不過泑色精妙耳，究由人造，非出神功，何斷裂之餘，尚有靈如是耶？余作《舊瓦硯歌》有云：「銅雀台址頹無遺，何乃剩瓦多如斯？文士例有好奇癖，必知其妄姑自欺。」柴片亦此類而已矣。

闊石圖嶺

嘉峪關外有闊石圖嶺，為哈密巴爾庫爾界。闊石圖，譯言碑也。有唐太宗時侯君集平高昌碑，在山脊。守將砌以磚石，不使人讀，云讀之則風雪立至，屢試皆不爽。蓋山有神，木石有精，示怪異以要血食，理固有之。巴爾庫爾又有漢順帝時裴岑破呼衍王碑，在城西十里海子上，則隨人拓摹，了無他異。惟云海子為冷龍所居，城呂不得鳴夜炮，鳴夜炮則冷龍震動，天必奇寒。是則不可以理推矣。

李老人

李老人，不知何許人，自稱年已數百歲，無可考也。其言支離荒杳，殆前明醒神之流。曩客先師錢文敏公家，余曾見之，符藥治病，亦時有小驗。文敏次子寓京師水月庵，夜飲醉歸，見數十厲鬼遮路，因發狂自劙其腹。余偕陳裕齋、倪余強往視，血肉淋漓，僅存一息，似萬萬無生理。李忽自來舁去，療半月而創合。人頗以為異。然文敏公誤信祝由，割指上疣贅，創發病卒，李療之竟無驗。蓋符籙燒煉之術，有時而效，有時而不效也。

先師劉文正公曰：「神仙必有，然必非今之賣藥道士；佛菩薩必有，然必非今之說法禪僧。」斯真千古持平之論矣。

楊主事護

楊主事護，余甲辰典試所取士也。相法及推算八字五星，皆有驗。官刑部時，與阮吾山共事。忽語人曰：「以我法論，吾山半月內當為刑部侍郎。然今刑部侍郎不缺員，是何故耶？」次日堂參後，私語同官曰：「杜公缺也。」既而杜凝台果有伊犂之役。

一日，倉皇乞假歸，來辭余。問：「何匆遽乃爾？」曰：「家惟一子侍老父，今推子某月當死，恐老父過哀，故急歸耳。」是時尚未至死期。後詢其鄉人，果如所說，尤可異也。余嘗問以子平家謂命有定，堪輿家謂命可移，究誰為是。對曰：「能得吉地即是命，誤葬凶地亦是命，其理一也。」斯言可謂得其通矣。

遣犯彭杞

昌吉遣犯彭杞，一女年十七，與其妻皆病瘵。妻先歿，女亦垂盡。彭有官田耕作，不能顧女，乃棄置林中，聽其生死。呻吟淒楚，見者心惻。同遣者楊熺語彭曰：「君大殘忍，世寧有是事！我願舁歸療治，死則我葬，生則為我妻。」彭曰：「大善。」即書券付之。越半載，竟不起。臨歿，語楊曰：「蒙君高義，感沁心脾。緣伉儷之盟，老親慷諾，故飲食寢處，不畏嫌疑；搔仰撫摩，都無避忌。然病骸憔悴，迄今未能一薦枕衾，實多愧負。若歿而無鬼，夫復何言；若魂魄有知，當必有以奉報。」嗚咽而終。楊涕泣葬之。葬後，夜夜夢女來，狎昵歡好，一若生人；醒則無所睹。夜中呼之，終不出；才交睫，即馳服橫陳矣。往來既久，夢中亦知是夢，詰以不肯現形之由。曰：「吾聞諸鬼云：人陽而鬼陰，以陰侵陽，必為人害。惟睡則斂陽而入陰，可以與鬼相見，神雖遇而形不接，乃無害也。」此丁亥春事，至辛卯春四年矣。余歸之後，不知其究竟如何。夫盧充金碗，于古嘗聞；宋玉瑤姬，偶然一見。至于日日相覿，皆在夢中，則載籍之所希睹也。

孟媼上冢

有孟氏媼清明上冢歸，渴就人家求飲。見女子立樹下，態殊婉孌，取水飲媼畢，仍邀共坐，意甚款洽。媼問其父母兄弟，對答具有條理。因戲問：「已許嫁未？我為汝媒。」女面頳避入，呼之不出。時已日暮，乃不別而行。越半載，有為媼子議婚者，詢知即前女，大喜過望，急促成之。于歸後，媼撫其肩曰：「數月不見，汝更長成矣。」女錯愕不知所對，細詢始末，乃知女十歲失母，鞠于外氏五六年，納幣後始迎歸。媼上冢時，原未嘗至家也。女家故外姓，又頗窘乏，非媪親見其明慧，姻未必成。不知是何鬼魅，托形以聯其好？又不知鬼魅何所取義，必托形以聯其好？事有不可理推者，此類是矣。

交河蘇斗南

交河蘇斗南，雍正癸丑會試歸。至白溝河，與一友遇于酒肆中。友方罷官，飲酣後，牢騷抑鬱，恨善惡之無報。適一人褶褲急裝，繫馬于樹，亦就對坐。側聽良久，揖其友而言曰：「君疑因果有爽耶？夫好色者必病，嗜博者必貧，勢也；劫財者必誅，殺人者必抵，理也。同好色而稟有強弱，同嗜博而技有工拙，則勢不能齊；同劫財而有首有從，同殺人而有誤有故，則理宜別論。此中之消息微矣。其間功過互償，或以無報為報；罪福未盡，或有報而不即報。毫厘比較，益微乎微矣。君執目前所見，而疑天道之難明，不亦顛乎？且君亦何可怨天道，君命本當以流外出身，官至七品。以君機械多端，伺察多術，工于趨避，而深于擠排，遂削減為八品。君遷八品之時，自謂以心計巧密，由九品而升。不知正以心計巧密，由七品而降也。」因附耳密語。語訖，大聲曰：「君忘之乎？」友駭汗浹背，問何以能知。微笑曰：「豈獨我知，三界孰不知？」掉頭上馬。惟見黃塵滾滾然，斯須滅跡。

奇疾

乾隆壬戌、癸亥間，村落男婦往往得奇疾，男子則尻骨生尾，如鹿角，如珊瑚枝。女子則患陰挺，如葡萄，如芝菌。有能醫之者，一割立愈。不醫則死。喧言有妖人投藥于井，使人飲水成此病，因以取利。內閣學士永公，時為河間守。或請捕醫者治之。公曰：「是事誠可疑，然無實據。一村不過三兩井，嚴守視之，自無所施其術。倘一逮問，則無人復取醫此證，恐死者多矣。凡事宜熟慮其後，勿過急也。」固不許。患亦尋息。郡人或以為鎮定，或以為縱奸。後余在烏魯木齊，因牛少價昂，農者頗病。遂嚴禁屠者，價果減。然販牛者聞牛賤，皆不肯來。次歲牛價乃倍貴。弛其禁，始漸平。又深山中盜採金者，殆數百人。捕之恐激變，聽之又恐養癰。因設策斷其糧道，果饑而散出。然散出之後，皆窮為盜。巡防察緝，竟日紛紜。經理半載，始得靖。乃知天下事但知其一，不知其二，多有收目前之效而貽後日之憂者。始服永公「熟慮其後」一言，真「瞻言百里」也。

卷九　如是我聞【三】（七十則）

義犬

王徵君載揚言：嘗宿友人蔬圃中，聞窗外人語曰：「風雪寒甚，可暫避入空屋。」又聞一人語曰：「後垣半圮，偷兒闖入，將奈何？食人之食，不可不事人之事。」意謂僮僕之守夜者。天曉啟戶，地無人跡，惟二犬偃臥牆缺下，雪沒腹矣。嘉祥曾映華曰：「此載揚寓言，以愧僮僕之負心者也。」余謂犬之為物，不煩驅策而警夜不失職，寧忍寒餓而戀主不他往，天下為僮僕者，實萬萬不能及。其足使人愧，正不在能語不能語耳。

狐媚趙氏子

從孫翰清言：南皮趙氏子為狐所媚，附于其身，恆在襟袂間與人語，偶懸鍾馗小像于壁，夜聞室中跳擲聲，謂驅之去矣。次日，語如故。詰以曾睹鍾馗否。曰：「鍾馗甚可怖，幸其軀幹僅尺餘，其劍僅數寸。彼上床則我下床，彼下床則我上床，終不能擊及我耳。」然則畫像果有靈歟？畫像之靈，果軀幹皆如所畫歟？設畫為徑寸之像，亦執針鋒之劍，蠕蠕然而斬邪歟？是真不可解矣。

磚擊辛五

乾隆戊午夏，獻縣修城。役夫數百，拆故堞破磚擲城下。城下役夫數百，運以荊筐。炊熟則鳴柝聚食，方聚食間，役夫辛五告人曰：「頃運磚時，忽聞耳畔大聲曰：『殺人償命，欠債還錢。汝知之乎？』回顧無所睹，殊可怪也。」俄而眾手合作，磚落如雹，一磚適中辛五，腦裂死。驚呼擾攘，竟不得擊者主名。官司莫能詰，斷令役夫之長出錢十千，棺斂而已。乃知辛五夙生負擊者命，役夫長夙生負辛五錢，因果牽纏，終相填補。微鬼神先告，幾何不以為偶然耶！

里人劉生

諸桐嶼言：其鄉舊家有書樓，恆鐍鑰。每啟視，必見凝塵之上有女子足跡，纖削僅二寸有餘，知為鬼魅。然數十年寂無形聲，不知何怪也。

里人劉生，性輕脫，妄冀有王軒之遇。祈于主人，獨宿樓上，具茗果酒餚，焚香切祝，明燭就寢。屏息以伺，亦無所見聞，惟漸覺陰森之氣砭入肌骨，目能視，耳能聽，而口不能言，四肢不能動。久而寒沁肺腑，如臥層冰積雪中，苦不可忍。至天曉，乃能出語，猶若凍僵。至是無敢復下榻者。此怪行蹤可云隱秀，即其料理劉生，不動聲色，亦有雅人深致也。

轉世朱臂

顧非熊再生事，見段成式《酉陽雜俎》，又見孫光憲《北夢瑣言》；其父顧況集中，亦載是詩，當非誣造。近沈雲椒少宰撰其母《陸太夫人誌》，稱太夫人于歸，甫匝歲，贈公即卒，遺腹生子恆，週三歲亦殤。太夫人哭之慟，曰：「吾之為未亡人也，以有汝在；今已矣，吾不忍吾家之宗祀，自此而絕也。」于其殮，以朱誌其臂，祝曰：「天不絕吾家，若再生以此為驗。」時雍正己酉十二月也。是月族人有比鄰而居者，生一子，臂朱灼然。太夫人遂撫之以為後，即少宰也。余官禮部尚書時，與少宰同事。少宰為余口述尤詳。蓋釋氏書中，誕妄者原有；其徒張皇罪福，誘人施捨，詐偽者尤多。惟輪迴之說，則鑿然有證。司命者每因一人一事，偶示端倪，彰神道之教。少宰此事，即借轉生之驗，以昭苦節之感者也。儒者甚言無鬼，又烏乎知之。

伶人方俊官

伶人方俊官，幼以色藝擅場，為士大夫所賞。老而販鬻古器，時來往京師。嘗覽鏡自嘆曰：「方俊官乃作此狀！誰信曾舞衫歌扇，傾倒一時耶！」倪餘疆感舊詩曰：「落拓江湖鬢有絲，紅牙按曲記當時。莊生蝴蝶歸何處？惆悵殘花剩一枝。」即為俊官作也。

俊官自言本儒家子，年十三四時，在鄉塾讀書。忽夢為笙歌花燭擁入閨闥，自顧則繡裙錦帔，珠翠滿頭；俯視雙足，亦纖纖作弓彎樣，儼然一新婦矣。驚疑錯愕，莫知所為。然為眾手挾持，不能自主，竟被扶入幃中，與一男子並肩坐；且駭且愧，悸汗而寤。後為狂且所誘，竟失身歌舞之場。乃悟事皆前定也。餘疆曰：「衛洗馬問樂令夢，樂云是想，汝殆積有是想，乃有是夢。既有是想是夢，乃有是墮落。果自因生，因由心造，安可委諸夙命耶？」余謂此輩沉淪賤穢，當亦前身業報受在今生，未可謂全無冥數。餘疆所言，特正本清源之論耳。後蘇杏村聞之，曰：「曉嵐以三生論因果，惕以未來。餘疆以一念論因果，戒以現在。雖各明一義，吾終以餘疆之論，可使人不放其心。」

童子受污

族祖黃圖公言：嘗訪友至北峰，夏夜散步村外，不覺稍遠。聞秫田中有呻吟聲，尋聲往視，乃一童子裸體臥。詢其所苦，言薄暮過此，遇垂髫艷女。招與語，悅其韶秀，就與調謔。女言父母皆外出，邀到家小坐。引至秫葉深處，有屋三楹，闃無一人。女闔其戶，出瓜果共食。笑言既洽，馳衣登榻。比擁之就枕，則女忽形為男子，狀貌猙獰，橫施強暴。怖不敢拒，竟受其污。蹂躪楚毒，至于暈絕。久而漸蘇，則身臥荒煙蔓草間，並室廬失所在矣。蓋魅悅此童之色，幻女形以誘之也。見利而趨，反為利餌，其自及也宜矣。

亦鬼亦狐

先師趙橫山先生，少年讀書于西湖，以寺樓幽靜，設榻其上。夜聞室中窸窣聲，似有人行，叱問：「是鬼是狐，何故擾我？」徐聞囁嚅而對曰：「我亦鬼亦狐。」又問：「鬼則鬼，狐則狐耳。何亦鬼亦狐也？」良久，復對曰：「我本數百歲狐，內丹已成，不幸為同類所扼殺，盜我丹去。幽魂沉滯，今為狐之鬼也。」問：「何不訴諸地下。」曰：「凡丹由吐納導引而成者，如血氣附形，融合為一，不自外來，人弗能盜也。其由採補而成者，如劫奪之財，本非己物，故人可殺而吸取之。吾媚人取精，所傷害多矣。殺人者死，死當其罪。雖訴神，神不理也。故寧鬱鬱居此耳。」問：「汝據此樓，作何究竟？」曰：「本匿影韜聲，修太陰煉形之法。以公陽光薰爍，陰魂不寧，故出而乞哀，求幽明各適。」言訖，惟聞叩顙聲，問之不復再答。先生次日即移出。嘗舉以告門人曰：「取非所有者，終不能有，且適以自戕也。可畏哉！」

有驢自報

從兄萬周言：交河有農家婦，每歸寧，輒騎一驢往。驢甚健而馴，不待人控引即知路。或其夫無暇，即自騎以行，未嘗有失。

一日，歸稍晚，天陰月黑，不辨東西。驢忽橫逸，載婦徑入秫田中，密葉深處，迷不得返。半夜，乃抵一破寺，惟二丐者棲廡下。進退無計，不得已，留與共宿。次日，丐者送之還。其夫愧焉，將鬻驢于屠肆。夜夢人語曰：「此驢前世盜汝錢，汝捕之急，逃而免。汝囑捕役縶其婦，羈留一夜。今為驢者，盜錢報；載汝婦入破寺者，係婦報也。汝何必又結來世冤耶？」惕然而寤，痛自懺悔，驢是夕忽自斃。

窗外牛吼

奴子任玉病革時，守視者夜聞窗外牛吼聲，玉駭然而歿。次日，共話其異。其婦泣曰：「是少年嘗盜殺數牛，人不知也。」

忠厚亦能積怨

余某者，老于幕府，司刑名四十餘年，後臥病瀕危，燈前月下，恍惚似有鬼為厲者。余某慨然曰：「吾存心忠厚，誓不敢妄殺一人，此鬼胡為乎來耶？」夜夢數人浴血立，泣曰：「君知刻酷之積怨，不知忠厚亦能積怨也。夫煢煢孱弱，慘被人戕，就死之時，楚毒萬狀；孤魂飲泣，銜恨九泉，惟望強暴就誅，一申積憤。而君但見生者之可憫，不見死者之可悲，刀筆舞文，曲相開脫。遂使凶殘漏網，白骨沉冤。君試設身處地：如君無罪無辜，受人屠割，魂魄有知，旁觀讞是獄者，改重傷為輕，改多傷為少，改理曲為理直，改有心為無心，使君切齒之仇，縱容脫械，仍縱橫于人世，君感乎怨乎？不是之思，而詡詡以縱惡為陰功。彼枉死者，不仇君而仇誰乎？」余某惶怖而寤，以所夢備告其子，回手自撾曰：「吾所見左矣！吾所見左矣！」就枕未安而歿。

滄州劉太史

滄州劉太史果實，襟懷夷曠，有晉人風。與飴山老人、漁洋山人皆友善，而意趣各殊。晚歲家居，以授徒自給。然必孤貧之士，乃容執贄。脩脯皆無幾，簞瓢屢空，晏如也。嘗買米斗餘，貯罌中，食月餘不盡，意甚怪之。忽聞檐際語曰：「僕是天狐，慕公雅操，日日私益耳，勿訝也。」劉詰曰：「君意誠善。然君必不能耕，此粟何來？吾不能飲盜泉也，後勿復爾。」狐太息而去。

亡侄汝備

亡侄汝備，字理含。嘗夢人對之誦詩，醒而記其一聯曰：「草草鶯花春似夢，沉沉風雨夜如年。」以告余，余訝其非佳讖。果以戊辰閏七月夭逝。後其妻武強張氏，撫弟之子為嗣，苦節終身，凡三十餘年，未嘗一夕解衣睡。至今婢媼能言之。乃悟二語為孀閨獨宿之兆也。

蠢女連貴

雍正丙午、丁未間，有流民乞食過崔莊，夫婦並病疫。將死，持券哀呼于市，願以幼女賣為婢，而以賣價買二棺。先祖母張太夫人為葬其夫婦，而收養其女，名之曰連貴。其券署父張立，母黃氏，而不著籍貫，問之已不能語矣。連貴自云：「家在山東，門臨驛路，時有大官車馬往來，不知所距此約行一月餘。而不能舉其縣名。」又云：「去年曾受對門胡家聘。胡家亦乞食外出，不知所往。越十餘年，杳無親戚來尋訪，乃以配圉人劉登。登自云：『山東新泰人，本姓胡，父母俱歿，有劉氏收養之，因從其姓。小時聞父母為聘一女，但不知姓氏。』」登既胡姓，新泰又驛路所經，流民乞食，計程亦可以月餘，與連貴言皆符。頗疑其樂昌之境，離而復合，但無顯證耳。先叔栗甫公曰：「此事稍為點綴，竟可以入傳奇。惜此女蠢若鹿豕，惟知飽食酣眠，不稱點綴，可恨也。」

邊隨園徵君曰：「『秦人不死，信符生之受誣；蜀老猶存，知諸葛之多枉。』（此乃劉知幾《史通》之文。符生事見《洛陽伽藍記》，諸葛事見《魏書・毛修之傳》。浦二田注《史通》以為未詳，蓋偶失考）史傳不免于緣飾，況傳奇乎？《西樓記》稱穆素暉艷若神仙，吳林塘言其祖幼時及見之，短小而豐肌，一尋常女子耳。然則傳奇中所謂佳人，半出虛說。此婢雖粗，倘好事者按譜填詞，登場度曲，他日紅氍毹上，何嘗不鶯嬌花媚耶？先生之論，猶未免于盡信書也。」

書生之魂

聶松岩言：膠州一寺，經樓之後有蔬圃。僧一夕開牖納涼，日明如晝，見一人徙倚老樹下。疑竊蔬者，呼問為誰。磬折而對曰：「師勿訝，我鬼也。」問：「鬼何不歸爾墓？」曰：「鬼有徒黨，各從其類。我本書生，不幸葬叢冢間，不能與馬醫夏畦伍。此輩亦厭我非其族。落落難合，故寧避囂于此耳。」言訖，冉冉沒。後往往遙見之，然呼之不應矣。

姚安公論鬼

福州學使署，本前明稅璫署也，奄人暴橫，多潛殺不辜，故至今猶往往見變怪。余督閩學時，奴輩每夜驚。甲寅夏，先姚安公至署，聞某室有鬼，輒移榻其中，竟夕晏然。昀嘗乘間微諫，請勿以千金之軀與鬼角。因誨昀曰：「儒者謂無鬼，迂論也，亦強詞也。然鬼必畏人，陰不勝陽也；其或侵入，必陽不足以勝陰也。夫陽之盛也，豈持血氣之壯與性情之悍哉？人之一心，慈祥者為陽，陰毒者為陰；坦白者為陽，深險者為陰；公直者為陽，私曲者為陰。故易象以陽為君子，陰為小人。苟立心正大，則其氣純乎陽剛，雖有邪魅，如幽室之中鼓洪爐而熾烈焰，沍凍自消。汝讀書亦頗多，曾見史傳中有端人碩士為鬼所擊者耶？」昀再拜受教。至今每憶庭訓，輒悚然如侍左右也。

東州邵氏子

東州邵氏子，性佻蕩。聞淮鎮古墓有狐女甚麗，時往伺之。一日，見其坐田塍上，方欲就通款曲。狐女正色曰：「吾服氣煉形，已二百餘歲，誓不媚一人。汝勿生妄念。且彼媚人之輩，豈果相悅哉，特攝其精耳，精竭則人亡，遇之未有能免者。汝何必自投陷阱也！」舉袖一揮，淒風颯然，飛塵眯目，已失所在矣。先姚安公聞之，曰：「此狐乃能作此語，吾斷其後必生天。」

李氏兄弟

獻縣李金梁、李金桂兄弟，皆巨盜也。一夕，金梁夢其父語曰：「夫盜有敗有不敗，汝知之耶？貪官墨吏，刑求威脅之財；神奸巨蠹，豪奪巧取之財；父子兄弟，隱匿偏得之財；朋友親戚，強求誘詐之財；黠奴幹役，侵漁乾沒之財；巨商富室，重息剝削之財；以及一切刻薄計較、損人利己之財，是取之無害。罪惡重者，雖至殺人亦無害。其人本天道之所惡也。若夫人本善良，財由義取，是天道之所福也；如干犯之，是為悖天。悖天者終必敗。汝兄弟前劫一節婦，使母子冤號，鬼神怒視。如不悛改，禍不遠矣。」後歲餘，果並伏法。金梁就獄時，自知不免，為刑房吏史真儒述之。真儒余里人也，嘗舉以告姚安公，謂盜亦有道。又述巨盜李志鴻之言曰：「吾鳴骹躍馬三十年，所劫奪多矣，見人劫奪亦多矣；蓋敗者十之二三，不敗者十之七八。若一污人婦女，屈指計之，以無一人不敗者。故恆以自戒其徒。」蓋天道禍淫，理固不爽云。

凶宅

辛卯夏，余自烏魯木齊從軍歸，僦居珠巢街路東一宅，與龍臬司承祖鄰。第二重室五楹，最南一室，簾恆颺起尺餘，若有風鼓之者；餘四室之簾則否。莫喻其故。小兒女入室，輒驚啼，云床上坐一肥僧，向之嬉笑。緇徒厲鬼，何以據人家宅舍，尤不可解也。又三鼓以後，往往聞龍氏宅中有女子哭聲；龍氏宅中亦聞之，乃云聲在此宅。疑不能明，然知其鑿然非善地，遂遷居柘南先生雙樹齋後。

後居二宅者，皆不吉，白環九司寇，無疾暴卒，即在龍氏宅也。凶宅之說，信非虛語矣。先師陳白崖先生曰：「居吉宅者未必吉，居凶宅者則無不凶。如和風溫煦，未必能使人祛病；而嚴寒沴厲，一觸之則疾生。良藥滋補，未必能使人驟健；而峻劑攻伐，一飲之則洞泄。」此亦確有其理，未可執定命與之爭。孟子有言：「是故知命者，不立乎岩牆之下。」

庶女呼天

洛陽郭石洲言：某鄰縣有翁姑受富室二百金，鬻寡媳為妾者。至期，強被以彩衣，掖之登車。婦不肯行，則以紅巾反接其手，媒媼擁之坐車上。觀者多太息不平。然婦母族無一人，不能先發也。僕夫振轡之頃，婦舉聲一號，旋風暴作，三馬皆驚逸不可止，不趨其家而趨縣城。飛渡泥淖，如履康莊，雖仄徑危橋，亦不傾覆。至縣衙，乃屹然立。其事遂敗。用知庶女呼天，雷電下擊，非典籍之虛詞。

厲鬼還冤

從舅安公介然曰：「厲鬼還冤，見于典記者不一，得于傳聞者亦不一。癸未五月，自鹽山耿家庵還崔莊，乃親見之。其人年約五十餘，戴草笠，著苧衫，以一驢馱襆被，繫河干柳樹下，倚樹而坐。余亦繫馬小憩。忽其人蹶然而起，以手作撐拒狀，曰：『害汝命，償汝命耳，何必若是相毆也！』支拄良久，語漸模糊不可辨。忽踴身一躍，已汩沒于波浪之中矣。同見者十餘人，咸合掌誦佛。雖不知所報何冤，然害命償命，則其人所自道也。」

小婢玉兒

戊子夏，小婢玉兒病瘵死。俄復蘇曰：「冥役遣我歸索錢。」市冥鏹焚之，乃死。俄又復蘇曰：「銀色不足，冥役弗受也。」更市金銀箔折錠焚之，則死不復蘇矣。因憶雍正壬子，亡弟映谷瀕危時，亦復類是。然則冥鏹果有用耶？冥役需索如是，冥官又所司何事耶？

冥官

胡牧亭侍御言：其鄉有生為冥官者，述冥司事甚悉。不能盡憶，大略與傳記所載同。惟言六道輪廻，不煩遣送，皆各隨平生之善惡，如水之流濕，火之就燥，氣類相感，自得本途。語殊有理，從來論鬼神者未道也。

好色之狐

狐之媚人，為採補計耳，非漁色也；然漁色者亦偶有之。表兄安濚北言：有人夜宿深林中，聞草間人語曰：「君愛某家小童，事已諧否？此事亢陽薰爍，消蝕真陰，極能敗道。君何忽動此念耶？」又聞一人答曰：「勞君規戒。實緣愛其美秀，遂不能忘情。然此童貌雖艷冶，心無邪念，吾于夢中幻諸淫態誘之，漠然不動。竟無如之何，已絕是想矣。」其人覺有異，潛往窺視，有二狐跳踉去。

泰州任子田

泰州任子田，名大椿，記誦博洽，尤長于三《禮》注疏，六書訓詁，乾隆己丑登二甲一名進士，浮沈郎署。晚年始得授御史，未上而卒。

自開國以來，二甲一名進士，不入詞館者僅三人，子田實居其一。自言十五六時，偶為從父侍姬以宮詞書扇。從父疑之，致侍姬自經死，其魂訟于地下，子田奄奄臥疾，魂亦能追去考問。閱四五日，冥官庭鞫七八度，始辨明出于無心；然卒坐以過失殺人，削減官祿。故仕途偃蹇如斯。賈鈍夫舍人曰：「治是獄者即顧郎中德懋。二人先不相知。一日相見，彼此如舊識。時同在座親見其追話冥司事，子田對之，猶慄慄然也。」

狐報僧怨

即墨楊槐亭前輩言：濟寧一童子為狐所昵，夜必同衾枕。至年二十餘，猶無虛夕。或教之留鬚，鬚稍長，輒睡中為狐剃去，更為傅脂粉。屢以符籙驅遣，皆不能制。後正乙真人舟過濟寧，投詞乞劾治。真人牒于城隍，狐乃詣真人自訴。不睹其形，然旁人皆聞其語。自言：「過去生中為女子，此童為僧。夜過寺門，被劫閉窟室中，隱忍受污者十七載，鬱鬱而終。訴于地下，主者判是僧地獄受罪畢。仍來生償債。會我以他罪墮狐身，竄伏山林百餘年，未能相遇。今煉形成道，適逢僧後身為此童，因得相報。十七年滿自當去，不煩驅遣也。」真人竟無如之何。後不知期滿果去否。然據其所言，足知人有所負，雖隔數世猶償也。

翰林某公

同年項君廷模言：昔嘗館翰林某公家，相見輒講學。一日，其同鄉為外吏者，有所饋贈。某公自陳平生儉素，雅不需此，見其崖岸高峻，遂逡巡攜歸。某公送賓之後，徘徊廳事前，悵悵惘惘，若有所失，如是者數刻。家人請進內午餐，大遭詬怒。忽聞有數人吃吃竊笑，視之無跡，尋之聲在承塵上。蓋狐魅云。

魅擾陳耕岩

陳少廷尉耕岩，官翰林時，為魅所擾。避而遷居，魅輒隨往。多擲小帖道其陰事，皆外人不及知者。益悚懼，恆虔祀之。一日擲帖，責其待侄之薄，且曰：「不厚資助，禍且至。」眾緣是竊疑其侄，密約伺察。夜聞擊損器物聲，突出掩執，果其侄也。耕岩天性長厚，尤篤于骨肉，但曰：「爾需錢可告我，何必乃爾？」笑遣之歸寢，由是遂安。

後吳編修樸園突遭回祿，莫知火之自來。凡再徙居而再焚，余意亦當如耕岩事。樸園曰：「固亦疑之。然第三次遷泉州會館時，適與客坐廳事中，忽烈焰赫然，自承塵下射。是非人所能上，亦非人所能入也，殆真魅所為矣。」

火中留情

程也園舍人居曹竹虛舊宅中。一夕，弗戒于火，書畫古器，多遭焚毀。中褚河南臨《蘭亭》一卷，乃五百金所質，方慮來贖時轇轕，忽于灰燼中揀得，匣及袱並爇，而書卷無一字之損。表弟張桂岩館也園家，親見之。白香山所謂「在在處處有神物護持」者耶？抑成毀各有定數，此卷不在此火劫中耶？然事則奇矣，亦將來賞鑒家一佳話也。

女首蛇身

同年柯禺峰，官御史時，嘗借宿內城友人家。書室三楹，東一室隔以紗廚，扃不啟。置榻外室南牖下，睡至半夜，聞東室有聲如鴨鳴，怪而諦視。時明月滿窗，見黑煙一道，從東室門隙出，著地而行，長可丈餘，蜿蜒如巨蟒，其首乃一女子，鬟鬢儼然，昂而仰視，盤旋地上，作鴨鳴不止。禹峰素有膽，拊榻叱之。徐徐卻行，仍從門隙斂而入。天曉，以告主人。主人曰：「舊有此怪，或數年一出，不為害，亦無他休咎。」或曰：「未買是宅前，舊主有侍姬幽死此室。」未知其審也。

胥魁善博者

胥魁有善博者，取人財猶探物于囊，猶不持兵而劫奪也。其徒黨密相羽翼，意喻色授，機械百出，猶臂指之相使，猶呼吸之相通也。騃豎多財者，則猶魚吞餌，猶雉遇媒耳。如是近十年，橐金巨萬，俾其子買于長蘆，規什一之利，子亦狡黠，然冶蕩好漁色。

有墮其術而破家者，銜之次骨。乃乞與偕往，而陰導之為北里游。舞衫歌扇，耽玩忘歸，耗其資十之九。胥魁微有所聞，自往檢校，已不可收拾矣。論者謂：「事雖人謀，亦有天道。仇者之動此念，殆神啟其心歟？不然，何前愚而後智也？」

與狐女生子者

故城刁飛萬言：其鄉有與狐女生子者，其父母怒詐之。狐女涕泣曰：「舅姑見逐，義難抗拒。但子未離乳，當且攜去耳。」越兩歲餘，忽抱子詣其夫曰：「兒已長，今還汝。」其夫遵父母戒，掉首不與語。狐女太息抱之去。此狐殊有人理，但抱去之兒，不知作何究竟？將人所生者仍為人，廬居火食，混跡閭閻歟？抑妖所生者即為妖，幻化通靈，潛蹤墟墓歟？或雖為妖而猶承父姓，長育子孫，在非妖非人之界歟？雖為人而猶依母黨，往來窟穴，在亦人亦妖之間歟？惜見首不見尾，竟莫得而質之。

廢宅艷女

同年蔣心餘編修言：其鄉有故家廢宅，往往見艷女靚妝，登牆外視。武生王某，粗豪有膽，徑攜被獨宿其中，冀有所遇。至夜半寂然，乃拊枕自語曰：「人言此宅有狐女，今何往耶？」窗外小聲應曰：「六娘子知君今日來，避往溪頭看月矣。」問：「汝為誰？」曰：「六娘子之婢。」又問：「何故獨避我？」曰：「不知何故，但云畏見此腹負將軍。」亦不解為何語也。王後每舉以問人，曰：「腹負將軍是武職幾品？」莫不粲然。問其鄉人，曰：「實有其人，亦實有其事；然徬徨竟夜，一無所見耳。其語則心餘所點綴也。」心餘性好詼諧，理或然歟！

虎神

先母張太夫人，嘗雇一張媼司炊，房山人也，居西山深處。言其鄉有極貧棄家覓食者，素未外出，行半日即迷路，石徑崎嶇，雲陰晦暗，莫知所適，姑枯坐樹下，俟天晴辨南北。忽一人自林中出，三四人隨之，並猙獰偉岸，有異常人。心知非山靈即妖魅，度不能隱避，乃投身叩拜，泣訴所苦。其人惻然曰：「爾勿怖，不害汝也。我是虎神，今為諸虎配食料。待虎食人，爾收其衣物，足自活矣。」因引至一處。嗷然長嘯，眾虎坌集。其人舉手指揮，語啁哳不可辨。俄俱散去，惟一虎留叢莽間。俄有荷擔度嶺者，虎躍起欲搏，忽辟易而退。少頃，一婦人至，乃搏食之。撿其衣帶，得數金，取以付之，且告曰：「虎不食人，惟食禽獸。其食人者，人而禽獸者耳。大抵人天良未泯者，其頂上必有靈光，虎見之即避。其天良澌滅者，靈光全息，與禽獸無異，虎乃得而食之。頃前一男子，凶暴無人理，然攘奪所得，猶恤其寡嫂孤侄，使不饑寒。以是一念，靈光熉熉如彈丸，故虎不敢食。後一婦人，棄其夫而私嫁，又虐其前妻之子，身無完膚，更盜後夫之金，以貽前夫之女，即懷中所攜是也。以是諸惡，靈光消盡，虎視之，非復人身，故為所啖。爾今得遇我，亦以善事繼母，輟妻子之食以養，頂上靈光高尺許。故我得而佑之，非以爾叩拜求哀也。勉修善業，當尚有後福。」因指示歸路，越一日夜得至家。

張媪之父與是人為親串，故得其詳。時家奴之婦，有虐使其七歲孤侄者，聞張媪言，為之少戢。聖人以神道設教，信有以夫。

燐為鬼火

燐為鬼火，《博物志》謂戰血所成，非也，安得處處有戰血哉！蓋鬼者，人之餘氣也，鬼屬陰，而餘氣則屬陽。陽為陰鬱，則聚而成光，如雨氣至陰而螢火化，海氣至陰而陰火燃也。多見于秋冬，而隱于春夏；秋冬氣凝，春夏氣散故也。其或見于春夏者，非幽房廢宅，必深岩幽谷，皆陰氣常聚故也。多在平原曠野，藪澤沮洳，陽寄于陰，地陰類，水亦陰類，從其本類故也。

先兄晴湖，嘗同沈豐功年丈夜行，見燐火在高樹巔，青熒如炬；為從來所未聞。李長吉詩曰：「多年老鴞成木魅，笑聲碧火巢中起。」疑亦曾睹斯異，故有斯詠。先兄所見，或木魅所為歟！

珍稀巨硯

賈人持巨硯求售，色正碧而紅斑點點如血沁。試之，乃滑不受墨。背鐫長歌一首，曰：「祖龍奮怒鞭頑石，石上血痕胭脂赤。滄桑變幻幾度經，水舂沙蝕存盈尺。飛花點點粘落紅，芳草茸茸挼嫩碧。海人漉得出銀濤，鮫客咨嗟龍女惜。云何強遣充硯材，如以嬙施司洴澼。凝脂原不任研磨，鎮肉翻成遭棄擲。（原注：客問鎮肉事，判曰：「出《夢溪筆談》。」）音難見賞古所悲，用弗量才誰之責。案頭米老玉蟾蜍，為汝傷心應淚滴。」後題：「康熙己未重九，餐花道人降乩，偶以頑硯請題，立揮長句。因鐫諸硯背以記異。」款署「弈燾」二字，不著其姓，不知為誰，餐花道人亦無考。其詞感慨抑鬱，不類仙語，疑亦落拓之才鬼也。索價十金，酬以四金不肯售。後再問之，云四川一縣令買去矣。

身死心生

奴子紀昌，本姓魏，用黃犢子故事。從主姓。少喜讀書，頗嫻文藝，作字亦工楷。最有心計，平生無一事失便宜。晚得奇疾：目不能視，耳不能聽，口不能言，四肢不能動，周身並痿痺，不知痛癢；仰置榻上，塊然如木石，惟鼻息不絕。知其未死，按時以飲食置口中，尚能咀咽而已。診之乃六脈平和，毫無病狀，名醫亦無所措手。如是數年，乃死。老僧果成曰：「此病身死而心生，為自古醫經所不載，其業報歟？」然此奴亦無大惡，不過務求自利，算無遺策耳。巧者造物之所忌，諒哉！

悍婦

奴子李福之婦，悍戾絕倫，日忤其姑舅，面詈背詛，無所不至。或微諷以不孝有冥謫，輒掉頭哂曰：「我持觀音齋，誦觀音咒，菩薩以甚深法力，消滅罪愆，閻羅王其奈我何？」後嬰惡疾，楚毒萬端，猶曰：「此我誦咒未漱口，焚香用灶火，故得此報，非有他也。」愚哉！

蔡太守說冥事

蔡太守必昌，嘗判冥事。朱石君中丞問以佛法懺悔，有無利益。蔡曰：「尋常冤譴，佛能置訟者于善處。彼得所欲，其怨自解，如人世之有和息也。至重業深仇，非人世所可和息者，即非佛所能懺悔，釋迦牟尼亦無如之何。」斯言平易而近理。儒者謂佛法為必無，佛者謂種種罪惡皆可消滅，蓋兩失之。

燒海

余家距海僅百里，故河間古謂之瀛州。地勢趨東，以漸而高，故海岸絕陡，潮不能出，水亦不能入。九河皆在河間，而大禹導河，不直使入海，引之北行數百里，自碣石乃入，職是故也。海中每數歲或數十歲，遙見水雲澒洞中，紅光燭天，謂之燒海。輒有斷椽折棟，隨潮而上。人取以為薪。越數日，必互言某匠某匠，為神召去營龍宮。然無親睹其人，話鮫室貝闕之狀者，第傳聞而已。余謂是殆重洋巨舶，弗戒于火，水光映射，空無障翳，故千百里外皆可見；樑柱之類，舶上皆有，亦不必定屬殿材也。

善惡有報

獻縣捕役某，嘗奉差捕巨盜，就縶也。盜婦有色，盜乞以婦侍寢而縱之逃，某弗許。後以積蠹多贓坐斬。行刑前二日，獄舍牆圮，壓而死。獄吏葉某，坐不早葺治，得重杖。先是葉某夢身立堂下，聞堂上官吏論捕役事。官指揮曰：「一善不能掩千惡，千惡亦不能掩一善。免則不可，減則可。」既而吏抱牘出，殊不相識；諦視其官，亦不識，方悟所到非縣署。醒而陰賀捕役，謂且減死；不知神以得保首領為減也。人計捕役生平，只此一善，而竟得免刑。天道昭昭，何嘗不許人晚蓋哉！

人狐夙緣

吳江吳林塘言：其親表有與狐女遇者，雖無疾病，而惘惘恆若神不足。父母憂之，聞有游僧能劾治，試往祈請。僧曰：「此魅與郎君夙緣，無相害意。郎君自耽玩過度耳。然恐魅不害郎君，郎君不免自害。當善遣之。」乃夜詣其家，趺坐誦梵咒。家人遙見燭下似繡衫女子，冉冉再拜。僧舉拂子曰：「留未盡緣作來世歡，不亦可乎！」欻然而隱，自是遂絕。林塘知其異人，因問以神仙感遇之事。僧曰：「古來傳記所載，有寓言者，有托名者，有借抒恩怨者，有喜談詼諧，以詫異聞者，有點綴風流以為佳話，有本無所取而寄情綺語，如詩人之擬艷詞者：大都偽者十八九，真者十一二。此一二真者，又大都皆才鬼靈狐，花妖木魅，而無一神仙。其稱神仙必詭詞。夫神正直而聰明，仙冲虛而清靜，豈有名列丹台，身依紫府，復有蕩姬佚女，參雜其間，動入桑中之會哉？」林塘嘆其精識，為古所未聞。說是事時，林塘未舉其名字。後以問林塘子鍾僑，鍾僑曰：「見此僧時，才五六歲，當時未聞呼名字，今無可問矣。惟記其語音，似杭州人也。」

邱長春

李芍亭家扶乩，其仙自稱邱長春。懸筆而書，疾于風雨，字如顛素之狂草。客或求丹方，乩判曰：「神仙有丹訣，無丹方，丹方是燒煉金石之術也。《參同契》爐鼎鉛汞，皆是寓名，非言燒煉。方士轉相附會，遂貽害無窮。夫金石燥烈，益以火力，亢陽鼓蕩，血脈僨張，故筋力似倍加強壯；而消鑠真氣，伏禍亦深。觀蓺花者，培以硫黃，則冒寒吐蕊；然盛開之後，其樹必枯。蓋鬱熱蒸之下，則精華湧于上，湧盡則立槁耳。何必縱數年之欲，擲千金之軀乎？」其人悚然而起。後芍亭以告田白岩，白岩曰：「乩仙大抵皆托名。此仙能作此語，或真是邱長春歟！」

假邱長春

吳雲岩家扶乩，其仙亦云邱長春。一客問曰：「《西遊記》果仙師所作，以演金丹奧旨乎？」批曰：「然。」又問：「仙師書作于元初，其中祭賽國之錦衣衛，朱紫國之司禮監，滅法國之東城兵司馬，唐太宗之大學士、翰林院中書科，皆同明制，何也？」乩忽不動。再問之，不復答。知已詞窮而遁矣。然則《西遊記》為明人依托無疑也。

某知府夫人

文安王氏姨母，先太夫人第五妹也。言未嫁時，坐度帆樓中，遙見河畔一船，有宦家中年婦，伏窗而哭，觀者如堵。乳媼啟後戶往視，言是某知府夫人，晝寢船中，夢其亡女為人執縛宰割，呼號慘切。悸而寤，聲猶在耳，似出鄰船。遣婢尋視，則方屠一豚子，瀉血于盎，未竟也。夢中見女縛足以繩，縛手以紅帶。覆視其前足，信然，益悲愴欲絕，乃倍價贖而瘞之。其僮僕私言：此女十六而歿。存日極柔婉，惟嗜雞，每飯必具；或不具，則不舉箸。每歲恆割雞七八百，蓋殺業云。

書生遭餓鬼

交河有書生，日暮獨步田野間，遙見似有女子，避入秫田，疑蕩婦之赴幽期者。逼往視之，寂無所睹，疑其竄伏深叢，不復追跡。歸而大發寒熱，且作譫語曰：「我餓鬼也，以君有祿相，不敢觸忤，故潛匿草間。不虞忽相顧盼，枉步相尋。既爾有情，便當從君索食，乞惠薄奠，即從此辭。」其家為具紙錢餚酒，霍然而愈。蘇進士語年曰：「此君本無邪心，以偶爾多事，遂為此鬼所乘。小人之于君子，恆伺隙而中之也。言動可不慎哉！」

園有故祟

炎涼轉瞬，即鬼魅亦然。程魚門編修曰：「王文莊公遇陪祀北郊，必借宿安定門外一墳園。

園有故祟，文莊弗睹也。一歲，燈下有所睹，越半載而文莊卒矣。所謂山鬼能知一歲事耶！」

野鬼吟詩

太原申鐵蟾言：昔自蘇州北上，以舵牙觸損，泊舟興濟之南。荒塍野岸，寂無一人，而夜間草際有哦詩聲。心知是鬼，與其友諦聽之。所誦凡數十篇，幽咽斷續，不甚可辨。鐵蟾惟聽得一句，曰「寒星炯炯生芒角」，其友聽得二句，曰「夜深翁仲語，月黑鬼車來」。

鬼書紅柬

張完質舍人，僦居一宅，或言有狐。移入之次日，書室筆硯皆開動，又失紅柬一方。紛紜詢問間，忽一錢錚然落几上，若償紅柬之值也。俄喧言所失紅柬，粘宅後空屋。完質往視，則楷書「內室止步」四字，亦頗端正。完質曰：「此狐狡獪。」恐其將來惡作劇，乃遷去。聞此宅在保安寺街，疑即翁覃溪宅也。

待人以理之狐

李又聃先生言：東光某氏宅有狐，一日，忽擲磚瓦，傷盆盎。某氏詈之。夜間人叩窗語曰：「君睡否？我有一言：鄰里鄉黨，比戶而居，小兒女或相觸犯，事理之常，可恕則恕之，必不可恕，告其父兄，自當處置，遽加以惡聲，于理毋乃不可。且我輩出入無形，往來不測，皆君聞見所不及，提防所不到。而君攘臂與為難，庸有幸乎？于勢亦必不敵，君熟計之。」某氏披衣起謝，自是遂相安。會親串中有以僮僕微釁，釀為爭鬥，幾成大獄者，又聃先生嘆曰：「殊令人憶某氏狐。」

車輪巨蝠

北河總督署，有樓五楹，為蝙蝠所據多年矣。大小不知凡幾萬，一白者巨如車輪，乃其魁也，能為變怪。歷任總督，皆扃鑰弗居。福建李公清時，延正一真人劾治，果皆徙去。不久，李公卒，蝙蝠復歸。于是無敢問之者。

余謂湯文正公驅五通神，除民害也。蝙蝠自處一樓，與人無患，李公此舉，誠為可已而不已。至于猝捐館舍，則適值其時，不得謂蝙蝠為祟。修短有數，豈妖魅能操其權乎？

老僕說鬼

余七八歲時，見奴子趙平自負其膽，老僕施祥搖手曰：「爾勿恃膽，吾已以恃膽敗矣。吾少年氣最盛，聞某家凶宅無人敢居，徑攜襆被臥其內。夜將半，剨然有聲，承塵中裂，忽墮下一人臂，跳擲不已；俄又墮一臂，又墮兩足，又墮其身，最後乃墮其首，並滿屋迸躍如猿猱。吾錯愕不知所為，俄已合為一人，刀痕杖跡，腥血淋漓，舉手直來搯吾頸。幸夏夜納涼，掛窗未闔，急自窗躍出，狂奔而免。自是心膽並碎，至今猶不敢獨宿也。汝恃膽不已，無乃不免如我乎！」平意不謂然，曰：「丈原大誤，何不先捉一段，使不能湊合成形？」後夜飲醉歸，果為群鬼所遮，掖入糞坑中，幾于滅頂。

冥司之法

同年鍾上庭言：官寧德日，有幕友病亟。方服藥，恍惚見二鬼曰：「冥司有某獄，待君往質。藥可勿服也。」幕友言：「此獄已五十餘年，今何尚未了？」鬼曰：「冥司法至嚴，而用法至慎。但涉疑似，明知其事，證人不具，終不為獄成。故恆待至數十年。」問：「如是，不稽延拖累乎？」曰：「此亦千萬之一，不恆有也。」是夕果卒，然則果報有時不驗，或緣此歟？又小說所載，多有生魂赴鞫者，或宜遲宜速，各因其輕重緩急歟？要之早晚雖殊，神理終不憒憒，則鑿然可信也。

狐神

田氏媼詭言其家事狐神，婦女多焚香問休咎，頗獲利。俄爾群狐大集，需索酒食，罄所獲不足供。乃被擊破甕盎，燒損衣物，哀乞不能遣，怖而他投。瀕行時，聞屋上大笑曰：「爾還敢假名斂財否？」自是遂寂，亦遂他徙。然並其先有之資，耗大半矣。此余幼時聞先太夫人說。又有道士稱奉王靈官，擲錢卜事，時有驗，祈禱亦盛。偶惡少數輩，挾妓入廟，為所阻。乃陰從伶人假靈官鬼卒衣冠，乘其夜醮，突自屋脊躍下，據坐訶責其惑眾，命鬼卒縛之，持鐵蒺藜拷問。道士惶怖伏罪，具陳虛誑取錢狀。乃哄堂一笑，脫衣冠高唱而出。次日，覓道士，則已竄矣。此雍正甲寅七月事。余隨先姚安公宿沙河橋，聞逆旅主人說。

鄞縣書生

安邑宋半塘，嘗官鄞縣。言鄞有一生，頗工文，而偃蹇不第。病中夢至大官署，察其形狀，知為冥司。遇一吏，乃其故人，因叩以此病得死否。曰：「君壽未盡而祿盡，恐不久來此。」生言：「平生以館穀糊口，無過分之暴殄，祿何以先盡？」吏太息曰：「正為受人館穀而疏于訓課，冥司謂無功竊食，即屬虛糜。銷除其應得之祿，補所探支，故壽未盡而祿盡也。蓋在三之義，名分本尊。利人脩脯，誤人子弟，譴責亦最重。有官祿者減官祿，無官祿者則減食祿，一錙一銖，計較不爽。世徒見才士通儒，或貧或夭，動言天道之難明。焉知自誤生平，罪多坐此哉！」生悵然而寤，病果不起。臨歿，舉以戒所親，故人得知其事云。

道士龐斗樞

道士龐斗樞，雄縣人。嘗客獻縣高鴻臚家。先姚安公幼時，見其手撮棋子布几上，中間橫斜縈帶，不甚可辨；外為八門，則井然可數。投一小鼠，從生門入，則曲折尋隙而出；從死門入，則盤旋終日不得出。以此信魚腹陣圖，定非虛語。然斗樞謂此特戲劇耳。至國之興亡，繫乎天命；兵之勝敗，在乎人謀。一切術數，皆無所用。從古及今，有以壬遁星禽成事者耶？即如符咒厭劾，世多是術，亦頗有驗時。然數千年來，戰爭割據之世，是時豈竟無傳？亦未聞某帝某王某將某相死于敵國之魘魅也，其他可類推矣。姚安公曰：「此語非術士所能言，此理亦非術士所能知。」

義狐之言

從舅安公介然言：佃戶劉子明，家粗俗。有狐居其倉屋中，數十年一無所擾，惟歲時祭以酒五盞，雞子數枚而已。或遇火盜，輒叩門窗作聲，使主人知之。相安已久。

一日，忽聞吃吃笑不止。問之不答，笑彌甚。怒而訶之。忽應曰：「吾自笑厚結盟之兄弟，而疾其親兄弟者也。吾自笑厚其妻前夫之子，而疾其前妻之子者也。何預于君，而見怒如是？」劉大慚，無以應。俄聞屋上朗誦《論語》曰：「法語之言，能無從乎？改之為貴。巽語之言，能無悅乎？繹之為貴。」太息數聲而寂。劉自是稍改其所為。後余以告邵闇谷，闇谷曰：「此至親密友所難言，而狐能言之；此正言莊論所難入，而狐以詼諧悟之。東方曼倩何如焉！予倘到劉氏倉屋，當向門三揖之。」

食人瑪哈沁

瑪納斯有遣犯之婦，入山採樵，突為瑪哈沁所執。瑪哈沁者，額魯特之流民，無君長，無部族，或數十人為隊，或數人為隊；出沒深山中，遇禽食禽，遇獸食獸，遇人即食人。婦為所得，已褫衣縛樹上，熾火于旁，甫割左股一臠。倏聞火器一震，人語喧闐，馬蹄聲殷動山谷。以為官軍掩至，棄而遁。蓋營卒牧馬，偶以鳥槍擊雉子，誤中馬尾。一馬跳擲，群馬皆驚，相隨逸入萬山中；共噪而追之也。使少遲須臾，則此婦血肉狼籍矣，豈非若或使之哉！婦自此遂持長齋，嘗謂人曰：「吾非佞佛求福也。天下之痛苦，無過于臠割者；天下之恐怖，亦無過于束縛以待臠割者。吾每見屠宰，輒憶自受楚毒時；思彼眾生，其痛苦恐怖，亦必如我。故不能下咽耳。」此言方可告世之饕餮者也。

牛犬夙冤

奴子劉琪，畜一牛一犬。牛見犬輒觸，犬見牛輒噬，每鬥至血流不止。然牛惟觸此犬，見他犬則否；犬亦惟噬此牛，見他牛則否。後繫置兩處，牛或聞犬聲，犬或聞牛聲，皆昂首瞋視。後先姚安公官戶部，余隨至京師，不知此二物究竟如何也。

或曰：「禽獸不能言者，皆能記前生。此牛此犬殆佛經所謂夙冤，今尚相識歟？」余謂夙冤之說，鑿然無疑。謂能記前生，則似乎未必。親串中有姑嫂相惡者，嫂與諸小姑皆睦，惟此小姑則如仇；小姑與諸嫂皆睦，惟此嫂則如仇。是豈能記前生乎？蓋怨毒之念，根于性識，一朝相遇，如相反之藥，雖枯根朽草，本自無知，其氣味自能激鬥耳。因果牽纏，無施不報。三生一瞬，可快意于睚眦哉！

青縣張公

從伯君章公言：前明青縣張公，十世祖贊祁公之外舅也。嘗與邑人約，連名訟縣吏。乘馬而往，經祖墓前，有旋風撲馬首。驚而墮，從者舁以歸。寒熱陡作，忽迷忽醒，恍惚中似睹鬼物。特延巫禳解，忽起坐，作其亡父語曰：「爾勿祈禱，撲爾馬者我也。凡訟無益：使理曲，何可訟？使理直，公論具在，人人為扼腕，是即勝矣，何必訟？且訟役訟吏，為患尤大：訟不勝，患在目前；幸而勝，官有來去，此輩長子孫必相報復，患在後日。吾是以阻爾行也。」言訖，仍就枕，汗出如雨。比睡醒，則霍然矣。既而連名者皆敗，始信非譫語也。此公聞于伯祖湛元公者。湛元公一生未與人涉訟，蓋守此戒云。

圓光術

世有圓光術：張素紙于壁，焚符召神，使五六歲童子視之。童子必見紙上突現大圓鏡，鏡中人物，歷歷示未來之事，猶卦影也。但卦影隱示其象，此則明著其形耳。

龐斗樞能此術，某生素與斗樞狎，嘗覬覦一婦，密祈斗樞圓光，觀諧否。斗樞駭曰：「此事豈可瀆鬼神。」固強之。不得已勉為焚符，童子注視良久曰：「見一亭子，中設一榻，三娘子與一少年坐其上。」三娘子者，某生之亡妾也。方詬責童子妄語，斗樞大笑曰：「吾亦見之。亭中尚有一匾，童子不識字耳。」怒問：「何字？」曰：「『己所不欲』四字也。」某生默然，拂衣去。或曰：「斗樞所焚實非符，先以餅餌誘童子，教作是語。」是殆近之。雖曰惡謔，要未失朋友規過之義也。

綠錦袱包

先太夫人言：外祖家恆夜見一物，舞蹈于樓前，見人則竄避。月下循窗隙窺之，衣慘綠衫，形蠢蠢如巨鱉，見其手足而不見其首，不知何怪。外叔祖紫衡公遣健僕數人，持刀杖繩索伏門外，伺其出，突掩之。踉蹌逃入樓梯下。秉火照視，則牆隅綠錦袱包一銀船，左右有四輪，蓋外祖家全盛時兒童戲劇之物。乃悟綠衫其袱，手足其四輪也。熔之得三十餘金。一老媼曰：「吾為婢時，房中失此物，同輩皆大遭棰楚。不知何人竊去置此間，成此魅也。」

《搜神記》載孔子之言曰：「夫六畜之物，龜蛇魚鱉草木之屬，神皆能為妖怪，故謂之五酉。五行之方，皆有其物。酉者老也，故物老則為怪矣。殺之則已，夫何患焉！」然則物久而幻形，固事理之常耳。

兩世夫妻

兩世夫婦，如韋皋、玉簫者，蓋有之矣。景州李西崖言：乙丑會試，見貴州一孝廉，述其鄉民家生一子，甫能言，即云：「我前生某氏之女，某氏之妻，夫名某字某；吾卒時夫年若干，今年當若干；所居之地，距民家四五日程耳。」此語漸聞。至十四五歲時，其故夫知有是說，徑來尋問。相見涕泗，述前生事悉相符。是夕竟抱被同寢。其母不能禁，疑而竊聽，滅燭以後，已妮妮兒女語矣。母怒，逐其故夫去。此子悒悒不食，其故夫亦棲遲旅舍不肯行。一日防範偶疏，竟相偕遁去，莫知所終。異哉此事！古所未聞也。此謂發乎情而不止乎禮矣。

母惡女報

東光霍從占言：一富室女，五六歲時，因夜出觀劇，為人所掠賣。越五六年，掠賣者事敗，供曾以藥迷此女。移檄來問，始得歸。歸時視其肌膚，鞭痕、杖痕、剪痕、錐痕、烙痕、燙痕、爪痕、齒痕遍體如刻畫，其母抱之泣數日，每言及，輒沾襟。先是女自言主母酷暴無人理，幼時不知所為，戰慄待死而已；年漸長，不勝其楚，思自裁。夜夢老人曰：「爾勿短見，各烙再次，鞭一百，業報滿矣。」果一日縛樹受鞭，甫及百而縣吏持符到。蓋其母御婢極殘忍，凡觳觫而侍立者，鮮不帶血痕；回眸一視，則左右無人色。故神示報于其女也。然竟不悛改，後疽發于項死。子孫今亦式微。從占又云：一宦家婦，遇婢女有過，不加鞭捶，但褫下衣，使露體伏地。自云如蒲鞭之示辱也。後患顛癇，每防守稍疏，輒裸而舞蹈云。

鬼魅報恩

及孺愛先生言：其僕自鄰村飲酒歸，醉臥于路。醒則草露沾衣，月向午矣。欠伸之頃，見一人瑟縮立樹後，呼問：「為誰？」曰：「君勿怖，身乃鬼也。此間群鬼喜嬲醉人，來為君防守耳。」問：「素昧生平，何以見護？」曰：「君忘之耶？我歿之後，有人為我婦造蜚語，君不平而白其誣，故九泉銜感也。」言訖而滅，竟不及問其為誰，亦不自記有此事。蓋無心一語，黃壤已聞。然則有意造言者，冥冥之中寧免握拳嚙齒耶！

河間獻王墓

河間獻王墓在獻縣城東八十里。墓前有祠，祠前有二柏樹，傳為漢物，未知其審，疑後人所補種。左右陪葬二墓，縣志稱左毛萇，右貫長卿；然任丘又有毛萇墓，亦莫能詳也。或曰：「萇宋代追封樂壽伯，獻縣正古樂壽地。任丘毛公墓，乃毛亨也。」理或然歟！從舅安公五占言：康熙中，有群盜覬覦玉魚之藏，乃種瓜墓旁，陰于團焦中穿地道。將近墓，探以長錐，有白氣隨錐射出，聲若雷霆，衝諸盜皆仆。乃不敢掘。論者謂：「王墓封閉二千載，地氣久鬱，故遇隙湧出，非有神靈。」余謂：「王功在《六經》，自當有神呵護。穿古冢者多矣，何他處地氣不久鬱而湧乎？」

鬼魅在人腹中語

鬼魅在人腹中語，余所聞見，凡三事：一為雲南李編修衣山，因扶乩與狐女唱和。狐女姊妹數輩，並入居其腹中，時時與語。正一真人劾治弗能遣，竟顛癇終身。余在翰林目睹之。

一為宛平張大鶴友，官南汝光道時，與史姓幕友宿驛舍。有客投刺謁史，對語徹夜。比曉，客及其僕皆不見，忽聞語出史腹中。後拜斗祛之去。俄仍歸腹中，至史死乃已。疑其夙冤也。聞金聽濤少宰言之。

一為平湖一尼，有鬼在腹中，談休咎多驗，檀施鱗集。鬼自云：「夙生負此尼錢，以此為償。」如《北夢瑣言》所記田布事。人側耳尼腋下，亦聞其語，疑為樟柳神也。聞沈雲椒少宰言之。

死後七日而蘇

晉殺秦諜，六日而蘇，或由縊殺杖殺，故能復活。但不識未蘇以前，作何情狀。詁經有體，不能如小說瑣記也。

佃戶張天錫，嘗死七日，其母聞棺中擊觸聲，開視，已復生。問其死後何所見，曰：「無所見，亦不知經七日，但倏如睡去，倏如夢覺耳。」時有老儒館余家，聞之，拊髀雀躍曰：「程朱聖人哉！鬼神之事，孔孟猶未敢斷其無，惟二先生敢斷之。今死者復生，果如所論，非聖人能之哉！」余謂：「天錫自以氣結屍厥，瞀不知人，其家誤以為死耳，非真死也。虢太子事，載于《史記》，此翁未見耶？」

走無常者

帝王以刑賞勸人善，聖人以褒貶勸人善。刑賞有所不及，褒貶有所弗恤者，則佛以因果勸人善。其事殊，其意同也。緇徒執罪福之說，誘脅愚民，不以人品邪正分善惡，而以布施有無分善惡。福田之說興，瞿曇氏之本旨晦矣。

聞有走無常者，以血盆經懺有無利益問冥吏。冥吏曰：「無是事也。夫男女構精，萬物生化，是天地自然之氣，陰陽不息之機也。化生必產育，產育必穢污，雖淑媛賢母，亦不得不然。非自作之罪也。如以為罪，則飲食不能不便溺，口鼻不能不涕唾，是亦穢污，是亦當有罪乎？為是說者，蓋以最易惑者惟婦女，而婦女所必不免者惟產育，以是為有罪，以是罪為非懺不可；而閨閣之財，無不充功德之費矣。爾出入冥司，宜有聞見，血池果在何處？墮血池者果有何人？乃猶疑而問之歟！」走無常後以告人，人訖無信其言者。積重不返，此之謂矣。

二僧之敗

釋明玉言：西山有僧，見游女踏青，偶動一念。方徙倚凝想間，有少婦忽與目成，漸相軟語，云：「家去此不遠，夫久外出。今夕當以一燈在林外相引。」叮嚀而別。僧如期往，果熒熒一燈，相距不半里，穿林渡澗，隨之以行，終不能追及。既而或隱或現，倏左倏右，奔馳輾轉，道路遂迷，困不能行，踣臥老樹之下。天曉諦觀，仍在故處。再視林中，則蒼蘚綠莎，履痕重疊。乃悟徹夜繞此樹旁。如牛旋磨也。自知心動生魔，急投本師懺悔。後亦無他。

又言：山東一僧，恆見經閣上有艷女下窺，心知是魅；然私念魅亦良得，徑往就之，則一無所睹，呼之亦不出。如是者凡百餘度，遂惘惘得心疾，以至于死。臨死乃自言之。此或夙世冤愆，借以索命歟？然二僧究皆自敗，非魔與魅敗之也。

卷十 如是我聞【四】（六十三則）

醫者某生

吳惠叔言：醫者某生，素謹厚。一夜有老媪持金釧一雙，就買墮胎藥。醫者大駭，峻拒之。次日夕，又添持珠花兩枝來。醫者益駭，力揮去。越半載餘，忽夢為冥司所拘，言有訴其殺人者。至則一披髮女子，項勒紅巾，泣陳乞藥不與狀。醫者曰：「藥以活人，豈敢殺人以漁利！汝自以姦敗，與我何尤？」女子曰：「我乞藥時，孕未成形，倘得墮之，我可不死。是破一無知之血塊，而全一待盡之命也。既不得藥，不能不產，以致子遭扼殺，受諸痛苦，我亦見逼而就縊。是汝欲全一命，反戕兩命矣。罪不歸汝，反歸誰乎？」冥官喟然曰：「汝之所言，酌乎事勢；彼所執者，則理也。宋以來，固執一理而不揆事勢之利害者，獨此人也哉？汝且休矣！」拊几有聲，醫者悚然而寤。

冥司遇故人

惠叔又言：有疫死還魂者，有冥司遇其故人，襤褸荷校。相見悲喜，不覺握手太息曰：「君一生富貴，竟不能帶至此耶？」其人蹙然曰：「富貴皆可帶至此，但人不肯帶爾。生前有功德者，至此何嘗不富貴耶？寄語世人，早做帶來計可也。」李南澗曰：「善哉斯言，勝于謂富貴皆空也。」

狐據書樓

長山聶松岩言：安丘張卯君先生家，有書樓為狐所據，每與人對語。媼婢僮僕，凡有隱匿，必對眾暴之。一家畏若神明，惕惕然不敢作過。斯亦能語之繩規，無形之監史矣。然奸黠者或敬事之，則諱其所短，不肯質言。蓋聰明有餘，正直則不足也。斯狐之所以為狐歟！

冥女還魂

滄州插花廟老尼董氏言：嘗夜半睡醒，聞佛殿磬聲鏗然，如有人禮拜者。次日，告其徒。曰：「師耳鳴也。」至夜復然，乃潛起躡足窺之。佛火青熒，依稀辨物，見擊磬者乃其亡師，一少婦對佛長跪，喁喁絮祝。回面向內，不識為誰。細聽所祝，則為夫病祈福也。恐怖失措，觸朱槅有聲。陰氣冥蒙，燈火驟暗。再明，則已無睹矣。先外祖雪峰張公曰：「此少婦已入黃泉，猶憂夫病，聞之使人增伉儷之情。」董尼又言：近一賣花媼，夜經某氏墓，突見某婦人魂立樹下，以手招之。無路可避，因戰慄拜謁。某夫人曰：「吾夜夜在此，待一相識人寄信，望眼幾穿，今乃見爾。歸告我女我婿：一切陰謀，鬼神皆已全知，無更枉拋心力。吾在冥府，大受鞭笞；地下先亡，更人人唾詈。無地自容，日惟避此樹邊，苦雨淒風，酸辛萬狀。尚不知沉淪幾載，得付轉輪。似聞須所奪小郎資財，耗散都盡，始冀有生路也。又婿有密札數紙，病中置螺甸小篋中。囑其檢出毀滅，免為他日口實。」叮嚀再三，嗚咽而滅。媼潛告其女，女怒曰：「為小郎游說耶！」迨于篋中見前札，乃始悚然。後女家日漸消敗。親串中知其事者，皆合掌曰：「某夫人生路近矣。」

臨陣憶斯語

烏魯木齊提督巴公彥弼言：昔從征烏什時，夢至一處山麓，有六七行幄，而不見兵衛；有數十人出入往來，亦多似文吏。試往窺視，遇故護軍統領某公（某名凡五字，公以濟舌音急呼之，今不能記），握手相勞苦，問：「公久逝，今何事到此？」曰：「吾以平生拙直，得授冥官。今隨軍籍記戰歿者也。」見其几上諸冊，有黃色、紅色、紫色、黑色數種。問：「此以旗分耶？」微哂曰：「安有紫旗、黑旗（雖舊制本有黑旗，以黑色夜中難辨，乃改為藍旗。此公蓋偶未知也），此別甲乙之次第耳。」問：「次第安在？」曰：「赤心為國，奮不顧身者，登黃冊。恪遵軍令，寧死不撓者，登紅冊。隨眾驅馳，轉戰而殞者，登紫冊。倉皇奔潰，無路求生，蹂踐裂屍，追殲斷脰者，登黑冊。」問：「同時授命，血濺屍橫，豈能一一區分，毫無舛誤？」曰：「此惟冥官能辨矣。大抵人亡魂在，精氣如生。應登黃冊者，其精氣如烈火熾騰，蓬蓬勃勃。應登紅冊者，其精氣如烽煙直上，風不能搖。應登紫冊者，其精氣如雲漏電光，往來閃爍。此三等中，最上者為神明，最下者亦歸善道。至應登黑冊者，其精氣瑟縮摧頹，如死灰無焰。在朝廷褒崇忠義，自一例哀榮；陰曹則以常鬼視之，不復齒數矣。」巴公側耳敬聽，悚然心折。方欲自問將來，忽炮聲驚覺。後常以告麾下曰：「吾臨陣每憶斯語，使覺捐身鋒鏑，輕若鴻毛。」

轎夫王二

《夜燈叢錄》載謝梅莊戇子事，而不知戇子姓盧名志仁，蓋未見梅莊自作《戇子傳》，僅據傳聞也。霍京兆易書，戍癸蘇圖時，轎夫王二，與戇子事相類。後歿于塞外，京兆哭之慟。

一夕，忽聞帳外語曰：「羊被盜矣，可急向西北追。」出視果然。聽其語音，灼然王二之魂也。京兆有一僕，方辭歸，是日睹此異，遂解裝不行，謂其曹曰：「恐冥冥中王二笑人。」

瞽者蔡某

滄州瞽者蔡某，每過南山樓下，即有一叟邀之彈唱，且對飲。漸相狎，亦時到蔡家共酌。自云姓蒲，江西人，因販磁到此。久而覺其為狐，然契合甚深，狐不諱，蔡亦不畏也。會有以閨闈蜚語涉訟者，眾議不一。偶與狐言及，曰：「君既通靈，必知其審。」狐艴然曰：「我輩修道人，豈干預人家瑣事？夫房幃秘地，男女幽期，曖昧難明，嫌疑易起。一犬吠影，每至于百犬吠聲。即使果真，何關外人之事？乃快一時之口，為人子孫數世之羞，斯已傷天地之和，召鬼神之忌矣。況杯弓蛇影，恍惚無憑，而點綴鋪張，宛如目睹。使人忍之不可，辨之不能，往往致抑鬱難言，含冤畢命。其怨毒之氣，尤歷劫難消。苟有幽靈，豈無業報？恐刀山劍樹之上，不能不為是人設一座也。汝素樸誠，聞此事自當掩耳；乃考求真偽，意欲何為？豈以失明不足，尚欲犁舌乎？」投杯徑去，從此遂絕。蔡愧悔，自批其頰。恆述以戒人，不自隱匿也。

獸面人心

舅氏張公夢徵言：所居吳家莊西，一丐者死于路，所畜犬守之不去。夜有狼來啖其屍，犬奮嚙不使前；俄諸狼大集，犬力盡踣，遂並為所啖。惟存其首，尚雙目怒張，眦如欲裂。有佃戶守瓜田者親見之。又程易門在烏魯木齊，一夕，有盜入室，已踰垣將出。所畜犬追嚙其足。盜抽刃斫之，至死嚙終不釋。因就擒。時易門有僕，曰龔起龍，方負心反噬。皆曰：「程太守有二異：一人面獸心，一獸面人心。」

烏對戶啼

余在烏魯木齊日，驍騎校薩音綽克圖言：曩守紅山口卡倫，一日將曙，有烏啞啞對戶啼。惡其不吉，引骹矢射之。噭然有聲，掠乳牛背上過。牛駭而奔，呼數卒急追。入一山坳，遇耕者二人，觸一人仆。扶視無大傷，惟足跛難行。問其家不遠，共舁送歸。入室坐未定，聞小兒連呼有賊。同出助捕，則私逃遣犯韓雲，方逾垣盜食其瓜，因共執焉。使烏不對戶啼，則薩音綽克圖不射；薩音綽克圖不射，則牛不驚逸；牛不驚逸，則不觸人仆；不觸人仆，則數卒不至其家；徒一小兒見人盜瓜，其勢必不能執縛：乃輾轉相引，終使受縶伏誅。此烏之來，豈非有物憑之哉！蓋云本劇寇，所劫殺者多矣。爾時雖無所睹，實與劉剛遇鬼因果相同也。

僵屍有聲

又佐領額爾赫圖言：曩守吉木薩卡倫，夜聞團焦外嗚嗚有聲。人出逐，則漸退；人止則止，人返則復來。如是數夕。一戍卒有膽，竟操刃隨之，尋聲迤邐入山中，至一僵屍前而寂。視之有野獸嚙食痕，已久枯矣。卒還以告，心知其求瘞也。具棺葬之，遂不復至。夫神識已離，形骸何有？此鬼沾沾于遺蛻，殊未免作繭自纏。然螻蟻魚鱉之談，自莊生之曠見；豈能使含生之屬，均如太上忘情。觀于茲事，知棺衾必慎，孝子之心；胔骼必藏，仁人之政。聖人通鬼神之情狀，何嘗謂魂升魄降，遂冥冥無知哉？

奢儉有度

獻縣令某，臨歿前，有門役夜聞書齋人語曰：「渠數年享用奢華，祿已耗盡。其父訴于冥司，探支來生祿一年，治未了事。未知許否也？」俄而令暴卒。董文恪公嘗曰：「天道凡事忌太甚。故過奢過儉，皆足致不祥。然歷歷驗之，過奢之罰，富者輕而貴者重；過儉之罰，貴者輕而富者重。蓋富而過奢，耗己財而已；貴而過奢，其勢必至于貪婪。權力重，則取求易也。貴而過儉，守己財而已；富而過儉，其勢必至于刻薄，計較明則機械多也。士大夫時時深念，知益己者必損人。凡事留其有餘，則召福之道也。」

貪牛致害

小奴玉保言：特納格爾農家，忽一牛入其牧群，甚肥健。久而無追尋者，詢訪亦無失牛者，乃留畜之。其女年十三四，偶跨此牛往親串家。牛至半途，不循蹊徑，負女度嶺驀澗，直入亂山。崖陡谷深，墮必糜碎，惟抱牛頸呼號。樵牧者聞聲追視，已在萬峰之頂，漸滅沒于煙靄間，其或飼虎狼，或委溪壑，均不可知矣。皆咎其父貪攘此牛，致罹大害。余謂此牛與此女，合是夙冤，即驅逐不留，亦必別有以相報也。

塾師愧于狐

故城刁飛萬言：一村有二塾師，雨後同步至土神祠，踞砌對談，移時未去。祠前地淨如掌，忽見坌起似字跡。共起視之，則泥上杖畫十六字曰：「不趁涼爽，自課生徒；溷入書館，不亦愧乎？」蓋祠無居人，狐據其中，怪二人久聒也。時程試方增律詩，飛萬戲曰：「隨手成文，即四言葉韻。我愧此狐。」

書生結冥友

飛萬又言：一書生最有膽，每求見鬼不可得。一夕，雨霽月明，命小奴攜罌酒詣叢冢間，四顧呼曰：「良夜獨游，殊為寂寞。泉下諸友，有肯來共酌者乎？」俄見燐火熒熒，出沒草際。再呼之，嗚嗚環集，相距丈許，皆止不進。數其影約十餘，以巨杯挹酒灑之，皆俯嗅其氣。有一鬼稱酒絕佳，請再賜。因且灑且問曰：「公等何故不輪廻？」曰：「善根在者轉生矣，惡貫盈者墮獄矣。我輩十三人，罪限未滿，待輪廻者四；業報沉淪，不得輪廻者九也。」問：「何不懺悔求解脫？」曰：「懺悔須及未死時，死後無著力處矣。」酒灑既盡，舉罌示之，各踉蹌去。中一鬼回首叮嚀曰：「餓鬼得飫壺觴，無以報德。謹以一語奉贈：懺悔須及未死時也。」

血臥疆場

翰林院筆帖式伊實從征伊犁時，血戰突圍，身中七矛死。越兩晝夜，復蘇；疾馳一晝夜，猶追及大兵。余與博晰齋同在翰林時，見有傷痕，細詢顛末。自言被創時，絕無痛楚，但忽如沉睡。既而漸有知覺，則魂已離體，四顧皆風沙澒洞，不辨東西，了然自知為已死。倏念及子幼家貧，酸徹心骨，便覺身如一葉，隨風漾漾欲飛。倏念及虛死不甘，誓為厲鬼殺賊，即覺身如鐵柱，風不能搖。徘徊佇立間，方欲直上山巔，望敵兵所在；俄如夢醒，已僵臥戰血中矣。晰齋太息曰：「聞斯情狀，使人覺戰死無可畏。然則忠臣烈士，正復易為，人何憚而不為也！」

戒殺牛

里有古氏，業屠牛，所殺不可縷數。後古叟目雙瞽。古嫗臨歿時，肌膚潰裂，痛苦萬狀，自言冥司仿屠牛之法宰割我。呼號月餘，乃終。侍姬之母沈媼，親睹其事。

殺業至重，牛有功于稼穡，殺之業尤重。《冥祥記》載晉庾紹之事，已有「宜勤精進，不可殺生；若不能都斷，可勿宰牛」之語，此牛戒之最古者。《宣室誌》載夜叉與人雜居則疫生，惟避不食牛人。《酉陽雜俎》亦載之。今不食牛人，遇疫實不傳染，小說固非盡無據也。

重規疊矩

海寧陳文勤公言，昔在人家遇扶乩，降壇者安溪李文貞公也。公拜問涉世之道，文貞判曰：「得意時毋太快意，失意時毋太快口，則永保終吉。」公終身誦之。嘗誨門人曰：「得意時毋太快意，稍知利害者能之；失意時毋太快口，則賢者或未能。夫快口豈特怨尤哉，夷然不屑，故作曠達之語，其招禍甚于怨尤也。」余因憶先高祖《花王閣剩稿》中載宋盛陽先生（諱大壯，河間諸生，先高祖之外舅也）贈詩曰：「狂奴猶故態，曠達是牢騷。」與公所論，殆似重規疊矩矣。

寡婦盡孝

有額魯特女，為烏魯木齊民間婦，數年而寡。婦故有姿首，媒妁日叩其門。婦謝曰：「嫁則必嫁。然夫死無子，翁已老，我去將誰依？請待養翁事畢，然後議。」有欲入贅其家代養其翁者，婦又謝曰：「男子性情不可必，萬一與翁不相安，悔且無及。亦不可。」乃苦身操作，翁溫飽安樂，竟勝于有子時。越六七年，翁以壽終。營葬畢，始痛哭別墓，易彩服升車去。論者惜其不貞，而不能不謂之孝。內閣學士永公時鎮其地，聞之嘆曰：「此所謂質美而未學。」

盜賊行俠

新城王符九言：其友人某，選貴州一令。貸于西商，抑勒剝削，機械百出。某迫于程限，委曲遷就；而西商枝節益多。爭論至夜分，始茹痛書券。計券上百金，實得不及三十金耳。西商去後，持金貯篋。方獨坐太息，忽聞檐上人語曰：「世間無此不平事！公太柔懦，使人憤填胸臆。吾本意來盜公，今且一懲西商，為天下窮官吐氣也。」某悸不敢答。俄屋角窸窣有聲，已越垣徑去。次日，聞西商被盜，並篋中新舊借券，皆席捲去矣。此盜殊多俠氣，然亦西商所為太甚，干造物之忌，故鬼神巧使相直也。

巫能視鬼

許文木言：其親串有新得官者，盛具牲醴享祖考。有巫能視鬼，竊語人曰：「某家先靈受祭時，皆顏色慘沮，如欲下淚。而後巷某甲之鬼，乃坐對門屋脊上，翹足而笑。是何故也？」後其人到官未久，即伏法。始悟其祖考悲泣之由。而某甲之喜，則終不解。久而有知其陰事者曰：「某甲女有色，是嘗遣某媼誘以金珠，同宿數夕。人不知而鬼知也，誰謂冥冥中可墮行哉！」

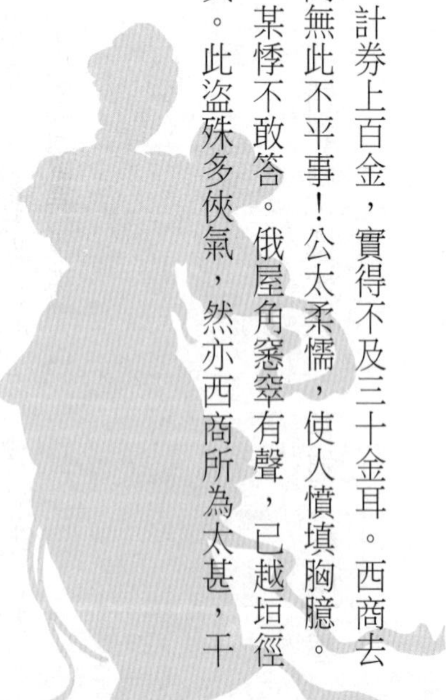

城西古墓

王梅序孝廉言：交河城西有古墓，林木叢雜，云藏妖魅，犯之者多患寒熱，樵牧弗敢近。一老儒耿直負氣，由所居至縣城，其地適中，過必憩息，偃蹇傲睨，竟無所見聞。如是數年。

一日，又坐墓側，袒裼納涼。歸而發狂，譫語曰：「曩以汝為古君子，故任汝放誕，未敢侮汝。汝近乃作負心事，知從前規言矩步，皆貌是心非，今不復畏汝矣。」其家再三拜禱，昏憒數日始痊。自是索然氣餒，每經其地，輒俯首疾趨。觀此知魅不足畏，心苟無邪，雖凌之而不敢校；

亦觀此而知魅大可畏，行苟有玷，雖秘之而皆能窺。

《佐治藥言》載奇事

門人蕭山汪生輝祖，字煥曾，乾隆乙未進士，今為湖南寧遠縣知縣。未第時，久于幕府，撰《佐治藥言》二卷，中載近事數條，頗足以資法戒。

其一曰：孫景溪先生，諱爾周。令吳橋時，幕客葉某一夕方飲酒，偃臥于地，歷二時而蘇。次日閉戶書黃紙疏，赴城隍廟拜毀，莫喻其故。越六日，又偃仆如前，良久復起，則請遷居于署外。自言：「八年前在山東館陶幕，有士人告惡少調某婦。本擬請主人專懲惡少，不必婦對質。而同事謝某，欲窺婦姿色，慫恿傳訊。致婦投繯，惡少亦抵法。今惡少控于冥府，謂婦不死，則渠無死法；而婦死由內幕之傳訊。館陶城隍神移牒來拘，昨具疏申辯，謂婦本應對質；且造意者為謝某。頃又移牒，謂：『傳訊之意，在窺其色，非理其冤；念雖起于謝，筆實操于葉。謝已攝至，葉不容寬。』余必不免矣。」越夕而殞。

其一曰：浙江臬司同公言：乾隆乙亥秋審時，偶一夜潛出，察諸吏治事狀。皆已酣寢，惟一室燈燭明。穴窗竊窺，凡一吏方理案牘，几前立一老翁、一少婦。心甚駭異，姑視之。見吏初草一簽，旋毀稿更書，少婦斂衽退。又抽一卷，沉思良久，書一簽，老翁亦揖而退。傳詰此吏，則先理者為台州因奸致死一案：初擬緩決，旋以身列青衿，敗檢釀命，改情實。後抽之卷為寧波疊毆致死一案：初擬情實，旋以索逋理直，死由還毆，改緩決。知少婦為捐生之烈魄，老翁為累囚之先靈矣。

其一曰：秀水縣署有愛日樓，板梯久毀，陰雨輒聞鬼泣聲。一老吏言：康熙中，令之母喜誦佛號，因建此樓。雍正初，有令挈幕友胡姓來，盛夏不欲見人，獨處樓中；案牘飲食，皆縋而上下。一日，聞樓上慘號聲。從者急梯而上，則胡裸體浴血，自刺其腹，並碎劃周身如刻畫。自云：「曩在湖南某縣幕，有姦夫殺本夫者，姦夫首于官。吾恐主人有失察咎，以訪拿報，婦遂坐磔。頃見一神引婦來，剚刃于吾腹，他不知也。」號呼越夕而死。

其一曰：吳興某，以善治錢穀有聲。偶為當事者所慢，因密訐其侵盜陰事于上官，竟成大獄。後自嚙其舌而死。又無錫張某，在歸安令裘魯青幕，有姦夫殺本夫者，裘以婦不同謀，欲出之。張大言曰：「趙盾不討賊為弒君，許止不嘗藥為弒父，《春秋》有誅意之法。是不可縱也。」婦竟論死。後張夢一女子，披髮持劍，拊膺而至曰：「我無死法，汝何助之急也？」以刃刺之。覺而刺處痛甚。自是夜夜為厲，以至于死。

其一曰：蕭山韓其相先生，少工刀筆，久困場屋。且無子，已絕意進取矣。雍正癸卯，在公安縣幕，夢神人語曰：「汝因筆孽多，盡削祿嗣。今治獄仁恕，賞汝科名及子，其速歸。」未以為信，次夕夢復然。時已七月初旬，答以試期不及。神曰：「吾能送汝也。」寤而急理歸裝，江得風利，八月初二日竟抵杭州，以遺才入闈中式。次年，果舉一子。煥曾篤實有古風，其所言當不妄。又所記《囚關絕祀》一條曰：平湖楊研耕在虞鄉縣幕時，主人兼署臨晉，有疑獄，久未決。後鞫實為弟毆兄死，夜擬讞牘畢，未及滅燭而寢。忽聞床上鉤鳴，帳微啟，以為風也。少頃復鳴，則帳懸鉤上，有白鬚老人跪床前叩頭，叱之不見，而几上紙翻動有聲。急起視，則所擬讞牘也，反覆詳審，罪實無枉。惟其家四世單傳，至其父始生二子，一死非命，一又伏罪，則五世之祀斬矣。因毀稿存疑如故，蓋以存疑為是也。余謂以王法論，滅倫者必誅；以人情論，絕祀者亦可憫。生與殺皆礙，仁與義竟兩妨矣。如必委曲以求通，則謂殺人者抵，以申死者之冤也。申己之冤以絕祖父之祀，其兄有知，必不願；使其竟願，是無人心矣。雖不抵不為枉，是一說也。或又謂情者一人之事，法者天下之事也。使凡僅兄弟二人者，弟殺其兄，哀其絕祀，皆不抵，則奪產殺兄者多矣，何法以正倫紀乎？是又未嘗非一說也。不有皋陶，此獄實為難斷，存以待明理者之論定可矣。

子不語怪

姚安公言：昔在舅氏陳公德音家，遇驟雨，自巳至午乃息，所雨皆漚麻木也。時西席一老儒方講學，眾因叩曰：「此雨究竟是何理？」老儒掉頭面壁曰：「子不語怪。」

老儒

劉香畹言：曩客山西時，聞有老儒經古冢，同行者言中有狐。老儒詈之，亦無他異。老儒故善治生，冬不裘，夏不絺，食不餚，飲不茹，妻子不宿飽。銖積錙累，得四十金，熔為四錠，秘緘之。而對人自訴無擔石。自詈狐後，所儲金或忽置屋顛樹杪，使梯而取。或忽在淤泥淺水，使濡而求。甚或忽投圊溷，使探而濯。或移易其地，大索乃得。或失去數日，從空自墮。或與客對坐，忽納于帽檐。或對人拱揖，忽鏗然脫袖。千變萬化，不可思議。

一日，忽四錠躍擲空中，如蛺蝶飛翔，彈丸擊觸，漸高漸遠，勢將飛去。不得已，焚香拜祝，始自投于懷。自是不復相嬲，而講學之氣焰已索然盡矣。說是事時，一友曰：「吾聞以德勝妖，不聞以詈勝妖也。其及也固宜。」一友曰：「使周、張、程、朱詈，妖必不興。惜其古貌不古心也。」一友曰：「周、張、程、朱必不輕詈。惟其不足于中，故悻悻于懷耳。」香畹首肯曰：「斯言洞見癥結矣。」

慳吝孝廉

香畹又言：一孝廉頗善儲蓄，而性嗇。其妹家至貧，時逼除夕，炊煙不舉。冒風雪徒步數十里，乞貸三五金，期明春以其夫館穀償。堅以窘辭。其母涕泣助請，辭如故。母脫簪珥付之去，孝廉如弗聞也。

是夕，有盜穴壁入，罄所有去。迫于公論，弗敢告官捕。越半載，盜在他縣敗，供曾竊孝廉家，其物猶存十之七。移牒來問，又迫于公論，弗敢認。其婦惜財不能忍，陰遣子往認焉。孝廉內愧，避弗見客者半載。夫母子天性，兄妹至情；以嗇之故，人如陌路。此真聞之扼腕矣。乃盜遽乘之，使人一快；失而弗敢言，得而弗敢取，又使人再快。至于椎心茹痛，自匿其暇，復敗于其婦，瑕終莫匿，更使人不勝其快。顛倒播弄，如是之巧，謂非若或使之哉！然能愧不見客，吾猶取其足為善。充此一愧，雖以孝友聞可也。

死不忘親

盧霽漁編修患寒疾，誤延讀《景岳全書》者投人參，立卒。太夫人悔焉。哭極慟。然每一發聲，輒聞板壁格格響；夜或繞床呼阿母，灼然辨為霽漁聲。蓋不欲高年之過哀也。悲哉！死而猶不忘親乎。

宦家義婦

海陽鞠前輩庭和言：一宦家婦臨卒，左手挽幼兒，右手挽幼女，嗚咽而終，力擘之乃釋，目炯炯尚不瞑也。後燈前月下，往往遙見其形，然呼之不應，問之不言，招之不來，即之不見。或數夕不出，或一夕數出，或望之在某人前，而某人反無睹；或此處方睹，而彼處又睹，大抵如泡影空花，電光石火，一轉瞬而即滅，一彈指而倏生。雖不為害，而人人意中有一先亡夫人在。故後妻視其子女，不敢生分別心；婢媼童僕視其子女，亦不敢生凌侮心。至男婚女嫁，乃漸不睹，然越數歲或一見，故一家恆惴惴慄慄，如時在其旁。或疑為狐魅所托，是亦一說。惟是狐魅擾人，而此不近人。且狐魅又何所取義，而辛苦十餘年，為時時作此幻影哉？殆結戀之極，精靈不散耳。為人子女者，知父母之心，歿而彌切如是也。其亦可以愴然感乎？

兄死吞孤侄

庭和又言：有兄死而吞噬其孤侄者，迫脅侵蝕，殆無以自存。一夕，夫婦方酣眠，忽夢兄倉皇呼曰：「起起，火已至。」醒而煙焰迷漫，無路可脫，僅破窗得出。喘息未定，室已崩摧。緩須臾，則灰燼矣。

次日，急召其侄，盡還所奪。人怪其數朝之內，忽跖忽夷。其人流涕自責，始知其故。此鬼善全骨肉，勝于為厲多多矣。

野狐戲人

高淳令梁公欽官戶部額外主事時，與姚安公同在四川司。是時六部規制嚴，凡有故不能入署者，必遣人告掌印，掌印移牒司務，司務每日匯呈堂，謂之出付；不能無故不至也。

一日，梁公不入署，而又不出付，眾疑焉。姚安公與福建李公根侯，寓皆相近，放衙後同往視之。則梁公昨夕睡後，忽聞砰訇撞觸聲，如怒馬騰踏。呼問無應者，悸而起視，乃二僕一御者裸體相搏，捶擊甚苦，然皆緘口無一言。時四鄰已睡，寓中別無一人。無可如何，坐視其鬥。至鐘鳴乃並仆，迨曉而蘇，傷痕鱗疊，面目皆敗。問之都不自知，惟憶是晚同坐後門納涼，遙見破屋址上有數犬跳踉，戲以磚擲之，嗥而逃。就寢後遂有是變。意犬本是狐，月下視之未審歟！梁公泰和人，與正一真人為鄉里，將往陳訴。姚安公曰：「狐自游戲，何預于人？無故擊之，曲不在彼。袒曲而攻直，于理不順。」李公亦曰：「凡僕隸與人爭，宜先克己；理直尚不可縱，使有恃而妄行，況理曲乎？」梁公乃止。

人偽狐狀

乾隆乙未會試前，一舉人過永光寺西街，見好女立門外；意頗悅之，托媒關說，以三百金納為妾。因就寓其家，亦甚相得。迨出闈返舍，則破窗塵壁，闃無一人，污穢堆積，似廢壞多年者。訪問鄰家，曰：「是宅久空，是家往來僅月餘，一夕自去，莫知所往矣。」或曰：「狐也，小說中蓋嘗有是事。」或曰：「是以女為餌，竊資遠遁，偽為狐狀也。」夫狐而偽人，斯亦黠矣；人而偽狐，不更黠乎哉！余居京師五六十年，見類此者不勝數，此其一耳。

布商韓某

汪御史香泉言：布商韓某，昵一狐女，日漸尪羸。其侶求符籙劾禁，暫去仍來。一夕，與韓共寢，忽披衣起坐曰：「君有異念耶？何忽覺剛氣砭人，刺促不寧也？」韓曰：「吾無他念。惟鄰人吳某，逼于債負，鬻其子為歌童。吾不忍其衣冠之後淪下賤，捐四十金欲贖之，故輾轉未眠耳。」狐女蹙然推枕曰：「君作是念，即是善人。害善人者有大罰，吾自此逝矣。」以吻相接，噓氣良久，乃揮手而去。韓自是壯健如初。

巨公放生

戴遂堂先生曰：嘗見一巨公，四月八日在佛寺禮懺放生。偶散步花下，遇一游僧，合掌曰：「公至此何事？」曰：「作好事也。」又問：「何為今日作好事？」曰：「佛誕日也。」又問：「佛誕日乃作好事，餘三百五十九日皆不當作好事乎？公今日放生，是眼前功德，不知歲歲庖廚之所殺，足當此數否乎？」巨公猝不能對。知客僧代叱曰：「貴人護法，三寶增光。窮和尚何敢妄語！」游僧且行且笑曰：「紫衣和尚不語，故窮和尚不得不語也。」掉臂徑出，不知所往。

一老僧竊嘆曰：「此闍黎大不曉事，然在我法中，自是突聞獅子吼矣。」昔五台僧明玉嘗曰：「心心念佛，則惡意不生，非日念數聲，即為功德也。日日持齋，則殺業永除，非月持數日即為功德也。燔炙肥甘，晨昏饜飫，而月限某日某日不食肉，謂之善人。然則苞苴公行，簠簋不飾，而月限某日某日不受錢，謂之廉吏乎？」與此游僧之言，若相印合。李杏甫總憲則曰：「此為彼教言之耳。士大夫終身茹素，勢必不行。得數日持月齋，則此數日可減殺；得數人持月齋，則此數人可減殺。不愈于全不持乎？」是亦見智見仁，各明一義。第不知明玉倘在，尚有所辨難否耳？

董鄂

恆王府長史東鄂洛（據《八旗氏族譜》，當為董鄂，然自書為東鄂。案牘冊籍亦書為東鄂。《公羊傳》所謂名從主人也），謫居瑪納斯，烏魯木齊之支屬也。一日，詣烏魯木齊。因避暑夜行，息馬樹下。遇一人半跪問起居，云是戍卒劉青。與語良久，上馬欲行。青曰：「有瑣事，乞公寄一語：印房官奴喜兒，欠青錢三百。青今貧甚，宜見還也。」次日，見喜兒，告以青語。喜兒駭汗如雨，面色如死灰。怪詰其故，始知青久病死。初死時，陳竹山閔其勤慎，以三百錢付喜兒市酒脯楮錢奠之。喜兒以青無親屬，遂盡乾沒。事無知者，不虞鬼之見索也。竹山素不信因果，至是悚然曰：「此事不誣，此語當非依托也。吾以為人生作惡，特畏人知；人不及知之處，即可為所欲為耳。今乃知無鬼之論，竟不足恃。然則負隱匿者，其可慮也夫！」

篋中繡履

昌吉平定後，以軍俘逆黨子女分賞諸將。烏魯木齊參將某，實司其事。自取最麗者四人，教以歌舞，脂香粉澤，彩服明璫，儀態萬方，宛然嬌女，見者莫不傾倒。後遷金塔寺副將，屆期啟行，諸童檢點衣裝，忽篋中繡履四雙，翩然躍出，滿堂翔舞，如蛺蝶群飛。以杖擊之乃墮地，尚蠕蠕欲動，呦呦有聲。識者訝其不祥。行至辟展，以鞭撻台員為鎮守大臣所劾，論戍伊犁，竟卒于謫所。

老媼劫女

至危至急之地，或忽出奇焉；無理無情之事，或別有故焉。破格而為之，不能膠柱而斷之也。吾鄉一媼，無故率媼嫗數十人，突至鄰村一家，排闥強劫其女去。以為尋釁，則素不往來；以為奪婚，則媼又無子，鄉黨駭異，莫解其由。女家訟于官，官出牒拘攝，媼已攜女先逃，不知蹤跡；同行婢媼，亦四散逋亡。累紲多人，輾轉推鞫，始有一人吐實，曰：「媼一子，病瘵垂歿，媼撫之慟曰：『汝死自命，惜哉不留一孫，使祖父竟為餒鬼也。』子呻吟曰：『孫不可必得，然有望焉。吾與某氏女私昵，孕八月矣，但恐產必見殺耳。』子歿後，媼咄咄獨語十餘日，突有此舉，殆劫女以全其胎耳。」官憮然曰：「然則是不必緝，過兩三月自返耳。」屆期果抱孫自首，官無如之何，僅斷以不應重律，擬杖納贖而已。此事如兔起鶻落，少縱即逝。此媼亦捷疾若神矣。安靜涵言：「其攜女宵遁時，以三車載婢媼，與已分四路行，故莫測所在。又不遵官路，橫斜曲折，歧復有歧，故莫知所向。且曉行夜宿，不淹留一日，俟分娩乃稅宅，故莫跡所居停。其心計尤周密也。女歸，為父母所棄，遂偕媼撫孤，竟不再嫁。以其初涉溱洧，故旌典不及，今亦不著其氏族也。」

二鼠相逐

李慶子言：嘗宿友人齋中，天欲曉，忽二鼠騰擲相逐，滿室如飈輪旋轉，彈丸迸躍，瓶彝罍洗，擊觸皆翻，砰鏗碎裂之聲，使人心駭。久之，一鼠踴起數尺，復墮于地，再踴再仆，乃僵。視之七竅皆血流，莫測其故。急呼其家僮收檢器物，見柈中所晾媚藥數十丸，囓殘過半。乃悟鼠誤吞此藥，狂淫無度，牝不勝嬲而竄避，牡無所發泄，蘊熱內燔以斃也。友人出視，且駭且笑；

既而悚然曰：「乃至是哉，吾知懼矣！」盡覆所蓄藥于水。夫燥烈之藥，加以鍛煉，其力既猛，其毒亦深。吾見敗事者多矣，蓋退之硫黃，賢者不免。慶子此友，殆數不應盡，故鑒于鼠而忽悟歟！

生死有定

張鷟《朝野僉載》曰：「唐青州刺史劉仁軌，以海運失船過多，除名為民，遂遼東效力。遇病，臥平壤城下，褰幕看兵士攻城。有一兵直來前頭背坐，叱之不去。須臾城頭放箭，正中心而死。微此兵，仁軌幾為流矢所中。」大學士溫公征烏什時，為領隊大臣。方督兵攻城，渴甚，歸帳飲。適一侍衛亦來求飲，因讓茵與坐。甫拈碗，賊突發巨炮，一鉛丸洞其胸死。使此人緩來頃刻，則必不免矣。此公自為余言，與劉仁軌事絕相似。後公征大金川，卒戰歿于木果木。知人之生死，各有其地：雖命當陣殞者，苟非其地，亦遇險而得全。然則畏縮求免者，不徒多一趨避乎哉！

學究與狐友

人物異類，狐則在人物之間；幽明異路，狐則在幽明之間；仙妖異途，狐則在仙妖之間。故謂遇狐為怪可，謂遇狐為常亦可。三代以上無可考，《史記・陳涉世家》稱：「篝火作狐鳴曰：『大楚興，陳勝王。』」必當時已有是怪，是以托之。吳均《西京雜記》稱：「廣川王發欒書冢，擊傷冢中狐，後夢見老翁報冤。」是幻化人形，見于漢代。張鷟《朝野僉載》稱：「唐初以來，百姓多事狐神，當時諺曰：『無狐魅，不成村。』是至唐代乃最多。《太平廣記》載狐事十二卷，唐代居十之九，是可以證矣。諸書記載不一，其源流始末，則劉師退先生所述為詳。

蓋舊滄州南一學究與狐友，師退因介學究與相見，軀幹短小，貌如五六十人，衣冠不古不時，乃類道士；拜揖亦安詳謙謹。寒溫畢，問枉顧意。師退曰：「世與貴族相接者，傳聞異詞，其間頗有所未明。聞君豁達不自諱，故請祛所惑。」狐笑曰：「天生萬物，各命以名。狐名狐，正如人名人耳。呼狐為狐，正如呼人為人耳。何諱之有？至我輩之中，好醜不一，亦如人類之內，良莠不齊。人不諱人之惡，狐何必諱狐之惡乎？第言無隱。」師退問：「狐有別乎？」曰：「凡狐皆可以修道，而最靈者曰狔狐。此如農家讀書者少，儒家讀書者多也。」問：「狔狐生而皆靈乎？」曰：「此係乎其種類。未成道者所生，則為常狐；已成道者所生，則自能變化也。」問：「既成道矣，自必駐顏。而小說載狐亦有翁媼，何也？」曰：「所謂成道，成人道也。其飲食男女，生老病死，亦與人同。若夫飛升霞舉，又自一事。此如千百人中，有一二人求仕宦。其煉形服氣者，如積學以成名；其媚惑採補者，如捷徑以求售。然游仙島、登天曹者，必煉形服氣乃能；其媚惑採補，傷害或多，往往干天律也。」問：「禁令賞罰，孰司之乎？」曰：「小賞罰統于其長，其大賞罰則地界鬼神鑒察之。苟無禁令，則來往無形，出入無跡，何事不可為乎！」問：「媚惑採補，既非正道，何不列諸禁令，必俟傷人乃治乎？」曰：「此譬諸巧誘人財，使人喜助，王法無禁也。至奪財殺人，斯論抵耳。《列仙傳》載酒家媼，何嘗干冥誅乎！」問：「聞狐為人生子，不聞人為狐生子，何也？」微哂曰：「此不足論。蓋有所取，無所與耳。」問：「支機別贈，不憚牽牛妒乎？」又哂曰：「公太放言，殊未知其審。凡女則如季姬鄫子之故事，可自擇配。婦則既有定偶，弗敢逾防。若夫贈芍採蘭，偶然越禮，人情物理，大抵不殊，固可比例而知耳。」問：「或居人家，或居曠野，何也？」曰：「未成道者未離乎獸，利于遠人，非山林弗便也。已成道者事事與人同，利于近人，非城市弗便也。其道行高者，則城市山林皆可居。如大富大貴家，其力百物皆可致，住荒村僻壤與通都大邑，一也。」

師退與縱談，其大旨惟勸人學道，曰：「吾曹辛苦一二百年，始化人身。公等現是人身，功成已抵大半，而悠悠忽忽，與草木同朽，殊可惜也。」師退腹笥三藏，引與談禪。則謝曰：「佛家地位絕高，然或修持未到，一入輪迴，便迷卻本來面目。不如且求不死，為有把握。吾亦屢逢善知識，不敢見異而遷也。」

師退臨別曰：「今日相逢，亦是天幸，君有一言贈我乎？」躊躇良久，曰：「三代以下恐不好名，此為下等人言。自古聖賢，卻是心平氣和，無一毫做作。洛、閩諸儒，撐眉努目，便生出如許葛藤。先生其念之。」師退憮然自失。蓋師退崖岸太峻，時或過當云。

鬼狐之見

裘文達公言：嘗聞諸石東村曰：有驍騎校，頗讀書，喜談文義。一夜寓直宣武門城上，乘涼散步。至麗譙之東，見二人倚堞相對語。心知為狐鬼，屏息伺之。其一舉手北指曰：「此故明首善書院，今為西洋天主堂矣。其推步星象，製作器物，實巧不可階。其教則變換佛經，而附會以儒理。吾曩往竊聽。每談至無歸宿處，輒以天主解結，故迄不能行。然觀其作事，心計亦殊黠。」其一曰：「君謂其黠，我則怪其太痴。彼奉其國王之命，航海而來，不過欲化中國為彼教。揆度事勢，寧有是理！而自利瑪竇以後，源源續至，不償其所願終不止，不亦顛歟？」其一又曰：「豈但此輩痴，即彼建首善書院者亦復大痴。奸黨柄國，方陰伺君子之隙，肆其詆排。而群聚清談，反予以鉤黨之題目，一網打盡，亦復何尤！且三千弟子，惟孔子則可，孟子揣不及孔子，所與講肄者公孫丑、萬章等數人而已。洛閩諸儒，無孔子之道德，而亦招聚生徒，盈千累百，梟鸞並集，門戶交爭，遂釀為朋黨，而國隨以亡。東林諸儒，不鑒覆轍，又騖虛名而受實禍。今憑弔遺蹤，能無責備于賢者哉！」方相對太息，忽回顧見人，翳然而滅。

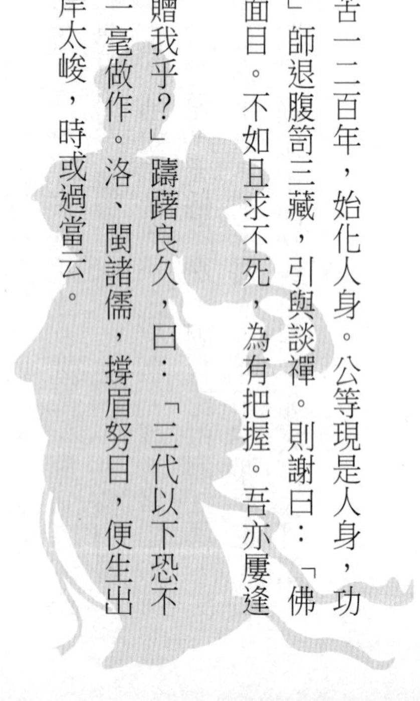

東村曰：「天下趨之若騖，而世外之狐鬼，乃竊竊不滿也。人誤耶？狐鬼誤耶？」

馮大邦

王西園先生守河間時，人言獻縣八里莊河夜行者多遇鬼，惟縣役馮大邦過，則鬼不敢出。有遇鬼者，或詐稱馮姓名，鬼亦卻避。先生聞之曰：「一縣役能使鬼畏，此必有故矣。」密訪將懲之，或為解曰：「本無是事，百姓造言耳。」先生曰：「縣役非一，而獨為馮大邦造言，此亦必有故矣。」仍檄拘之，大邦懼而亡去。此庚午、辛未間事，先生去郡後數載，大邦尚未歸。今不知如何也。

崔某與豪強訟

里有崔某者，與豪強訟，理直而弗能伸也。不勝其憤，殆欲自戕。夜夢其父語曰：「人可欺，神則難欺。人有黨，神則無黨。人間之屈彌甚，則地下之伸彌暢。今日之縱橫如志者，皆十年外業鏡台前觳觫對簿者也。吾為冥府司茶吏，見判司注籍矣，汝何恚焉！」崔自是怨尤都泯，更不復一言。

善訟者構思

有善訟者，一日為人書訟牒，將羅織多人。端緒繳繞，猝不得分明，欲靜坐構思。乃戒毋通客，並妻亦避居別室。妻先與鄰子目成，家無隙所，窺伺歲餘，無由一近也。至是乃得間焉。後每構思，妻輒嘈雜以亂之，必叱使避出，襲為例。鄰子乘間而來，亦襲為例，終其身不敗。歿後歲餘，妻以私孕為怨家所訐。官鞫外遇之由，乃具吐實。官拊几喟然曰：「此用刀筆巧矣，烏知造物更巧乎！」

難斷之獄

必不能斷之獄，不必在情理外也；愈在情理中，乃愈不能明。門人吳生冠賢，為安定令時，余自西域從軍還，宿其署中。聞有幼女幼男皆十六七歲，並呼冤于輿前。幼男曰：「此我童養之婦。父母亡，欲棄我別嫁。」幼女曰：「我故其胞妹。父母亡，欲占我為妻。」問其姓，猶能記。問其鄉里，則父母皆流丐，朝朝轉徙。已不記為何處人矣。問同丐者，則曰：「是到此甫數日，即父母並亡，未知其始末。但聞其以兄妹稱。然小家童養媳。與夫亦例稱兄妹，無以別也。」有老吏請曰：「是事如捉影捕風，杳無實證；又不可以刑求，斷合斷離，皆難保不誤。然斷離而誤，不過誤破婚姻，其失小；斷合而誤，則誤亂人倫，其失大矣。盍斷離乎！」推研再四，無可處分，竟從老吏之言。因憶姚安公官刑部時，織造海保方籍沒，官以三步軍守其宅。宅凡數百間，夜深風雪，三人堅扃外戶，同就暖于邃密寢室中，篝燈共飲。沉醉以後，偶剔燈滅，三人暗中相觸擊，因而互毆。毆至半夜，各困踣臥。至曙，則一人死焉。其二人一曰戴符，一曰七十五，傷亦深重，幸不死耳。鞫訊時，並云共毆致死，論抵無怨。至是夜昏黑之中，覺有扭者即相扭，覺有毆者即還毆，不知誰扭我誰毆我，亦不知我所扭為誰所毆為誰；其傷之重輕，與某傷為某毆，非惟二人不能知，即起死者問之，亦斷不能知也。既一命不必二抵，任官隨意指一人，無不可者。如必研訊為某人，即三木嚴求，亦不過妄供耳。竟無如之何，相持月餘，會戴符病死，藉以結案。姚安公嘗曰：「此事坐罪起釁者，亦可以成獄。然考其情詞，起釁者實不知誰。鍛鍊而求，更不如隨意指也。迄今反覆追思，究不得一推鞫法。刑官豈易為哉！」

鬼病

文安王岳芳言：其鄉有女巫，能視鬼。嘗至一宦家，私語其僕婦曰：「其娘子床前，一女鬼著慘綠衫，血漬胸臆，頸垂斷而不殊，反折其首，倒懸于背後，狀甚可怖。殆將病乎？」俄而寒熱大作。僕婦以女巫言告，具楮錢酒食送之，頃刻而痊。

余嘗謂風寒暑暍，皆可作疾，何必定有鬼為祟。一女巫曰：「風寒暑暍之疾，其起也以漸而作，其愈也以漸而減。鬼病則陡然而起，急然而止。以此為別，歷歷不失也。」此言似亦近理。

賓客致害

陳石閭言：有舊家子偕數客觀劇九如樓。飲方酣，忽一客中惡仆地。方扶掖灌救，突起坐張目直視，先拊膺痛哭，責其子之冶游；次嚙齒握拳，數諸客之誘引。詞色俱厲，勢若欲相搏噬。其子識是父語聲，蒲伏戰慄，殆無人色。諸客皆瑟縮潛遁，有踉蹌失足破額者。四坐莫不太息。此雍正甲寅事，石閭曾目擊之，但不肯道其姓名耳。先師阿文勤公曰：「人家不通賓客，則子弟不親士大夫，所見惟媼婢僮奴，有何好樣？人家賓客太廣，必有淫朋匪友參雜其間，狎昵濡染，貽子弟無窮之害。」數十年來，歷歷驗所見聞，知公言真藥石也。

田父夜守棗林

五軍塞王生言：有田父夜守棗林，見林處似有人影。疑為盜，密伺之。俄一人自東來，問：「汝立此有何事？」其人曰：「吾就木時，某在旁竊有幸詞，銜之二十餘年矣。今渠亦被攝，吾在此待其縲絏過也。」怨毒之于人甚矣哉！

報怨

甲與乙有隙，甲婦弗知也。甲死，婦議嫁，乙厚幣娶焉。三朝後，共往謁兄嫂，歸而迂道至甲墓，對諸耕者饁者拍婦肩呼曰：「某甲，識汝婦否耶？」婦恚，欲觸樹。眾方牽挽，忽旋飆颯然，塵沙眯目，則夫婦已並似失魂矣。扶回後，倏迷倏醒，竟終身不瘥。外祖家老僕張才，其至戚也，親目睹之。夫以直報怨，聖人弗禁，然已甚則聖人所不為。《素問》曰：「亢則害。」《家語》曰：「滿則覆。」乙亢極滿極矣，其及也固宜。

鬼求食

僧所誦《焰口經》，詞頗俚；然聞其召魂施食諸梵咒，則實佛所傳。余在烏魯木齊，偶與同人論是事，或然或否，印房官奴白六，故巨盜遣戍者也，卒然曰：「是不誣也。曩遇一大家放焰口，欲伺其匆擾取事，乃無隙可乘。伏臥高樓檐角上，俯見搖鈴誦咒時，有黑影無數，高可二三尺，或逾垣入，或由竇入，往來搖漾，凡無人處皆滿。迨撒米時，倏聚倏散，倏前倏後，如環繞攘奪，並仰接俯拾之態，亦彷彿依稀。其色如輕煙，其狀略似人形，但不辨五官四體耳。」然則鬼猶求食，不信有之乎？

真偽顛倒

後漢敦煌太守裴岑《破呼衍王碑》，在巴里坤海子上關帝祠中，屯軍耕墾，得之土中也。其事不見《後漢書》，然文句古奧，字畫渾樸，斷非後人所依托。以僻在西域，無人摹拓，石刻鋒稜猶完整。

乾隆庚寅，游擊劉存仁（此是其字，其名偶忘之。武進人也）摹刻一木本，灑火藥于上，燒為斑駁，絕似古碑。二本並傳于世，賞鑒家率以舊石本為新，新木本為舊。與之辯，傲然弗信也。以同時之物，有目睹之人，而真偽顛倒尚如此，況于千百年外哉！《易》之象數，《詩》之小序，《春秋》之三傳，或親見聖人，或去古未遠，經師授受，端緒分明。宋儒曰：「漢以前人皆不知，吾以理知之也。」其類此夫。

西洋貢獅

康熙十四年，西洋貢獅，館閣前輩多有賦詠。相傳不久即逸去，其行如風，巳刻絕鎖，午刻即出嘉峪關。此齊東語也。聖祖南巡，由衛河回鑾，尚以船載此獅，先外祖母曹太夫人，曾于度帆樓窗罅窺之，其身如黃犬，尾如虎而稍長，面圓如人，不似他獸之狹削。繫船頭將軍柱上，縛一豕飼之。豕在岸猶號叫，近船即噤不出聲。乃置獅前，獅俯首一嗅，已怖而死。臨解纜時，忽一震吼聲，如無數銅鉦陡然合擊。外祖家廄馬十餘，隔垣聞之，皆戰慄伏櫪下；船去移時，尚不敢動。信其為百獸王矣。獅初至，時吏部侍郎阿公禮稗，畫為當代顧、陸，曾橐筆對寫一圖，筆意精妙。舊藏博晰齋前輩家，阿公手贈其祖者也。後售于余，嘗乞一賞鑒家題簽。阿公原未署名，以元代曾有獻獅事，遂題曰「元人獅子真形圖」。晰齋曰：「少宰丹青，原不在元人下。此賞鑒未為謬也。」

偽詩

乾隆庚辰，戈芥舟前輩扶乩，其仙自稱唐人張紫鸞，將訪劉長卿于瀛洲島，偕游天姥。或叩以事，書一詩曰：「身從異域來，時見瀛洲島。日落晚風涼，一雁入雲杳。」隱示以鴻冥物外，不預人世是非也。芥舟與論詩，即欣然酬答以所游名勝《破石崖》、《天姥峰》、《廬山聯句》三篇而去。芥舟時修《獻縣志》，因附錄志末。其《破石崖》一篇，前為五言律詩八韻，對偶聲韻俱諧；第九韻以下，忽作鮑參軍《行路難》、李太白《蜀道難》體。唐三百年詩人無此體裁，殊不入格。其以東、冬、庚、青四韻通押，仿昌黎「此日足可惜」詩；以穿鼻聲七韻為一部例，又似稍讀古書者。蓋略涉文翰之鬼，偽托唐人也。

神鏡

河城（在縣東十五里，隋樂壽縣故城鄉）西村民，掘地得一鏡。廣丈餘，已觸碎其半。見者人持一片去，置室中，每夕吐光。凡數家皆然。是亦王度神鏡，應月盈虧之類。但殘破之餘，尚能如是，更異耳。或疑鏡何以如此之大，余謂此必河間王宮殿中物。陸機與弟雲書曰：「仁壽殿中有大方鏡，廣丈餘，過之輒寫人影。」是晉代猶沿此制也。

唐張君平墓志

乾隆己卯、庚辰間，獻縣掘得唐張君平墓誌。大中七年明經劉伸撰，字畫尚可觀，文殊鄙俚。余拓示李廉衣前輩，曰：「公謂古人事事勝今人，此非唐文耶？天下率以名相耀耳。如核其實，善筆札者必稱晉，其時亦必有極拙之字。善吟詠者必稱唐，其時亦必有極惡之詩。非晉之廝役皆羲、獻，唐之屠沽皆李、杜也。西子、東家實為一姓，盜跖、柳下乃是同胞，豈能美則俱美，賢則俱賢耶？賞鑒家得一宋硯，雖滑不受墨，亦寶若球圖；得一漢印，雖謬不成文，亦珍逾珠璧。問何所取，曰取其古耳。東坡詩曰：『嗜好與俗殊酸鹹。』斯之謂歟！」

屈狐易，能屈于狐難

交河老儒劉君琢，名璞，素謹厚，以長者稱，在余家設帳二十餘年，從兄懋園（坦居）、從弟東白（義軒），皆其弟子也。嘗自河間歲試歸，中途遇雨，借宿民家。主人曰：「家惟有屋兩楹，尚可棲止；然素有魅，不知狐與鬼也。君能不畏，則請解裝。」不得已宿焉。滅燭以後，承塵上轟轟震響，如怒馬奔騰。君琢起著衣冠，長揖仰祝曰：「偃蹇寒儒，偶然宿此，欲禍我耶？我非君讐，欲戲我耶？與君素不狎昵，欲逐我耶？今夜必不能行，明朝亦必不能住，何必多此擾攘耶？」俄聞承塵上似老媼語曰：「客言殊有理，爾輩勿太造次。」聞足音橐橐然，向西北隅去，頃刻寂然矣。君琢嘗以告門人曰：「遇意外之橫逆，平心靜氣，或有解時。當時如怒詈之，未必不拋磚擲瓦。」

又劉景南嘗僦一寓，遷入之夕，大為狐擾。景南訶之曰：「我自出錢租宅，汝何得鳩占鵲巢？」狐厲聲答曰：「使君先居此，我續來爭，則曲在我。我居此宅五六十年，誰不知者。君何處不可租宅，而必來共住？是恃氣相凌也，我安肯讓君？」景南次日遂移去。何勵庵先生曰：「君琢所遇之狐，能為理屈；景南所遇之狐，能以理屈人。」先兄晴湖曰：「屈狐易，能屈于狐難。」

魂魄

道家有太陰煉形法，葬數百年，期滿則復生。此但有是說，未睹斯事。古以水銀斂者，屍不朽，則鑿然有之。董曲江曰：「凡罪應戮屍者，雖葬多年，屍不朽。呂留良焚骨時，開其棺，貌如生，刃之尚有微血。蓋鬼神留屍伏誅也。某人（是曲江之宗族，當時舉其字，今忘之矣）時官浙江，奉檄涖其事，親目擊之。然此類皆不為祟。其為祟者曰僵屍。僵屍有二：其一新死未斂者，忽躍起搏人；其一久葬不腐者，變形如魑魅，夜或出游，逢人即攫。或曰：『旱魃即此。』莫能詳也。夫人死則形神離矣，謂神不附形，安能有知覺運動？謂神仍附形，是復生矣，何又不為人而為妖？且新死屍厥者，並其父母子女或抱持不釋，十指抉入肌骨。使無知，何以能踴躍？使有知，何以一息才絕，即不識其所親？是則殆有邪物憑之，戾氣感之，而非游魂之為變歟！袁子才前輩《新齊諧》載南昌士人行屍夜見其友事，始而祈請，繼而感激，繼而淒戀，繼而忽變形搏噬。謂人之魂善而魄惡，人之魂靈而魄愚，其始來也，一靈不泯，魄附魂以行；其既去也，心事既畢，魂一散而魄滯。魂在則為人也，魂去則非其人也。世之移屍走影，皆魄為之。惟有道之人，為能制魄。」語亦鑿鑿有精理，然管窺之見，終疑其別有故也。

鬼情

任子田言：其鄉有人夜行，月下見墓道松柏間，有兩人並坐：一男子年約十六七，韶秀可愛，一婦人白髮垂項，佝僂攜杖，似七八十以上人。倚肩笑語，意若甚相悅。竊訝何物淫媼，乃與少年兒狎昵。行稍近，冉冉而滅。

次日，詢是誰家冢，始知某早年夭折，其婦孀守五十餘年，歿而合窆于是也。《詩》曰：「穀則異室，死則同穴。」情之至也。《禮》曰：「殷人之祔也，離之，周人之祔也，合之。善夫！」聖人通幽明之禮，故能以人情知鬼神之情也。不近人情，又烏知《禮》意哉！

冥司重賢

族侄肇先言：有書生讀書僧寺，遇放焰口。見其威儀整肅，指揮號令，若可驅役鬼神。喟然曰：「冥司之敬彼教，乃逾于儒。」燈影朦朧間，一叟在旁語曰：「經綸宇宙，惟賴聖賢，彼仙佛特以神道補所不及耳。故冥司之重聖賢，在仙佛上，然所重者真聖賢。若偽聖偽賢，則陰干天怒，罪亦在偽仙偽佛上。古風淳樸，此類差稀。四五百年以來，累囚日眾，已別增一獄矣，蓋釋道之徒，不過巧陳罪福，誘人施捨。自妖黨聚徒謀為不軌外，其偽稱我仙我佛者，千萬中無一，儒則自命聖賢者，比比皆是。民聽可惑，神理難誣。是以生擁臯比，歿沈阿鼻，以其貽害人心，為聖賢所惡故也。」書生駭愕，問：「此地府事，公何由知？」一彈指間，已無所睹矣。

甲乙相鬥

甲乙有夙怨，乙日夜謀傾甲。甲知之，乃陰使其黨某以他途入乙家，凡為乙謀，皆算無遺策；凡乙有所為，皆以甲財密助其費，費省而功倍。越一兩歲，大見信，素所倚任者皆退聽。乃乘間說乙曰：「甲昔陰調我婦，諱弗敢言，然銜之實刺骨。以力弗敵，弗敢攖。聞君亦有仇于甲，故效犬馬于門下。所以盡心于君者，固以報知遇，亦為是謀也。今有隙可抵，合圖之。」乙大喜過望，出多金使謀甲。某乃以乙金為甲行賂，無所不曲到。阱既成，偽造甲惡跡及證佐姓名以報乙，使具牒。比庭鞫，則事皆子虛烏有，證佐亦莫不倒戈，遂一敗塗地，坐誣論戍。憤恚甚，以昵某久，平生陰事皆在其手，不敢再舉，竟氣結死。死時誓訴于地下，然越數十年卒無報。論者謂難端發自乙，甲勢不兩立，乃鋌而走險，不過自救之兵，其罪不在甲。某本為甲反間，各忠其所事，于乙不為負心，亦不能甚加以罪，故鬼神弗理也。此事在康熙末年。《越絕書》載子貢謂越王曰：「夫有謀人之心，而使人知之者，危也。」豈不信哉！

范鴻禧與狐友昵

里人范鴻禧，與一狐友昵。狐善飲，范亦善飲，約為兄弟，恆相對醉眠。忽久不至，一日遇于秫田中，問：「何忽見棄？」狐掉頭曰：「親兄弟尚相殘，何有與義兄弟耶？」不顧而去。蓋范方與弟訟也。楊鐵崖《白頭吟》曰：「買妾千黃金，許身不許心。使君自有婦，夜夜白頭吟。」與此狐所見正同。

捕盜

獻縣捕役樊長，與其侶捕一巨盜。盜跳免，縶其婦于官店（捕役拷盜之所，謂之官店，實其私居也）。其侶擁之調謔，婦畏棰楚，噤不敢動，惟俯首飲泣。已緩結矣，長突見之，怒曰：「誰無婦女，誰能保婦女不遭患難落人手？汝敢如是，吾此刻即鳴官。」其侶慴乃止。時雍正四年七月十七日戌刻也。長女嫁為農家婦，是夜為盜所劫，已褫衣反縛，垂欲受污，亦為一盜呵而止。實在子刻，中間僅僅隔一亥刻耳。次日，長聞報，仰面視天，舌撟不能下也。

狐贈醜郎帽

裘文達公賜第，在宣武門內石虎胡同。文達之前，為右翼宗學。宗學之前，為吳額駙府。吳額駙之前，為前明大學士周延儒第。越年既久，又窱窅閎深，故不免時有變怪，然不為人害也。

廳事西小屋兩楹，曰「好春軒」，為文達燕見賓客地。北壁一門，又橫通小屋兩楹。僮僕夜宿其中，睡後多為魅昇出。不知是鬼是狐，故無敢下榻其中者。琴師錢生獨不畏，亦竟無他異。錢面有癜風，狀極老醜。蔣春農戲曰：「是尊容更勝于鬼，鬼怖而逃耳。」

一日，鍵戶外出，歸而几上得一兩纓帽，製作絕佳，新如未試。互相傳視，莫不駭笑。由此知是狐非鬼，然無敢取者。錢生曰：「老病龍鍾，多逢厭賤。自司空以外（文達公時為工部尚書），憐念者曾不數人，我冠誠敝，此狐哀我貧也。」欣然取著，狐亦不復攝去。其果贈錢生耶？贈錢生者又何意耶？斯真不可解矣。

朱五嫂遇狐

嘗與杜少司寇凝台同宿南石槽，聞兩家轎夫相語曰：「昨日怪事：我表兄朱某在海淀為人守墓，因入城未返，其妻獨宿。聞園中樹下有鬥聲，破窗紙竊窺，見二人攘臂奮擊，一老翁舉杖隔之，不能止。俄相搏仆地，並現形為狐，跳踉擺撥，觸老翁亦仆。老翁蹶起，一手按一狐呼曰：『逆子不孝！朱五嫂可助我。』朱伏不敢出，老翁頓足曰：『當訴諸土神。』恨恨而散。次夜，聞滿園鈴鐺聲，似有所搜捕。覺几上瓦瓶似微動，怪而視之，瓶中小語曰：『乞勿言，當報恩。』朱怒曰：『父母恩且不肯報，何有于我！』舉瓶擲門外碑趺上，訇然而碎。即聞噭噭有聲，意其就執矣。』一轎夫曰：「鬥觸父母倒，是何大事，乃至為土神捕捉？殊可怖也。」凝台顧余笑曰：「非轎夫不能作此言。」

張媼問佛福事

里有張媼，自云：「嘗為走無常，今告免矣。昔到陰府，曾問冥吏：『事佛有益否？』吏曰：『佛只是勸人為善，為善自受福，非佛降福也。若供養求佛降福，則廉吏尚不受賂，謂佛受賂乎？』又問：『懺悔有益否？』吏曰：『懺悔須勇猛精進，力補前愆。今人懺悔，只是自首求免罪，又安有益耶？』」此語非巫者所言，似有所受之耳。

國家圖書館出版品預行編目資料

閱微草堂筆記 / (清)紀昀作. -- 三版. --臺北市：五南圖書出版股份有限公司, 2018.06
冊； 公分

ISBN 978-957-11-9229-1 (上冊：平裝)
ISBN 978-957-11-9230-7 (下冊：平裝)

857.27 106009232

中國經典 8R59

閱微草堂筆記(上)

作　　者　清・紀　昀
封面設計　謝瑩君

發 行 人　楊榮川
出 版 者　五南圖書出版股份有限公司
地　　址　台北市和平東路２段３３９號４樓
電　　話　０２－２７０５５０６６
傳　　真　０２－２７０５６１００
郵政劃撥　０１０６８９５３
網　　址　https://www.wunan.com.tw
電子郵件　wunan@wunan.com.tw

顧　　問　林勝安律師

出版日期　2012年5月 二版一刷
　　　　　2013年1月 二版三刷
　　　　　2018年6月 三版一刷
　　　　　2023年8月 三版二刷
定　　價　新台幣220元整

經典永恆·名著常在

五十週年的獻禮——經典名著文庫

五南，五十年了，半個世紀，人生旅程的一大半，走過來了。
思索著，邁向百年的未來歷程，能為知識界、文化學術界作些什麼？
在速食文化的生態下，有什麼值得讓人雋永品味的？

歷代經典·當今名著，經過時間的洗禮，千錘百鍊，流傳至今，光芒耀人；
不僅使我們能領悟前人的智慧，同時也增深加廣我們思考的深度與視野。
我們決心投入巨資，有計畫的系統梳選，成立「經典名著文庫」，
希望收入古今中外思想性的、充滿睿智與獨見的經典、名著。
這是一項理想性的、永續性的巨大出版工程。
不在意讀者的眾寡，只考慮它的學術價值，力求完整展現先哲思想的軌跡；
為知識界開啟一片智慧之窗，營造一座百花綻放的世界文明公園，
任君遨遊、取菁吸蜜、嘉惠學子！